Zu diesem Buch

Der junge Musiker Kuhn, durch einen Unfall fast zum Krüppel geworden, findet durch dieses Leid zu künstlerischer Schaffenskraft und schöpferischer Reife. Seine scheue Liebe zu der stolzen Gertrud, die bei gemeinsamem Musizieren aufkommt, wird jäh zerstört, als er seinen berühmten und Erfolg bei Frauen gewohnten Freund, den Sänger Muoth, mit Gertrud bekannt macht. Die beiden heiraten, aber die Ehe scheitert. Der Weg zu Gertrud scheint für Kuhn nun endlich freigeworden. Aber sie müssen erkennen, daß man die Zeit nicht zurückdrehen kann. Sie werden liebevolle Freunde, und «die Jugendzeit klingt in allen Träumen wie ein herrliches Lied herüber und klingt heiter, reiner und lauter gestimmt, als da sie noch Wirklichkeit gewesen ist».

Dieser klassische Künstlerroman ist «ein hohes Lied auf die Musik und auf die reine Liebe. Alle jene Züge, die uns Hermann Hesses Werk teuer und lieb machen, sind hier gegenwärtig: Der Wille zum Reinen und Großen in der Kunst und im Menschen, die Tragik, der er nicht entgehen kann, der scheu in sich selbst die Liebe bewahrt. Diese Motive, die hier angeschlagen sind, hat Hesse in späteren Werken neu aufgenommen, ihnen hier in ihrer ursprünglichen Reinheit zu begegnen, ist ergreifend und beglückend» (Otto Heuschele).

Hermann Hesse wurde am 2. Juli 1877 in Calw im Schwarzwald geboren. Sein Vater war ein deutsch-russischer Missionsprediger aus Estland, seine Mutter die in Ostindien geborene Tochter eines Missionars und Orientalisten und einer französischen Schweizerin. Die Konflikte, vor die seine Herkunft aus einem streng protestantischen Elternhaus ihn stellte, spiegeln sich in seinem Lebensweg ebenso wider wie in seinem gesamten schöpferischen Werk. Schon früh wehrte er sich gegen die ihm bestimmte Theologenlaufbahn, als er nach wenigen Monaten aus dem evangelischen Klosterseminar in Maulbronn entfloh und auch das Gymnasium in Bad Cannstatt nach einem Jahr wieder verließ. Er versuchte sich als Buchhändlerlehrling, als Gehilfe seines Vaters, als Mechanikerlehrling; schließlich kehrte er zum Buchhandel zurück und ging 1899 nach Basel. In dieses Jahr fallen auch seine ersten Veröffentlichungen, «Romantische Lieder» und «Eine Stunde hinter Mitternacht». Nach dem Roman «Peter Camenzind», der 1904 erschien, ließ er sich als freier Schriftsteller am Bodensee nieder und lebte – unterbrochen von mehreren Reisen nach Italien und nach Indien – bis zu seinem Tod am 9. August 1962 in Montagnola in der Schweiz.

Der Konflikt zwischen Ich und Welt, zwischen Geist und Instinkt, zwischen dem Drang nach Selbstvernichtung und der Sehnsucht nach der Selbstentäußerung, die Spannungen zwischen den seelisch-geistigen Energien des Menschen und den pervertierenden und paralysierenden Institutionen der bürgerlichen Gesellschaft sind Themen seines umfangreichen Gesamtwerks, für das er als Repräsentant des «besseren Deutschland» 1946 den Nobelpreis erhielt. Seine weiteren großen Romane «Roßhalde» (rororo Nr. 1557), «Demian», «Der Steppenwolf», «Narziß und Goldmund», «Das Glasperlenspiel», «Siddhartha» und andere sind ebenfalls in alle Kultursprachen übersetzt. Als Rowohlt-Taschenbuch erschienen ferner «Klingsors letzter Sommer und andere Erzählungen» (Nr. 1462) und «Das erste Abenteuer» (Nr. 1897).

In der Reihe «rowohlts monographien» erschien als Band 85 eine Darstellung Hermann Hesses in Selbstzeugnissen und Bilddokumenten von Bernhard Zeller, die eine ausführliche Bibliographie enthält.

Hermann Hesse

Gertrud

Roman

Rowohlt

Umschlagentwurf Jan Buchholz und Reni Hinsch

1.– 23. Tausend	November 1973
24.– 38. Tausend	Januar 1974
39.– 58. Tausend	Juli 1974
59.– 68. Tausend	September 1975
69.– 83. Tausend	März 1976
84.– 98. Tausend	März 1977
99.–115. Tausend	Dezember 1977

Veröffentlicht im Rowohlt Taschenbuch Verlag GmbH,
Reinbek bei Hamburg, November 1973,
als Lizenzausgabe mit freundlicher Genehmigung
des Suhrkamp Verlages, Frankfurt

Satz Aldus (Linofilm-Super-Quick)
Gesamtherstellung Clausen & Bosse, Leck/Schleswig
Printed in Germany
380-ISBN 3 499 11664 2

Erstes Kapitel

Wenn ich, von außen her, über mein Leben weg schaue, sieht es nicht besonders glücklich aus. Doch darf ich es noch weniger unglücklich heißen, trotz aller Irrtümer. Es ist am Ende auch ganz töricht, so nach Glück und Unglück zu fragen, denn mir scheint, die unglücklichsten Tage meines Lebens gäbe ich schwerer hin als alle heiteren. Wenn es in einem Menschenleben darauf ankommt, das Unabwendbare mit Bewußtsein hinzunehmen, das Gute und Üble recht auszukosten und sich neben dem äußeren ein inneres, eigentlicheres, nicht zufälliges Schicksal zu erobern, so war mein Leben nicht arm und nicht schlecht. Ist das äußere Schicksal über mich hingegangen wie über alle, unabwendbar und von Göttern verhängt, so ist mein inneres Geschick doch mein eigenes Werk gewesen, dessen Süße oder Bitterkeit mir zukommt und für das ich die Verantwortung allein auf mich zu nehmen denke.

Manchmal in früheren Jahren habe ich gewünscht, ein Dichter zu sein. Wäre ich einer, so widerstünde ich der Lockung nicht, meinem Leben bis in die zarten Schatten der Kinderzeit und bis zu den lieben, zärtlich gehüteten Quellen meiner frühesten Erinnerungen nachzugehen. So aber ist mir dieser Besitz allzu lieb und heilig, als daß ich ihn mir etwa selber verderben möchte. Von meiner Kindheit ist nur zu sagen, daß sie schön und heiter war; man ließ mir die Freiheit, meine Neigungen und Gaben selber zu entdecken, mir meine innigsten Freuden und Schmerzen selber zu schaffen und die Zukunft nicht als fremde Macht von oben, sondern als die Hoffnung und den Erwerb meiner eigenen Kräfte anzusehen. So ging ich unberührt durch die Schulen, als ein unbeliebter und wenig begabter, doch ruhiger Schüler, den man am Ende gewähren ließ, da er keine starken Einflüsse zu dulden schien.

Etwa von meinem sechsten oder siebenten Jahr an begriff ich, daß von allen unsichtbaren Mächten die Musik mich am stärksten zu fassen und zu regieren bestimmt sei. Von da an hatte ich meine eigene Welt, meine Zuflucht und meinen Himmel, den mir niemand nehmen oder schmälern konnte und den ich mit niemand zu teilen begehrte. Ich war Musiker, obwohl ich vor meinem zwölften Jahre kein Instrument spielen lernte und nicht daran dachte, später mein Brot mit Musikmachen verdienen zu wollen.

Dabei ist es seither geblieben, ohne daß etwas Wesentliches sich geändert hat, und darum erscheint mir beim Rückblick mein Leben nicht bunt und vielgestaltig, sondern von Anfang an auf einen Grundton gestimmt und auf einen einzigen Stern gestellt. Mochte es sonst wohl oder übel gehen, mein innerstes Leben blieb unverändert. Ich mochte lange Zeiten auf fremden Wassern treiben, kein Notenheft und kein Instrument anrühren, eine Melodie lag mir doch zu jeder Stunde im Blut und auf den Lippen, ein Takt und Rhythmus im Atemholen und Leben. So begierig ich auf manchen anderen Wegen nach Erlösung, nach Vergessen und Befreiung suchte, sosehr ich nach Gott, nach Erkenntnis und Frieden dürstete, gefunden habe ich das alles immer nur in der Musik. Es brauchte nicht Beethoven oder Bach zu sein: – daß überhaupt Musik in der Welt ist, daß ein Mensch zuzeiten bis ins Herz von Takten bewegt und von Harmonien durchflutet werden kann, das hat für mich immer wieder einen tiefen Trost und eine Rechtfertigung alles Lebens bedeutet. O Musik! Eine Melodie fällt dir ein, du singst sie ohne Stimme, nur innerlich, durchtränkst dein Wesen mit ihr, sie nimmt von allen deinen Kräften und Bewegungen Besitz – und für die Augenblicke, die sie in dir lebt, löscht sie alles Zufällige, Böse, Rohe, Traurige in dir aus, läßt die Welt mitklingen, macht das Schwere leicht und das Starre beflügelt! Das alles kann die Melodie eines Volksliedes tun! Und erst die Harmonie! Schon jeder wohllautende Zusammenklang rein gestimmter Töne, etwa in einem Geläut, sättigt das Gemüt mit Anmut und Genuß und steigert sich mit jedem hinzuklingenden Ton und kann zuweilen das Herz entzünden und vor Wonne zittern machen, wie keine andere Wollust es vermag.

Von allen Vorstellungen reiner Seligkeit, die sich Völker und Dichter erträumt haben, schien mir immer die höchste und innigste jene vom Erlauschen der Sphärenharmonie. Daran haben meine tiefsten und goldensten Träume gestreift – einen Herzschlag lang den Bau des Weltalls und die Gesamtheit alles Lebens in ihrer geheimen, eingeborenen Harmonie tönen zu hören. Ach, und wie kann denn das Leben so wirr und verstimmt und verlogen sein, wie kann nur Lüge, Bosheit, Neid und Haß unter Menschen sein, da doch jedes kleinste Lied und jede bescheidenste Musik so deutlich predigt, daß Reinheit, Harmonie und brüderliches Spiel klargestimmter Töne den Himmel öffnet! Und wie mag ich selber schelten und zürnen, da ich selber, mit allem guten Willen, aus meinem Leben kein Lied und keine reine Musik habe machen können! Im Innersten spüre ich wohl den unabweislichen Mahner, das dürstende Verlangen nach einem reinen, wohlgefälligen, in sich seligen Tönen und Verklingen; meine Tage aber sind voll Zufall und Mißklang, und wohin ich mich wende, und wo ich poche, es tönt mir nirgends lauter und klar zurück.

Nichts mehr davon, ich will erzählen. Wenn ich mich nun besinne, für wen ich diese Blätter beschreibe, wer eigentlich so viel Macht über mich hat, daß er Bekenntnisse von mir fordern und meine Einsamkeit durchbrechen kann, so muß ich einen lieben Frauennamen sagen, der mir nicht nur ein großes Stück Erleben und Schicksal umfaßt, sondern wohl auch als Stern und hohes Sinnbild über allem stehen mag.

Erst während der letzten Schuljahre, als alle meine Kameraden von ihren künftigen Berufen zu reden begannen, fing auch ich an hierüber nachzudenken. Die Musik zu meinem Beruf und Erwerb zu machen, lag mir eigentlich fern; doch konnte ich mir keinen andern Beruf denken, der mir Freude gemacht hätte. Ich hatte gegen den Handel oder andere Gewerbe, die mein Vater mir vorschlug, keinen Widerwillen, sie waren mir nur gleichgültig. Aber da meine Kameraden so stolz auf die von ihnen gewählten Berufe taten, vielleicht auch eine Stimme in mir dafür eintrat, schien es mir doch gut und richtig, das zu meinem Beruf zu machen, was ohnehin meine Gedanken ausfüllte und mir allein rechte Freude machte. Es kam mir zustatten, daß ich seit meinem zwölften Jahr das Violinspielen begonnen und unter einem guten Lehrer etwas Rechtes gelernt hatte. Sosehr nun mein Vater sich wehrte und davor bangte, seinen einzigen Sohn die ungewisse Laufbahn eines Künstlers einschlagen zu sehen, gerade an seinem Widerstand wuchs mein Wille, und der Lehrer, der mich gern hatte, trat für meinen Wunsch nach Kräften ein. Am Ende gab mein Vater nach, es wurde mir nur zur Prüfung meiner Ausdauer und in der Hoffnung auf eine Sinnesänderung noch ein Schuljahr zudiktiert, das ich mit leidlicher Geduld absaß und währenddessen ich meines Begehrens nur sicherer wurde.

Während dieses letzten Schuljahres verliebte ich mich zum erstenmal in ein hübsches junges Fräulein unserer Bekanntschaft. Ohne sie viel zu sehen und auch ohne dies stark zu begehren, genoß und durchlitt ich die süßen Bewegungen der ersten Liebe wie in einem Traume. Und in dieser Zeit, da ich den ganzen Tag ebensosehr an meine Musik wie an meine Liebe dachte und nachts vor herrlicher Erregung nicht schlafen konnte, hielt ich zum erstenmal mit Bewußtsein Melodien fest, die mir einfielen, zwei kleine Lieder, und versuchte sie aufzuschreiben. Das erfüllte mich mit einem schamhaften, doch durchdringenden Vergnügen, über dem ich meine spielerische Liebesnot fast ganz vergaß. Inzwischen hörte ich, daß meine Geliebte Singstunden nehme, und war sehr begierig, sie einmal singen zu hören. Nach Monaten ward mein Wunsch erfüllt, bei einer Abendgesellschaft im Haus meiner Eltern. Das hübsche Mädchen ward aufgefordert zu singen, wehrte sich heftig und mußte am Ende doch, und ich wartete darauf mit einer ungeheuren Spannung. Ein Herr begleitete an unserem kleinen schmalen Klavierchen, er spielte ein paar Takte, und sie begann. Ach, sie sang schlecht, traurig schlecht, und noch während sie sang, verwandelte sich meine Bestürzung und Qual zu Mitleid und dann zu Humor, und künftig war ich dieser Verliebtheit ledig.

Ich war ein geduldiger und nicht gerade unfleißiger, aber kein guter Schüler, und im letzten Jahr gab ich mir vollends wenig Mühe mehr. Daran war nicht Trägheit und auch nicht meine Verliebtheit schuld, sondern ein

Zustand jünglinghafter Träumerei und Gleichgültigkeit, eine Dumpfheit der Sinne und des Kopfes, die nur zuweilen plötzlich und heftig unterbrochen ward, wenn eine von den wunderbaren Stunden verfrühter schöpferischer Lust mich wie in Äther hüllte. Dann fühlte ich mich von einer überklaren, kristallenen Luft umgeben, in der kein Träumen und Vegetieren möglich war, wo alle Sinne sich geschärft und wachsam auf die Lauer legten. Was in diesen Stunden entstand, war wenig, vielleicht zehn Melodien und einige Anfänge harmonischer Gestaltungen; aber die Luft dieser Stunden vergaß ich nimmer, diese überklare, fast kalte Luft und diese gespannte Zusammenfassung der Gedanken, um einer Melodie die rechte, einzige, nicht mehr zufällige Bewegung und Lösung zu geben. Zufrieden war ich mit diesen kleinen Leistungen nicht und hielt sie nie für etwas Gültiges und Gutes, aber das wurde mir klar, daß in meinem Leben nichts so begehrenswert und wichtig sein werde wie die Wiederkehr solcher Stunden der Klarheit und des Schaffens.

Daneben kannte ich auch Tage des Schwärmens, wo ich auf der Geige phantasierte und den Rausch flüchtiger Einfälle und farbiger Stimmungen genoß. Nur wußte ich bald, daß das kein Schaffen war, sondern ein Spielen und Schwelgen, vor dem ich mich zu hüten habe. Ich merkte, daß es ein anderes Ding ist, seinen Träumen nachzugehen und berauschte Stunden auszukosten, als unerbittlich und klar mit den Geheimnissen der Form wie mit Feinden zu ringen. Und ich merkte schon damals etwas davon, daß ein rechtes Schaffen einsam macht und etwas von uns verlangt, was wir dem Behagen des Lebens abbrechen müssen.

Endlich war ich frei, hatte die Schule hinter mir, den Eltern Lebewohl gesagt und ein neues Leben als Schüler des Konservatoriums in der Hauptstadt begonnen. Ich tat dies mit großen Erwartungen und war überzeugt gewesen, ich würde in der Musikschule ein guter Schüler sein. Zu meinem peinlichen Erstaunen kam es aber anders. Ich hatte Mühe, dem Unterricht überall zu folgen, fand im Klavierunterricht, den ich jetzt nehmen mußte, nur eine große Plage und sah bald mein ganzes Studium wie einen unersteiglichen Berg vor mir liegen. Wohl war ich nicht gesonnen nachzugeben, doch war ich enttäuscht und befangen. Ich sah jetzt, daß ich bei aller Bescheidenheit mich doch für eine Art von Genie gehalten und die Mühen und Schwierigkeiten des Weges zur Kunst bedenklich unterschätzt hatte. Dazu ward mir das Komponieren gründlich verleidet, da ich jetzt bei der geringsten Aufgabe nur Berge von Schwierigkeiten und Regeln sah, meinem Gefühl durchaus mißtrauen lernte und nicht mehr wußte, ob überhaupt ein Funke von eigener Kraft in mir sei. So beschied ich mich, wurde klein und traurig, ich tat meine Arbeit wenig anders, als ich sie in meinem Kontor oder in einer andern Schule getan hätte, fleißig und freudlos. Klagen durfte ich nicht, am wenigsten in meinen Briefen nach Hause, sondern ging den begonnenen Weg in stiller Enttäuschung weiter und nahm mir vor, wenigstens ein ordentlicher Geiger zu werden. Ich übte und übte, steckte Grobheiten und Spott der Lehrer ein, sah manche andere, denen ich es nicht zugetraut hätte, leicht vorwärtskommen und Lob ernten und steckte meine Ziele immer niedriger. Denn auch mit dem Geigen stand und ging es nicht so, daß ich darauf hätte stolz sein können und etwa an ein Virtuosentum denken dürfen. Es sah ganz so aus, als könne aus mir bei gutem Fleiß zur Not ein brauchbarer Handwerker werden, der in irgendeinem kleinen Orchester seine bescheidene Geige ohne Schande und ohne Ehre spielt und dafür sein Brot bekommt.

So war diese Zeit, die ich so sehr ersehnt und von der ich mir alles versprochen hatte, die einzige in meinem Leben, in der ich vom Geist der Musik verlassen freudlose Wege ging und Tage ohne Klang und Takt dahinlebte. Wo ich Genuß, Erhebung, Glanz und Schönheit gesucht hatte, fand ich nur Forderungen, Regeln, Pflichten, Schwierigkeiten und Gefahren. Fiel mir etwas Musikalisches ein, so war es entweder banal und hundertmal dagewesen, oder es stand sichtlich mit allen Gesetzen der Kunst in Widerspruch und konnte also nichts wert sein. Da packte ich alle großen Gedanken und Hoffnungen ein. Ich war einer von den Tausenden, die mit jugendlicher Frechheit zur Kunst gekommen sind und deren Kraft versagt, wenn es Ernst werden soll.

Dieser Zustand dauerte wohl etwa drei Jahre. Ich war nun über zwanzig Jahre alt, hatte offenbar meinen Beruf verfehlt und ging den begonnenen Weg nur aus Scham und Pflichtgefühl weiter. Ich wußte nichts mehr von Musik, nur noch von Fingerübungen, schweren Aufgaben, Widersprüchen in der Harmonielehre, drückenden Klavierlektionen bei einem spöttischen Lehrer, der in allen meinen Bemühungen nur eine Zeitvergeudung sah.

Wäre das alte Ideal nicht doch noch heimlich in mir lebendig gewesen, so hätte ich es in diesen Jahren recht gut haben können. Ich war frei und hatte Freunde, war ein hübscher und blühender junger Mensch, ein Sohn wohlhabender Eltern. Für Augenblicke genoß ich alles das, es gab vergnügte Tage, Liebeleien, Zechereien, Ferienfahrten. Aber es war mir nicht möglich, mich dabei zu trösten, meine Pflicht in Kürze abzutun und vor allem meiner jungen Tage froh zu werden. Ohne daß ich davon wußte, blickte mein Heimweh doch noch in allen unbewachten Stunden nach dem untergegangenen Stern der Künstlerschaft aus, es war mir unmöglich, die Enttäuschung zu vergessen und zu betäuben. Nur einmal gelang es mir gründlich.

Es war der törichtste Tag meiner törichten Jugend. Ich lief damals einer Schülerin des berühmten Gesanglehrers H. nach. Ihr schien es ähnlich zu gehen wie mir, sie war mit großen Hoffnungen gekommen, hatte strenge Lehrer gefunden, war die Arbeit nicht gewohnt und glaubte schließlich sogar ihre Stimme zu verlieren. Sie legte sich auf die leichte Seite, flirtete mit uns Kollegen und wußte uns alle toll zu machen, wozu freilich nicht gar viel gehörte. Sie hatte die feurige, lebhaft farbige Schönheit, die bald verblüht.

Diese schöne Liddy nahm mich mit ihrer naiven Koketterie immer wieder gefangen, wenn ich sie sah. Ich war nie lange Zeit in sie verliebt, ich vergaß sie oft völlig , aber wenn ich bei ihr war, schlug jedesmal die Verliebtheit wieder über mir zusammen. Sie spielte mit mir wie mit andern, reizte uns, genoß ihre Macht und war selber dabei nur mit der neugierigen Sinnlichkeit ihrer Jugend beteiligt. Sie war sehr schön, aber nur wenn sie sprach und in Bewegung war, wenn sie mit ihrer warmen, tiefen Stimme lachte, wenn sie tanzte oder sich an der Eifersucht ihrer Liebhaber ergötzte. Sooft ich von einer Gesellschaft heimkam, in der ich sie gesehen hatte, lachte ich mich selber aus und bewies mir, daß ein Mensch von meiner Art unmöglich diese gefällige Lebenskünstlerin im Ernst lieben könne. Manchmal aber gelang es ihr wieder, mich durch eine Geste, durch ein geflüstertes Wort so zu erregen, daß ich die halbe Nacht heiß und wild in der Nähe ihrer Wohnung unterwegs blieb.

Ich hatte damals eine kurze Periode der Wildheit und eines halb erzwungenen Übermutes. Nach Tagen der Niedergeschlagenheit und dumpfen Stille forderte meine Jugend stürmisch Bewegung und Rausch, und ich ging dann mit einigen gleichaltrigen Kameraden Lustbarkeiten und Streichen nach. Wir galten für lebenslustige, ausgelassene, ja gefährliche Tumultuanten, was bei mir nicht zutraf, und genossen bei Liddy und ihrem kleinen Kreise einen zweifelhaften, doch süßen Heldenruhm. Wieviel von diesem Treiben echte Jugendlust und wieviel gewollte Betäubung war, kann ich heute nimmer entscheiden, da ich jenen Zuständen und aller äußerlichen Jugendlichkeit längst völlig entwachsen bin. Wenn ein Zuviel dabei war, so habe ich es gebüßt. An einem Wintertage, da kein Unterricht war, zogen wir miteinander vor die Stadt hinaus, acht oder zehn junge Leute, darunter Liddy mit drei Freundinnen. Wir hatten Rodelschlitten mit, deren Benützung damals noch für ein Kindervergnügen galt, und suchten in der bergigen Umgebung der Stadt die Straßen und Wiesenhänge nach guten Schlittenbahnen ab. Ich erinnere mich des Tages genau, es war mäßig kalt, zuweilen kam die Sonne für Viertelstunden hervor, die kräftige Luft roch herrlich nach Schnee. Die Mädchen standen mit ihren farbigen Kleidern und Tüchern prächtig im weißen Grunde, die herbe Luft war berauschend und die heftige Bewegung in dieser Frische eine Lust. Unsre kleine Gesellschaft war in fröhlicher Laune, Ulknamen und Hänseleien flogen hin und wider, wurden durch Schneeballen beantwortet und führten zu kleinen Kriegen, bis wir alle heiß und voll Schnee dastanden und eine Weile veratmen mußten, ehe wir von neuem begannen. Es wurde eine große Schneeburg gebaut, belagert und erstürmt, dazwischen fuhren wir da und dort einmal einen kleinen Wiesenhang auf unseren Schlitten hinunter.

Um Mittag, als wir alle von dem Gestürme grimmig hungrig geworden waren, suchten und fanden wir ein Dorf und ein gutes Wirtshaus, ließen sieden und braten, bemächtigten uns des Klaviers, sangen, schrien, bestellten Wein und Grog. Das Essen kam und wurde festlich begangen, der gute Wein floß reichlich, danach begehrten die Mädchen Kaffee, während wir die Liköre versuchten. Es war ein Geschrei und Festlärm in der kleinen Stube, daß uns allen die Köpfe rauchten. Ich war immer in Liddys Nähe, die mich heute in gnädiger Laune durch besondere Gunst auszeichnete. Sie blühte in dieser Luft voll Lustbarkeit und Rausch gar prächtig auf, ließ ihre hübschen Augen blitzen und duldete manche halb kühn, halb ängstlich gewagte Zärtlichkeit. Ein Pfänderspiel wurde begonnen, wobei die Pfänder am Klavier durch Nachahmung irgendeines unserer Lehrer eingelöst werden mußten, manche aber auch durch Küsse, deren Zahl und Beschaffenheit genau beobachtet wurde.

Als wir glühend und lärmend das Haus verließen und den Heimweg antraten, war es noch früh am Nachmittag, doch begann es schon ein wenig zu dämmern. Wieder tollten wir wie ausgelassene Kinder durch den Schnee, ohne Eile durch den leis herankommenden Abend nach der Stadt zurückkehrend. Es gelang mir, an Liddys Seite zu bleiben, zu deren Ritter ich mich nun aufwarf, nicht ohne Widerspruch der andern. Ich zog sie streckenweise auf meinem Schlitten und schützte sie nach Kräften vor den immer wieder versuchten Angriffen mit Schneebällen. Schließlich ließ man uns gewähren, jedes der Mädchen fand seinen Genossen, und nur zwei ledig gebliebene Herrlein zogen neckend und kriegslustig nebenher. Ich war nie so erregt und toll verliebt gewesen wie in jenen Stunden; Liddy hatte meinen Arm genommen und duldete es, daß ich sie im Gehen leise an mich zog. Dabei plauderte sie bald geschwätzig in den Abend hinein, bald schwieg sie glücklich und, wie mir schien, verheißungsvoll an meiner Seite. Ich brannte und war entschlossen, diese Gelegenheit nach Kräften zu benützen, zumindest aber diesen traulich zärtlichen Zustand solange als möglich festzuhalten. Es hatte auch niemand etwas dagegen, als ich kurz vor der Stadt noch einen Umweg vorschlug und in einen schönen Höhenweg einbog, der steil über dem Tale im Halbkreis hinlief, reich an weiten Aussichten auf das Flußtal und die Stadt, die schon mit blitzenden Laternenreihen und tausend roten Lichtern aus der Tiefe glänzte.

Liddy hing noch immer an meinem Arm und ließ mich reden, nahm meine glühenden Überschwenglichkeiten lachend hin und schien doch selber tief erregt zu sein. Als ich sie aber mit leiser Gewalt an mich zog und küssen wollte, machte sie sich los und sprang beiseite.

«Schauen Sie», rief sie aufatmend, «die Wiese da hinunter müssen wir schlitteln! Oder haben Sie Angst, Sie Held?»

Ich schaute hinunter und war erstaunt, denn der Abhang war so jäh, daß mir wirklich einen Augenblick vor dieser frechen Fahrt graute.

«Das geht nicht», sagte ich leichthin, «es ist schon viel zu dunkel.»

Sofort fiel sie mit Spott und Entrüstung über mich her, nannte mich einen Hasenfuß und verschwor sich, den Hang allein hinabzufahren, wenn ich zu feig sei mitzukommen.

«Umwerfen werden wir natürlich», meinte sie lachend, «aber das ist ja doch das Lustigste bei der ganzen Fahrerei.»

Da sie mich so reizte, kam mir ein Einfall.

«Liddy», sagte ich leise, «wir fahren. Wenn wir umwerfen, dürfen Sie mich mit Schnee einreiben, aber wenn wir glatt hinunterkommen, will ich auch meinen Lohn haben.»

Sie lachte nur und setzte sich auf den Schlitten. Ich sah ihr in die Augen, die glühten warm und lustig, da nahm ich ganz vorn Platz, hieß sie sich an mich klammern und fuhr ab. Ich spürte, wie sie mich umfaßte, ihre Hände auf meiner Brust kreuzend, und ich wollte ihr noch etwas zurufen, konnte aber nicht mehr. Die Steile war so jäh, daß ich das Gefühl hatte, in die leere Luft zu stürzen. Sofort suchte ich mit beiden Sohlen den Boden, um anzuhalten oder doch umzuwerfen, denn plötzlich war mir eine Todesangst um Liddy ins Herz gefahren. Es war jedoch zu spät. Der Schlitten sauste unaufhaltsam bergab, ich fühlte nur einen kalten, beißenden Schwall aufgewühlten Schneestaubes im Gesicht, dann hörte ich Liddy angstvoll schreien, dann nichts mehr. Ein ungeheurer Hieb wie von einem Schmiedehammer traf meinen Kopf, irgendwo tat es mir schneidend weh. Das letzte Gefühl, das ich hatte, war das der Kälte.

Mit dieser kurzen flotten Schlittenfahrt habe ich meine Jugendlust und Torheit gebüßt. Nachher war mit vielen anderen auch meine Liebe zu Liddy ganz verflogen.

Dem Tumult und ängstlichen Getriebe, das auf den Unfall folgte, war ich enthoben. Für die andern war es eine peinliche Stunde. Sie hörten Liddy schreien, lachten und neckten von oben herab in die Dunkelheit hinein, erkannten endlich, daß etwas Böses geschehen sei, stiegen mühsam herab und brauchten eine Weile, bis sie aus dem Rausch und Übermut heraus zur Überlegung kamen. Liddy war bleich und halb ohnmächtig, jedoch durchaus unverletzt, nur ihre Handschuhe waren zerrissen und ihre feinen weißen Hände etwas zerschunden und blutig. Mich trugen sie für tot hinweg. Den Apfel- oder Birnbaum, an dem der Schlitten und meine Knochen zerschellt waren, habe ich später vergeblich wiederzufinden versucht.

Man dachte, ich sei einer Gehirnerschütterung erlegen, doch stand es nicht so schlimm. Kopf und Gehirn waren zwar mitgenommen, und es dauerte sehr lange, bis ich im Spital wieder zur Besinnung kam, aber die Wunde heilte, und das Gehirn ruhte sich aus. Dagegen wollte das mehrfach gebrochene linke Bein nicht wieder ganz in Ordnung kommen. Ich bin seither ein Krüppel, der nur hinken, nicht mehr schreiten oder gar laufen und tanzen kann. Damit war meiner Jugend unversehens ein Weg in stillere Lande gewiesen, den ich nicht ohne Scham und Widerstreben einschlug. Aber ich schlug ihn doch ein, und manchmal scheint es mir, als möchte ich jene abendliche Schlittenfahrt und ihre Folgen keineswegs in meinem Leben missen.

Freilich denke ich dabei weniger an das zerbrochene Bein als an die anderen Folgen jenes Unfalls, die weit freundlicher und freudiger waren. War es das Unglück selbst mit seinem Schrecken und Blick in das Dunkel, oder war es das lange Liegen und monatelange Stillsein und Besinnen, die Kur tat mir gut.

Der Beginn jener langen Liegezeit, etwa die erste Woche, ist ganz aus meiner Erinnerung verschwunden. Ich war viel bewußtlos und auch nach dem endgültigen Erwachen geschwächt und gleichgültig. Meine Mutter war gekommen und saß alle Tage getreulich im Spital an meinem Bett. Wenn ich sie ansah und ein paar Worte mit ihr sprach, schien sie freundlich und fast heiter, obwohl sie, wie ich später erfuhr, Angst um mich hatte, und zwar nicht um mein Leben, sondern um meinen Verstand. Zuweilen plauderten wir in dem stillen, hellen Krankenzimmerchen lange miteinander. Doch war unser Verhältnis nie sehr innig gewesen; ich hatte stets mehr zum Vater gehalten. Nun war sie vom Mitleid und ich von Dankbarkeit erweicht und zur Versöhnung gestimmt, wir waren aber beide allzulange an ein gegenseitiges Zuwarten und lässiges Geltenlassen gewöhnt, als daß nun die erwachende Herzlichkeit den Weg in unsre Worte hätte finden mögen. Wir sahen einander zufrieden an und ließen die Dinge unbesprochen. Sie war wieder meine Mutter, da sie mich krank liegen hatte und pflegen konnte; und ich sah sie wieder mit Knabengefühlen an und vergaß einstweilen alles andere. Später freilich kehrte das alte Verhältnis wieder, und wir vermieden es, von diesem Krankenlager viel zu reden, da es uns beide verlegen machte.

Allmählich begann ich meine Lage zu übersehen, und da ich die Fieberzeit überwunden hatte und ruhig schien, machte der Arzt nicht länger ein Geheimnis daraus, daß mir wohl für immer ein Andenken an diesen Sturz bleiben werde. Ich sah meine Jugend, die ich noch kaum mit einigem Bewußtsein genossen hatte, empfindlich beschnitten und verarmt und hatte alle Zeit, mich mit dieser Sache abzufinden, denn das Liegen dauerte noch wohl ein Vierteljahr.

Ich suchte denn auch eifrig in Gedanken meine Lage zu fassen und mir ein Bild der Zukunft zu machen, doch kam ich damit nicht weit. Viel Denken war noch nichts für mich, ich ermüdete immer bald und sank in ein ausruhendes Hinträumen, womit mich die Natur vor Angst und Verzweiflung bewahrte und mir die Ruhe zur Heilung erzwang. Immerhin plagte mich mein Unglück manche Stunde und halbe Nacht, ohne daß ich einen nennenswerten Trost hätte erdenken können.

Da war es in einer Nacht, daß ich nach wenigen Stunden leichten Schlummers erwachte. Mir schien, ich habe etwas Gutes geträumt, und ich strebte, mich dessen wieder zu erinnern, doch vergebens. Es war mir merkwürdig wohl und frei zumute, als habe ich alles Unangenehme überwunden und hinter mir. Und wie ich lag und sann und leise Ströme der Genesung und Erlösung um mich fühlte, trat mir eine Melodie auf die Lippen, fast lautlos, die summte ich weiter und hörte nimmer auf, und unversehens schaute mich wie ein enthüllter Stern die Musik wieder an, der ich solange fremd gewesen war, und mein Herz schlug ihren Takt, und mein ganzes Wesen blühte auf und atmete neue reine Lüfte. Es kam mir nicht zum Bewußtsein, es war nur da und durchdrang mich still, als sängen leise Chöre von fern zu mir herein.

In diesem innig frischen Gefühl schlief ich wieder ein. Am Morgen war ich froh und unbedrückt wie lange nicht mehr. Die Mutter merkte es und fragte, was mich freue. Da besann ich mich, und nach einer Weile sagte ich ihr, ich habe solange nimmer an meine Geige gedacht, die sei mir nun wieder eingefallen, und ich freue mich auf sie.

«Du wirst aber noch lang nicht wieder spielen dürfen», sagte sie etwas ängstlich.

«Das schadet nichts, und wenn ich auch gar nimmer spielen könnte.»

Sie verstand mich nicht, und ich konnte es ihr nicht erklären. Aber sie merkte, daß es mir besser gehe und daß kein Feind hinter dieser grundlosen Fröhlichkeit laure. Nach einigen Tagen fing sie vorsichtig wieder davon an.

«Du, wie ist das nun eigentlich mit deiner Musik? Wir haben fast geglaubt, sie sei dir verleidet, und der Vater hat mit deinen Lehrern gesprochen. Wir wollen dir ja nicht dreinreden, am wenigsten jetzt — — aber wir meinen, wenn du dich getäuscht hättest und es lieber aufgeben möchtest, so solltest du es tun und nicht aus Trotz oder Scham dabeibleiben. Was meinst du?»

Da fiel mir diese ganze Zeit der Entfremdung und Enttäuschung wieder ein. Ich versuchte, der Mutter zu erzählen, wie es mir gegangen war, und sie schien es zu begreifen. Nun aber, meinte ich, sei ich meiner Sache wieder sicherer geworden, und jedenfalls wolle ich nicht so davonlaufen, sondern erst zu Ende studieren. Dabei blieb es einstweilen. Im Grunde meiner Seele, wohin die Frau nicht blicken konnte, war lauter Musik. Ob es nun mit dem Geigen glückte oder nicht, ich hörte wieder die Welt wie ein gutes Kunstwerk klingen und wußte, es sei außerhalb der Musik kein Heil für mich. Erlaubte mein Zustand das Geigen nimmer, so mußte ich darauf verzichten, vielleicht mußte ich einen andern Beruf suchen und etwa Kaufmann werden; aber das alles war nicht allzu wichtig, ich würde als Kaufmann oder was sonst nicht weniger Musik empfinden und in Musik leben und atmen. Ich würde wieder komponieren! Es war nicht, wie ich meiner Mutter gesagt hatte, das Geigen, worauf ich mich freute, sondern es war das Musikmachen, das Schaffen, nach dem mir die Hände zitterten. Schon fühlte ich zu manchen Zeiten wieder die lauteren Schwingungen klarer Lüfte, die gespannte Kühle der Gedanken, wie früher in meinen besten Stunden, und fühlte auch, daß daneben ein lahmes Bein und andere Übel von geringer Bedeutung seien.

Von da an war ich Geiger, und sooft auch seither meine Wünsche ins

Land der Gesundheit und Jugendlust hinüberliefen, und sooft ich mit Bitterkeit und zorniger Scham mein Krüppeltum haßte und verfluchte, es ging mir dieses Leid doch nimmer so leicht über die Kraft; es war etwas da, zu trösten und zu verklären.

Ab und zu kam mein Vater hergereist, die Mutter und mich zu besuchen, und eines Tages, da es mir längst erträglich ging, nahm er sie wieder mit sich nach Hause. Die ersten Tage fühlte ich mich etwas vereinsamt, schämte mich auch, daß ich mit der Mutter zuwenig herzlich gesprochen hatte und zuwenig auf ihre Gedanken und Sorgen eingegangen war. Doch füllte mich jenes andere Gefühl zu sehr aus, als daß diese Gedanken über wohlgemeinte Spielereien und Rührungen hinausgeraten wären.

Nun kam unerwartet jemand mich zu besuchen, der sich während der Anwesenheit meiner Mutter nicht herbeigewagt hatte. Das war Liddy. Ich war sehr erstaunt, sie zu sehen. Es fiel mir im ersten Augenblick gar nicht ein, wie nah ich ihr vor kurzem gestanden und wie sehr ich in sie verliebt gewesen war. Sie kam in großer Verlegenheit, die sie schlecht verbarg, hatte sich vor meiner Mutter und sogar vor dem Gericht gefürchtet, da sie sich an meinem Unglück schuldig wußte, und begriff nun langsam, daß die Sache nicht so schlimm war und sie im Grunde gar nichts angehe. Nun atmete sie auf, doch war eine leise Enttäuschung nicht zu verkennen. Das Mädchen hatte, bei allem bösen Gewissen, doch im Grunde ihres guten Weiberherzens sich an der ganzen Geschichte, an so viel ergreifendem und rührendem Unglück, innigst erlabt. Sie brauche sogar mehrmals das Wort «tragisch», worüber ich kaum das Lachen verhalten konnte. Überhaupt war sie nicht darauf gefaßt gewesen, mich so munter und so wenig in Respekt vor meinem Unglück zu finden. Sie hatte im Sinn gehabt, mich um Verzeihung zu bitten, deren Gewährung mir als Verliebten eine gewaltige Genugtuung schaffen müsse, und sich auf Grund dieser rührenden Szene meines Herzens von neuem siegreich zu bemächtigen.

Nun war es dem törichten Kinde zwar keine kleine Erleichterung, mich so vergnügt und sich selbst aller Schuld und Anklage ledig zu finden. Sie wurde aber dieser Erleichterung nicht froh, sondern je mehr ihr Gewissen sich beruhigte und ihre mitgebrachte Angst verflog, desto stiller und kühler sah ich sie werden. Es beleidigte sie nachträglich doch nicht wenig, daß ich ihren Anteil an der Sache so gering anschlug, ja vergessen zu haben schien, daß ich die Rührung und Abbitte im Keim unterdrückt und sie um die ganze schöne Szene gebracht hatte. Daß ich vollends gar nicht mehr in sie verliebt war, merkte sie trotz meiner großen Höflichkeit sehr wohl, und das war das schlimmste. Mochte ich Arme und Beine verloren haben, ich war doch immer ein Anbeter gewesen, den sie zwar nicht geliebt und nie beglückt, an dessen Schmachten sie aber, je elender er war, desto größere Genugtuung gefunden hätte. Nun war es damit nichts, wie sie sehr deutlich merkte, und ich sah auf ihrem hübschen Gesicht die Wärme und Teilnahme der mitleidigen Krankenbesucherin mehr und mehr erlöschen und erkühlen. Schließlich ging sie nach einem phrasenhaften Abschied und kam nie wieder, obwohl sie es heilig versprochen hatte.

So peinlich es mir war und sosehr es mir wider das Selbstgefühl ging, meine frühere Verliebtheit so ins Kleine und Lächerliche gefallen zu sehen, so tat der Besuch mir doch wohl. Ich war sehr verwundert, das schöne begehrte Fräulein zum erstenmal ohne Leidenschaft und Brille zu sehen und wahrzunehmen, daß ich sie gar nicht gekannt habe. Hätte man mir die Puppe gezeigt, die ich als Dreijähriger umarmt und geliebt hatte, so hätte mich die Entfremdung und Änderung des Gefühls nicht mehr verwundern können als hier, wo ich ein vor Wochen noch heiß begehrtes Mädchen als eine völlig Fremde vor mir sah.

Von den Kameraden, die auf jenem Sonntagsausflug im Winter dabei gewesen waren, besuchten zwei mich einigemal, doch fanden wir wenig miteinander zu reden, und ich bemerkte ihr Aufatmen wohl, als es mir besser ging und ich sie bat, mir keine Opfer mehr zu bringen. Später trafen wir einander nicht mehr. Es war merkwürdig und machte mir einen wehmütig sonderbaren Eindruck: alles fiel von mir ab, ward fremd und ging mir verloren, was in diesen Jünglingsjahren zu meinem Leben gehört hatte. Ich sah plötzlich, wie falsch und traurig ich die ganze Zeit gelebt hatte, da nun Liebe, Freunde, Gewohnheiten und Freuden dieser Jahre von mir abfielen wie schlechte Kleider, sich ohne Schmerz von mir trennten, so daß es nur zu verwundern blieb, wie ich es bei ihnen so lange habe aushalten können oder sie bei mir.

Dagegen überraschte mich ein andrer Besuch, an den ich nie gedacht hätte. Es kam eines Tages mein Klavierlehrer, der strenge und spöttische Herr. Er behielt den Stock in der Hand und die Handschuhe an den Händen, sprach in seinem gewohnten herben, fast bissigen Ton, nannte jene böse Schlittenfahrt eine «Weiberkutschiererei» und schien mir, dem Ton seiner Worte nach, das erlebte Pech durchaus zu gönnen. Trotzdem war es merkwürdig, daß er sich eingefunden hatte, und es zeigte sich denn auch, obwohl er den Ton nicht änderte, daß er nicht in böser Absicht gekommen war, sondern um mir zu sagen, er halte mich trotz meiner Schwerfälligkeit für einen leidlichen Schüler, sein Kollege, der Violinlehrer, sei derselben Meinung, und sie hofften also, ich komme bald gesund wieder und mache ihnen Freude. Obwohl diese Rede, die fast wie eine Abbitte für frühere rüde Behandlung aussah, durchaus im selben bitter scharfen Tone wie alles Frühere vorgetragen ward, klang sie mir doch wie eine Liebeserklärung. Ich streckte dem unbeliebten Lehrer dankbar die Hand hin, und um ihm Vertrauen zu zeigen, versuchte ich ihm klarzumachen, wie es mir diese Jahre her gegangen sei und wie jetzt mein altes Herzensverhältnis zur Musik wieder aufzuleben beginne.

Der Professor schüttelte den Kopf und pfiff vor Hohn, als er fragte: «Aha, Sie wollen Komponist werden?»

«Womöglich», sagte ich bedrückt.

«Ja, da wünsche ich Glück. Ich hätte gedacht, Sie würden jetzt vielleicht mit neuem Eifer ans Üben gehen, aber als Komponist haben Sie das freilich nicht nötig.»

«Oh, so ist es nicht gemeint.»

«Ja, wie denn? Wissen Sie, wenn ein Musikschüler faul ist und nicht arbeiten mag, dann legt er sich immer aufs Komponieren. Das kann jeder, und ein Genie ist ja bekanntlich auch jeder.»

«So meine ich's wirklich nicht. Soll ich denn Klavierspieler werden?»

«Nein, lieber Herr, dazu würde es Ihnen doch nicht reichen. Aber anständig geigen lernen könnten Sie schon noch.»

«Nun, das will ich auch.»

«Hoffentlich ist's Ihnen Ernst. Möchte mich nicht länger aufhalten. Gute Besserung, Herr, und auf Wiedersehen!»

Damit ging er davon und ließ mich erstaunt zurück. Ich hatte an die Rückkehr zu den Studien noch wenig gedacht. Nun fürchtete ich doch, es möchte wieder schwer und mißlich gehen und am Ende alles wieder werden, wie es vorher gewesen war. Doch hielten solche Gedanken nicht lange stand, und es zeigte sich auch, daß der Besuch des mürrischen Professors wirklich gut gemeint und ein Zeichen redlichen Wohlwollens war.

Nach meiner Genesung sollte ich eine Erholungsreise machen, doch zog ich vor, damit bis zu den großen Ferien zu warten und lieber jetzt gleich wieder ins Zeug zu gehen. Da empfand ich zum erstenmal, wie erstaunlich eine Ruhezeit, namentlich eine unfreiwillige, wirken kann. Ich begann meine Stunden und Übungen mit Mißtrauen, aber alles ging besser als zuvor. Allerdings sah ich jetzt auch deutlich, daß nie ein Virtuose aus mir werden würde; doch tat diese Erkenntnis mir bei meinem jetzigen Zustand nicht weh. Im übrigen ging es gut, und namentlich hatte sich in der langen Pause das unheimliche Gestrüpp der Musiktheorie, der Harmonie- und Kompositionslehre in einen durchaus zugänglichen, heiteren Garten verwandelt. Ich fühlte, daß die Einfälle und Versuche meiner guten Stunden nicht mehr außerhalb aller Regeln und Gesetze lagen, daß innerhalb des strengen Schülergehorsams ein schmaler, doch deutlich erkennbarer Weg zur Freiheit führe. Wohl gab es noch Stunden und Tage und Nächte, da alles wie ein Stachelzaun vor mir lag und ich mit wundem Gehirn mich an Widersprüchen und Lücken abquälte; aber die Verzweiflung kam nicht wieder, und der schmale Pfad wurde deutlicher und gangbarer vor meinen Augen.

Am Schlusse des Semesters sagte mir zu meiner Überraschung unser Theorielehrer bei der Verabschiedung vor den Ferien: «Sie sind der einzige Schüler dies Jahr, der wirklich etwas von Musik zu verstehen scheint. Wenn Sie einmal etwas komponiert haben, würde ich's gerne ansehen.»

Mit diesem tröstlichen Wort im Ohr reiste ich in die Ferien ab. Ich war längere Zeit nicht mehr zu Hause gewesen, nun trat während der Bahnfahrt die Heimat wieder vor mein Herz, verlangte meine Liebe und rief die

Flut halbverlorener Erinnerungen an Kinderzeiten und erste Jünglingsjahre herauf. Am Bahnhof der Heimatstadt empfing mich der Vater, und wir fuhren in einer Droschke nach Hause. Doch trieb es mich gleich am andern Morgen hinaus, einen Gang durch die alten Straßen zu tun. Da umfing mich zum erstenmal die Trauer um meine verlorene aufrechte Jugend. Es war mir eine Qual, mit meinem gekrümmten und steifen Bein am Stock durch die Gassen zu hinken, wo jede Ecke an Knabenspiele und untergegangene Freuden erinnerte. Ich kam schwermütig nach Hause zurück, und wen ich sah und wessen Stimme ich hörte und woran ich dachte, alles mahnte mich bitter an früher und an mein Krüppeltum. Dabei litt ich darunter, daß meine Mutter offenbar mit meiner Berufswahl weniger als je einverstanden war, obgleich sie das nicht deutlich sagte. Einen Musiker, der schlankbeinig als Virtuos oder schneidiger Dirigent sich zeigen konnte, hätte sie etwa noch gelten lassen; wie aber ein Halblahmer mit mäßigen Zeugnissen und scheuem Wesen als Geiger sich weiterbringen wolle, war ihr unverständlich. In diesen Gedanken wurde sie von einer alten Freundin und entfernten Verwandten unterstützt, der mein Vater einmal das Haus verboten hatte, was sie ihm mit bitterem Haß vergalt, ohne freilich wegzubleiben, denn sie kam während der Kontorstunden des Vaters häufig zu meiner Mutter. Sie mochte mich, mit dem sie seit meinen Knabenjahren kaum ein Wort gewechselt hatte, nicht leiden und sah in meiner Berufswahl ein bedauerliches Zeichen von Entartung, in meinem Unglück aber eine offensichtliche Strafe und Mahnung der Vorsehung.

Um mir eine Freude zu machen, hatte mein Vater es vorbereitet, daß ich zum Solospielen in einem Konzert des städtischen Musikvereins aufgefordert wurde. Aber ich konnte nicht, ich lehnte ab und zog mich tagelang in meine kleine Stube zurück, in der ich schon als Knabe gewohnt hatte. Besonders quälte mich das ewige Gefragtwerden und Redestehenmüssen, so daß ich gar nimmer ausging. Dabei ertappte ich mich dabei, daß ich aus dem Fenster dem Leben der Straße, den Schulkindern und vor allem den jungen Mädchen mit unglücklichem Neide nachsah.

Wie durfte ich denn hoffen, dachte ich, je wieder einem Mädchen Liebe zeigen zu können! Ich würde immer nebendraußen stehen, wie beim Tanzen, und zusehen müssen und den Mädchen nicht für voll gelten, und wenn je eine freundlich mit mir wäre, so würde es Mitleid sein! Ach, das Bemitleidetwerden hatte ich schon satt bis zum Ekel.

Unter diesen Umständen konnte meines Bleibens daheim nicht sein. Auch die Eltern litten unter meiner reizbaren Schwermut nicht wenig und redeten kaum dagegen, als ich mir die Erlaubnis erbat, gleich jetzt die längst geplante Reise anzutreten, die der Vater mir versprochen hatte. Es hat auch später noch mein Gebrechen mir zu schaffen gemacht und mir Wünsche und Hoffnungen zerstört, an denen mein Herz hing; aber so heiß und quälend habe ich meine Schwäche und Verunstaltung wohl nie mehr empfunden wie damals, wo der Anblick jedes gesunden jungen Mannes und jeder hübschen Frauengestalt mich demütigte und mir wehtat. Wie ich mich langsam an den Stock und das Hinken gewöhnt hatte, bis es mich kaum mehr störte, so mußte ich mich mit den Jahren daran gewöhnen, meines Schadens ohne Bitterkeit bewußt zu bleiben und ihn mit Ergebung und Humor zu tragen.

Zum Glück konnte ich allein reisen und bedurfte keiner besonderen Wartung mehr; jede Begleitung wäre mir zuwider gewesen und hätte meine innere Heilung gestört. Mir ward schon leichter, als ich im Zuge saß und niemand mehr mich auffällig und mitleidig betrachtete. Ich fuhr ohne Pausen Tag und Nacht, in einem wahren Fluchtgefühl, und atmete tief auf, als ich am zweiten Abend durch trübe Fenster spitze, hohe Berge erblickte. Mit dem Dunkelwerden erreichte ich die letzte Station, ging müde und froh durch dunkle Gassen eines Graubündner Städtchens dem ersten Gasthause zu und schlief nach einem Becher tiefroten Weines mir in zehn Stunden die Reisemüdigkeit und schon auch einen guten Teil der mitgebrachten Bedrängnis vom Halse.

Am Morgen stieg ich in die kleine Bergbahn, die durch enge Täler an weißen, schäumenden Bächen hin bergeinwärts führte, und dann an einem kleinen einsamen Bahnhöflein in einen Wagen, und um Mittag war ich droben in einem der höchstgelegenen Dörfer des Landes.

Im einzigen kleinen Gasthaus des stillen, armen Dorfes wohnte ich nun, zeitweise als einziger Gast, bis in den Herbst hinein. Ich hatte im Sinn gehabt, hier eine kleine Weile auszuruhen und dann weiter durch die Schweiz zu reisen, ein Stück Welt und Fremde zu sehen. Es ging aber in jener Höhe ein Wind und wehte eine Luft voller herber Klarheit und Größe, die ich nimmer verlassen mochte. Die eine Seite des Hochtales war mit Tannenwald bewachsen, fast bis zur Höhe, die andere Lehne war felsig kahl. Hier brachte ich meine Tage zu, im sonnenbraunen Gestein oder an einem der kraftvollen wilden Bäche, deren Lied bei Nacht durchs ganze Dorf tönte. In den ersten Tagen genoß ich die Einsamkeit wie einen kühlen Heiltrank, niemand sah mir nach, niemand zeigte mir Neugierde oder Mitleid, ich war frei und allein wie ein Vogel in der Höhe und vergaß bald meinen Schmerz und mein kränkliches Neidgefühl. Zuweilen tat es mir leid, daß ich nicht weit in die Berge gehen, unbekannte Täler und Alpen besuchen, gefährliche Wege steigen konnte. Doch war mir im Grunde herrlich wohl, nach den Erlebnissen und Erregungen der vergangenen Monate umfing mich die Stille der Einsamkeit wie eine sichere Burg, ich fand die gestörte Seelenruhe wieder und lernte mich in meine körperliche Schwäche, wenn nicht mit Heiterkeit, so doch mit Resignation finden.

Die Wochen dort oben sind beinahe die schönsten in meinem Leben gewesen. Ich atmete die reine, helle Luft, trank das eisige Wasser der Bäche, sah an den steilen Hängen die Ziegenherden grasen, von schwarzhaarigen, träumerisch stillen Hirten bewacht, hörte zuweilen Stürme durchs Tal gehen, sah Nebeln und Gewölk aus ungewohnter Nähe ins

Gesicht. In Steinspalten beobachtete ich die kleine, zarte, farbenkräftige Blumenwelt und die vielen herrlichen Moose, und an klaren Tagen stieg ich gern eine Stunde bergan, bis ich über die jenseitige Höhe hinweg die fernen, rein gezeichneten Spitzen hoher Berge mit blauen Schatten und selig leuchtenden, silbernen Schneefeldern sehen konnte. An einer Stelle des Fußpfades, wo von einer armen, kleinen Quelle her ihn ein dünnes Wassergerinnsel feucht erhielt, fand ich an jedem hellen Tag einen Schwarm von Hunderten kleiner blauer Schmetterlinge trinkend sitzen, die kaum vor meinen Schritten auswichen und mich, wenn ich sie aufstörte, mit einem winzigen, seidenzarten Flügelgesumme umtaumelten. Seit ich sie kannte, ging ich diesen Weg nur an sonnigen Tagen, und jedesmal war die dichte, blaue Schar da, und jedesmal war es ein Feiertag.

Besinne ich mich genauer, so war allerdings jene Zeit nicht ganz so vollkommen blau und sonnig und feiertäglich, wie sie mir im Gedächtnis steht. Es gab nicht nur Nebeltage und Regentage, sogar Schnee und Kälte, es gab auch in mir Unwetter und böse Tage.

Ich war das Alleinsein nicht gewohnt, und als das erste Ausruhen und Schwelgen vorüber war, sah mich zuweilen das Leid, dem ich entronnen, plötzlich wieder aus schrecklicher Nähe an. Manchen kalten Abend saß ich in meiner winzigen Stube, die Reisedecke auf den Knien, müde und wehrlos törichten Gedanken hingegeben. Alles was das junge Blut begehrt und hofft, Feste und tanzende Fröhlichkeit, Frauenliebe und Abenteuer, Triumph der Kraft und der Liebe, das lag drüben am andern Ufer, für immer von mir abgetrennt und für immer unerreichbar. Sogar jene trotzig ausgelassene Zeit einer halb erzwungenen Lustigkeit, deren Ende mein Sturz im Schlitten gewesen war, erschien in meiner Erinnerung dann schön und paradiesisch gefärbt als ein verlorenes Land der Freude, deren Nachhall mir nur noch von ferne her mit verklingendem bacchischem Taumel herüberklang. Und wenn zuweilen nachts die Stürme gingen, wenn das kalte stetige Geräusch der stürzenden Gewässer vom leidenschaftlich wehklagenden Rauschen des zerwühlten Tannenwaldes übertönt wurde oder im Dachgebälk des gebrechlichen Hauses die tausend unerklärten Geräusche der schlaflosen Sommernacht laut wurden, dann lag ich in hoffnungslosen heißen Träumen von Leben und Liebessturm, wütend und Gott lästernd, und kam mir als ein ärmlicher Dichter und Träumer vor, dessen schönster Traum doch nur ein dünnes Seifenblasenschillern ist, während tausend andere rings in der Welt, ihrer Jugendkräfte froh, jubelnde Hände nach allen Kronen des Lebens ausstreckten.

Wie ich jedoch die heilige Schönheit der Berge und alles, was meine Sinne täglich genossen, nur durch einen Schleier zu mir herblicken und nur aus einer seltsamen Ferne zu mir reden fühlte, so trat auch zwischen mich und jenes oft so wild aufbrechende Leid ein Schleier und eine leise Fremdheit, und bald war es soweit, daß ich beides, den Glanz der Tage und den Jammer der Nächte, wie Stimmen von außen vernahm, denen ich mit unverletztem Herzen zuhören konnte. Ich sah und fühlte mich selbst als einen Himmel mit ziehendem Gewölk, als ein Feld voll kämpfender Scharen, und ob es Lust und Genuß oder Leid und Schwermut war, es tönte beides klarer und verständlicher, löste sich aus meiner Seele und trat mich von außen an, in Harmonien und Tonreihen, die ich wie im Schlafe vernahm und die ohne mein Wollen von mir Besitz ergriffen.

Es war in einer Abendstille bei der Heimkehr aus den Felsen, als ich das alles zum erstenmal deutlich empfand, und als ich daran grübelte und mir selber ein Rätsel war, fiel es mir unversehens ein, was das alles bedeute, und daß es die Wiederkehr jener fremden, entrückten Stunden sei, die ich in früheren Jahren ahnungsweise vorgekostet hatte. Und mit dieser Erinnerung kam jene herrliche Klarheit wieder, die fast gläserne Helligkeit und Durchsichtigkeit der Gefühle, deren jedes ohne Maske dastand und deren keines mehr Schmerz und Strom bedeutete. Aus dem Treiben, Schillern und Kämpfen meiner gesteigerten Empfindungen war Musik geworden.

Nun sah ich an meinen hellen Tagen die Sonne und den Wald, die braunen Felsen und die fernen silbernen Berge mit doppeltem Gefühl von Glück und Schönheit und Empfängnis, und ich fühlte in den dunklen Stunden mein krankes Herz mit doppelter Glut sich dehnen und empören, und ich unterschied nicht mehr Genuß und Weh, sondern eines war dem andern gleich, und beides tat weh, und beides war köstlich. Und während es mir innen wohl oder weh erging, stand meine Kraft doch in Ruhe darüber, schaute zu und erkannte das Helle und Dunkle als geschwisterlich zusammengehörend, das Leid und den Frieden als Takte und Kräfte und Teile derselben großen Musik.

Ich konnte diese Musik nicht aufschreiben, sie war mir selber noch fremd und ihre Grenzen mir unbekannt. Aber ich konnte sie hören, ich konnte die Welt in mir als Vollkommenheit empfinden. Und etwas konnte ich auch festhalten, einen kleinen Teil und Widerklang, verkleinert und übersetzt. Daran dachte ich und sog ich nun tagelang und fand, daß es mit zwei Geigen auszudrücken war, und fing, wie ein junger Vogel das Fliegen wagt, in aller Unschuld an, meine erste Sonate aufzuschreiben.

Als ich den ersten Satz eines Morgens in meiner Kammer auf der Geige spielte, fühlte ich wohl die Schwäche der Unfertigkeit und Unsicherheit, aber es lief mir doch jeder Takt wie ein Schauer übers Herz. Ich wußte nicht, ob diese Musik gut war; ich wußte aber, daß es meine eigene Musik war, in mir erlebt und geboren und nirgends vorher gehört.

Unten in der Gaststube saß, unbeweglich und weiß wie ein Eiszapfen, jahraus, jahrein der Vater des Wirts, ein Mann von mehr als achtzig Jahren, der nie ein Wort sprach und nur aus ruhigen Augen sorgsam um sich blickte. Es war ein Geheimnis, ob der feierlich Schweigende im Besitz übermenschlicher Weisheit und Seelenstille sei oder ob die Geisteskräfte ihn verlassen hatten. Zu diesem Greise stieg ich an jenem Morgen hinab, meine

Geige unter dem Arm, denn ich hatte bemerkt, daß er meinem Spiel und jeder Musik immer mit Aufmerksamkeit zuhörte. Da ich ihn allein fand, stellte ich mich vor ihm auf, stimmte die Violine und spielte ihm meinen ersten Satz vor. Der uralte Mann hielt seine stillen Augen, deren Weißes gelblich und deren Lidränder rot waren, auf mich gerichtet und hörte zu, und wenn ich an jene Musik denke, so sehe ich auch den Alten wieder und sein regungslos steinernes Gesicht, aus dem die ruhigen Augen mich betrachten. Als ich fertig war, nickte ich ihm zu, er blinzelte listig und schien alles zu begreifen, seine gelblichen Augen erwiderten meinen Blick, dann wandte er sich ab, ließ den Kopf ein wenig sinken und erlosch wieder zu seiner alten Starre.

Früh begann der Herbst in dieser Höhe, und als ich eines Morgens abreiste, lag dicker Nebel und fiel in staubzarten Tropfen sprühend ein kalter Regen. Ich nahm aber die Sonne der guten Tage und außer der dankbaren Erinnerung auch einen frohen Mut für meine nächsten Wege mit.

Drittes Kapitel

Während meines letzten Semesters am Konservatorium lernte ich den Sänger Muoth kennen, der in der Stadt einen gewissen ehrenvollen Ruf besaß. Er war seit vier Jahren mit seinen Studien fertig und sogleich an der Hofoper angestellt worden, wo er zwar einstweilen noch mit mittleren Rollen auftrat und neben beliebten älteren Kollegen nicht recht zu Glanze kam, aber bei vielen für einen zukünftigen Stern galt, den der nächste Schritt zum Ruhm führen müsse. Mir war er von der Bühne her aus einigen Rollen bekannt und hatte mir immer einen starken Eindruck gemacht, wenn schon keinen reinen.

Unsere Bekanntschaft entstand so. Ich hatte nach meiner Rückkehr zur Schule jenem Lehrer, der mir so freundliche Teilnahme gezeigt hatte, meine Violinsonate und zwei von mir komponierte Lieder gebracht. Er versprach, die Arbeiten durchzusehen und mir seine Meinung darüber zu sagen. Nun dauerte es lange, bis er es tat, und ich konnte ihm eine gewisse Verlegenheit anmerken, so oft ich ihm begegnete. Endlich rief er mich eines Tages zu sich und gab mir meine Noten zurück.

«Da sind Ihre Arbeiten wieder», sagte er etwas befangen. «Hoffentlich haben Sie sich nicht gar zu große Hoffnungen gemacht! Es ist etwas daran, ohne Zweifel, und es kann etwas aus Ihnen werden. Aber offen gesagt, ich hatte Sie schon für reifer und ruhiger gehalten, überhaupt Ihrer Natur nicht soviel Leidenschaft zugetraut. Ich hatte etwas Stilleres und Gefälligeres erwartet, was technisch sicherer wäre und was sich technisch beurteilen ließe. Nun ist aber Ihre Arbeit technisch mißglückt, so daß ich wenig dazu sagen kann, und ist dafür ein kecker Versuch, den ich nicht bewerten kann, aber als Ihr Lehrer nicht loben möchte. Sie haben weniger und mehr gegeben, als ich erwartet hatte, und mich damit in Verlegenheit gebracht. Ich bin zu sehr Schulmeister, um die Stilsünden übersehen zu können, und ob sie durch die Originalität aufgewogen werden, mag ich erst recht nicht entscheiden. Ich will also warten, bis ich wieder etwas von Ihnen sehe, und wünsche Glück dazu. Weiterkomponieren werden Sie ja doch, soviel habe ich gemerkt.»

Damit war ich abgezogen und hatte nicht gewußt, was mit dem Bescheid anfangen, der keiner war. Mir hatte es geschienen, man müsse einer Arbeit ohne weiteres ansehen, ob sie aus Spielerei und zum Zeitvertreib oder ob sie aus Bedürfnis und aus dem Herzen entstanden sei. Ich legte die Noten weg und nahm mir vor, das alles einstweilen zu vergessen, um in diesen letzten Lernmonaten recht fleißig zu sein.

Da war ich einmal von einer Familie eingeladen, wo viel Musik getrieben wurde, und wo ich, als bei Bekannten meiner Eltern, ein- oder zweimal im Jahr meinen Besuch zu machen pflegte. Es war ein Gesellschaftsabend wie alle, nur daß ein paar Berühmtheiten von der Oper dabei waren, die ich vom Sehen alle kannte. Auch der Sänger Muoth war da, der mich von allen am meisten interessierte, und ich sah ihn zum erstenmal so nahe. Er war groß und schön, ein imponierender dunkler Mann mit sichern und vielleicht schon etwas verwöhnten Manieren, man sah ihm an, daß er den Frauen gefiel. Doch sah er, von den Gebärden abgesehen, weder stolz noch vergnügt aus, sondern hatte in Blick und Mienen viel Suchendes und Unbefriedigtes. Als ich ihm vorgestellt wurde, grüßte er mit einem kurzen steifen Kompliment, ohne mit mir zu sprechen. Nach einer Weile kam er aber plötzlich zu mir her und fragte: «Heißen Sie nicht Kuhn? – Dann kenne ich Sie schon ein wenig. Der Professor S. hat mir Ihre Arbeiten gezeigt. Sie dürfen es ihm nicht übelnehmen, er ist nicht indiskret. Aber ich kam gerade dazu, und weil ein Lied dabei war, sah ich mir's mit seiner Erlaubnis an.»

Ich war erstaunt und verlegen. «Warum sprechen Sie davon?» fragte ich. «Es hat dem Professor nicht gefallen, glaube ich.»

«Tut Ihnen das weh? Nun, mir hat das Lied sehr gefallen; ich könnte es singen, wenn ich nur die Begleitung hätte. Die möchte ich mir von Ihnen erbitten.»

«Es hat Ihnen gefallen? Ja, kann man es denn singen?»

«Das kann man schon, freilich nicht in jedem Konzert. Ich möchte es aber gern für mich haben, für den Hausgebrauch.»

«Ich will es Ihnen abschreiben. Aber warum wollen Sie es haben?»

«Weil es mich interessiert. Es ist ja wirklich Musik, das Lied, das wissen Sie doch selber!»

Er sah mich an, und mich plagte seine Art, Leute anzusehen. Er blickte mir ganz gerade ins Gesicht, völlig unbekümmert studierend, und seine Augen waren voll Neugierde.

«Sie sind jünger, als ich gedacht hätte. Sie müssen doch schon viel Schmerz erfahren haben.»

«Ja», sagte ich, «aber ich kann nicht davon sprechen.»

«Das sollen Sie auch nicht, ich will Sie doch nicht ausfragen.»

Sein Blick verwirrte mich, auch war er eine Art von Berühmtheit und ich noch ein Schüler, so daß ich mich nur schwach und schüchtern zur Wehr setzen konnte, obgleich mir seine Art zu fragen gar nicht gefiel. Hochmütig war er nicht, aber irgendwie verletzte er mir das Schamgefühl, ohne daß ich mehr als leise abwehren konnte, denn es kam doch auch kein rechter Widerwille in mir auf. Ich hatte das Gefühl, er sei unglücklich und habe eine ungewollt gewaltsame Art, die Menschen anzufassen, als wolle er ihnen etwas entreißen, was ihn trösten könne. Sein dunkel forschendes Auge war so frech wie traurig, und sein Gesicht viel älter, als er sein konnte.

Bald darauf, während mir seine Anrede noch die Gedanken beschäftigte, sah ich ihn höflich und lustig mit einer Tochter des Hauses plaudern, die ihm entzückt zuhörte und ihn wie ein Meerwunder anschaute.

Ich lebte seit meinem Ungeschick so einsam, daß diese Begegnung mir noch tagelang nachklang und mich störte. Ich war meiner selbst nicht sicher genug, um den überlegenen Mann nicht zu fürchten, und doch zu einsam und bedürftig, um nicht von seiner Annäherung geschmeichelt zu sein. Schließlich dachte ich, er habe mich und seine Laune von jenem Abend vergessen. Da erschien er zu meiner Verwirrung in meiner Wohnung.

Das war an einem Dezemberabend, schon bei voller Dunkelheit. Der Sänger klopfte an und trat herein, als sei nichts Merkwürdiges an seinem Besuch, und sprang sogleich, ohne alle Einleitungen und Höflichkeiten, mitten in das Gespräch. Ich mußte ihm das Lied geben, und da er mein Mietklavier im Zimmer sah, wollte er es sogleich singen. Ich mußte hinsitzen und begleiten, und so hörte ich zum erstenmal mein Lied richtig gesungen. Es war traurig und ergriff mich wider meinen Willen, denn er sang es nicht sängermäßig, sondern leise und wie für sich allein. Der Text, den ich im vorigen Jahr in einer Zeitschrift gelesen und mir abgeschrieben hatte, hieß so:

Daß bei jedem Föhn
Vom Berg die Lawine rollt
Mit Sausen und Todesgetön,
Hat das Gott gewollt?

Daß ich ohne Gruß
Durch der Menschen Land
Fremd wandern muß,
Kommt das von Gottes Hand?

Sieht er in Herzensnot
Und Qual mich schweben?
Ach, Gott ist tot!
– Und ich soll leben?

Wie ich's ihn singen hörte, begriff ich, daß das Lied ihm gefallen hatte.

Wir waren eine kleine Weile still, dann fragte ich ihn, ob er mir nicht Fehler sagen und Korrekturen vorschlagen könne.

Muoth sah mich mit seinem dunklen, starren Blick an und schüttelte den Kopf.

«Da ist nichts zu korrigieren», sagte er. «Ich weiß nicht, ob die Komposition gut ist, ich verstehe davon gar nichts. Es ist Erlebnis und Herz in dem Lied, und weil ich selber nicht dichte und nicht komponiere, freut es mich, wenn ich einmal etwas finde, das mir wie eigen vorkommt und das ich mir selber vorsingen mag.»

«Der Text ist aber nicht von mir», warf ich ein.

«Nicht? Nun, einerlei, der Text ist auch Nebensache. Sie müssen ihn doch erlebt haben, sonst hätten Sie das nicht komponiert.»

Ich bot ihm nun die Abschrift an, die ich schon seit Tagen bereit hatte. Er nahm die Blätter an sich, rollte sie ein und zwängte sie in die Manteltasche.

«Kommen Sie auch einmal zu mir, wenn Sie mögen», sagte er und gab mir die Hand. «Sie leben einsam, das will ich Ihnen nicht verderben. Aber hie und da sieht man doch gern einem anständigen Menschen ins Gesicht.»

Da er fortging, blieb sein letztes Wort und Lächeln bei mir zurück, es klang mit dem Lied zusammen, das er gesungen hatte, und mit allem, was ich bis jetzt von dem Mann wußte. Und je länger ich das alles bei mir trug und betrachtete, desto deutlicher wurde es, und am Ende verstand ich diesen Menschen. Ich verstand, warum er zu mir gekommen war, warum mein Lied ihm gefiel, warum er so fast unbescheiden in mich drang und mir halb scheu, halb frech erschienen war. Er litt, er trug einen schweren Schmerz, und er war von Einsamkeit ausgehungert wie ein Wolf. Dieser Leidende hatte es mit dem Stolz und dem Alleinsein versucht und es nicht ausgehalten, er lag auf der Lauer nach Menschen, nach einem guten Blick und einem Hauch von Verständnis, und war bereit, sich wegzuwerfen dafür. So dachte ich es mir damals.

Mein Gefühl gegen Heinrich Muoth war nicht klar. Ich fühlte wohl sein Verlangen und seine Not, doch hatte ich Furcht vor ihm als einem überlegenen und grausamen Menschen, der mich verbrauchen und liegenlassen könnte. Ich war zu jung und hatte zuwenig Menschliches erlebt, um das zu verstehen und zu billigen, wie er sich gleichsam nackt hingab und kaum die Scham des Schmerzes zu kennen schien. Doch sah ich auch, daß hier ein glühender und inniger Mensch litt und verlassen war. Es fielen mir ungesucht die Gerüchte ein, die ich über Muoth gehört hatte, undeutliches ängstliches Schülergerede, dessen Farbe und Ton aber mein Gedächtnis wohl bewahrt hatte. Man erzählte von ihm tolle Frauengeschichten und Abenteuer, und ohne daß mir das einzelne erinnerlich gewesen wäre, glaubte ich doch noch irgend etwas Blutiges zu wissen, als sei er in die Geschichte eines Mordes oder Selbstmordes verwickelt gewesen.

Als ich bald darauf meine Scheu bezwang und einen Kameraden darüber fragte, zeigte sich die Sache harmloser, als sie mir erschienen war. Muoth hatte, wie es hieß, ein Liebesverhältnis mit einer jungen Dame aus der guten Gesellschaft unterhalten, und diese hatte sich allerdings vor zwei Jahren das Leben genommen, doch ohne daß man von einer Verwicklung des Sängers in diese Geschichte mehr als in vorsichtigen Andeutungen zu reden wagen durfte. Vermutlich hatte meine eigene Phantasie, durch die Begegnung mit dem eigenartigen und mir leise unheimlichen Menschen erregt, jenen Duft von Schrecken um ihn geschaffen. Doch mußte er immerhin mit jener Liebe Böses erlebt haben.

Ich hatte nicht den Mut, zu ihm zu gehen. Wohl konnte ich mir nicht verbergen, daß Heinrich Muoth ein leidender und vielleicht verzweifelter Mensch sei, der nach mir griffe und begehre, und manchmal schien mir, ich müsse dem Rufe folgen und wäre ein Schelm, wenn ich es nicht täte. Dennoch ging ich nicht hin, ein anderes Gefühl hinderte mich. Was Muoth bei mir suchte, konnte ich ihm nicht geben, ich war ein ganz anderer Mensch als er, und wenn ich auch in mancher Hinsicht einsam und nicht recht verstanden unter den Leuten stand, wenn ich auch vielleicht anders war als jedermann, durch Schicksal und durch Veranlagung von den meisten getrennt, so wollte ich doch davon kein Aufhebens machen. Mochte der Sänger ein dämonischer Mensch sein, ich war keiner, und mich hielt ein inneres Bedürfnis vom Auffallenden und Besonderen ab. Ich hatte eine Abneigung und einen Widerwillen gegen Muoths heftige Gebärde, er war ein Mann der Bühne und der Abenteuer, schien mir, und vielleicht dazu bestimmt, ein tragisches und weithin sichtbares Schicksal zu leben. Ich hingegen wollte in der Stille bleiben, mir standen Gebärden und kühne Worte nicht an, ich war zur Resignation bestimmt. So rätselte ich hin und wider, im Bedürfnis nach Beruhigung. Es hatte ein Mensch an meine Tür geklopft, der mir leid tat und den ich vielleicht gerechterweise über mich stellen mußte, aber ich wollte Ruhe haben und ihn nicht einlassen. Eifrig warf ich mich auf die Arbeit und ward die plagende Vorstellung nicht los, es stehe hinter mir einer, der nach mir greife.

Da ich nicht kam, nahm Muoth die Sache wieder selber in die Hand. Ich erhielt ein Brieflein von ihm, das war in großen stolzen Zügen geschrieben und lautete:

«Lieber Herr! Am elften Januar pflege ich mit einigen Freunden meinen Geburtstag zu feiern. Darf ich sie dazu einladen? Schön wäre es, wenn wir bei diesem Anlaß Ihre Violinsonate hören könnten. Was meinen Sie dazu? Haben Sie einen Kollegen, mit dem Sie sie spielen können, oder soll ich Ihnen jemand schicken? Stefan Kranzl wäre bereit. Sie würden eine Freude machen Ihrem

Heinrich Muoth.»

Das hatte ich nicht erwartet. Ich sollte meine Musik, um die noch niemand wußte, vor Kennern spielen, und ich sollte mit Kranzl zusammen geigen! Beschämt und dankbar sagte ich zu und wurde schon nach zwei Tagen von Kranzl aufgefordert, ihm die Noten zu schicken. Und wieder nach ein paar Tagen lud er mich ein. Der beliebte Geiger war noch jung, ein Mann vom Virtuosenzuschnitt, sehr schmal und schlank und blaß.

«So», sagte er gleich bei meinem Eintreten, «Sie sind also der Freund von Muoth. Ja, da wollen wir gleich anfangen. Wenn wir aufpassen, wird's nach zwei-, dreimal schon gehen.»

Damit setzte er mir einen Stuhl hin, legte mir die zweite Geigenstimme vor, markierte den Takt und fing an, mit seinem leichten empfindlichen Strich, daß ich daneben ganz zusammensank.

«Nur nit so schüchtern!» rief er mir zu, ohne das Spiel zu unterbrechen, und wir spielten das Ganze durch.

«So, es geht ja!» sagte er. «Schad, daß Sie keine bessere Geigen haben. Tut aber nichts. Das Allegro nehmen wir dann aber ein bissel schneller, daß man's nit für einen Trauermarsch anschaut. Los!»

Und da spielte ich nun neben dem Virtuosen ganz zutraulich meine Noten herunter, meine einfache Geige klang mit seiner kostbaren zusammen, als müsse es so sein, und ich war erstaunt, den apart aussehenden Herrn so zwanglos, ja naiv zu finden. Als ich warm geworden und etwas zu Mut gekommen war, fragte ich ihn zögernd nach seinem Urteil über meine Komposition.

«Da müssens ein andern fragen, lieber Herr, ich versteh nit viel davon. Ein bissel sonderbar ist's schon, aber das haben die Leut ja gern. Wann's dem Muoth gefallt, könnens sich schon was einbilden, der frißt nit alles.»

Er gab mir Ratschläge wegen des Spiels und zeigte mir einige Stellen, denen Änderungen not taten. Dann wurde auf morgen eine weitere Probe verabredet, und ich konnte gehen.

Es war mir ein Trost, diesen Geigenmann so einfach und bieder zu finden. Wenn der zu Muoths Freunden gehörte, konnte ich dort zur Not auch bestehen. Freilich war er ein fertiger Künstler und ich ein Anfänger ohne große Aussichten. Leid tat mir nur, daß niemand sich offen über meine Arbeit äußern wollte. Das härteste Urteil wäre mir lieber gewesen als diese gutmütigen Sprüche, die nichts sagten.

Es war in jenen Tagen bitter kalt, man konnte es kaum erheizen. Meine Kameraden liefen eifrig Schlittschuh, es jährte sich seit unserem Ausflug mit Liddy. Für mich war das keine gute Zeit, und ich freute mich auf den Abend bei Muoth, ohne mir sonst viel davon zu versprechen, nur weil ich solang keine Freunde und keine Fröhlichkeit mehr gesehen hatte. In der Nacht vor dem elften Januar erwachte ich an einem ungewohnten Geräusch und einer fast erschreckenden Wärme der Luft. Ich stand auf und ging ans Fenster, verwundert, daß es nimmer kalt war. Da war plötzlich der Südwind gekommen, es wehte gewaltig feucht und lau, in der Höhe schob der Sturm große schwerfällige Wolkenzüge vor sich über den Himmel, an dem in schmalen Lücken einzelne Sterne sonderbar groß und blendend strahlten. Die Dächer hatten schon schwarze Flecken, und am Morgen, als ich ausging, war aller Schnee vergangen. Die Straßen und Gesichter sahen seltsam verändert aus, und über allem schwamm ein verfrühter Hauch von Frühling.

Ich ging an jenem Tage in einem leisen fieberhaften Rausch umher, teils wegen des Südwindes und der gärenden Luft, teils in großer Erregung und Erwartung des Abends. Oftmals nahm ich meine Sonate vor und spielte Stücke daraus, und warf sie wieder weg. Bald fand ich sie wahrhaft schön und hatte meine stolze Freude an ihr, bald kam sie mir plötzlich kleinlich, zerrissen und unklar vor. Ich hätte diese Aufregung und Bangigkeit nicht lange ertragen. Schließlich wußte ich nimmer, ob ich mich auf den herankommenden Abend freue oder fürchte.

Er kam dennoch, ich zog den Gehrock an, nahm meinen Geigenkasten mit und suchte Muoths Wohnung auf. Weit in der Vorstadt in einer unbekannten und unbegangenen Straße fand ich in der Dunkelheit mit Mühe das Haus, es lag allein in einem großen Garten, der verfallen und ungepflegt erschien, hinter der unverschlossenen Gartentür fiel ein großer Hund mich an, der von einem Fenster her zurückgepfiffen wurde und murrend mich zum Eingang begleitete. Hier empfing mich eine alte kleine Frau mit ängstlichen Augen, nahm mir den Mantel ab und führte mich durch einen hell erleuchteten Korridor hinein.

Der Geigenspieler Kranzl wohnte sehr nobel, und ich hatte erwartet, es auch bei Muoth, der für reich galt, ziemlich glänzend zu finden. Nun sah ich zwar große, weite Räume, viel zu groß für einen Junggesellen, der wenig zu Hause ist, sonst aber alles sehr einfach, oder eigentlich nicht einfach, sondern zufällig und ungeordnet. Die Möbel waren zum Teil alt und schienen zum Hause zu gehören, dazwischen standen neue Sachen, wahllos gekauft und ohne Sorgfalt aufgestellt. Glänzend war nur die Beleuchtung. Es brannte kein Gas, statt dessen eine große Menge weißer Kerzen in einfachen, schönen Zinnleuchtern, im Hauptraume auch eine Art Kronleuchter, ein schlichter Messingring mit vielen Kerzen besteckt. Hier stand als Hauptstück ein sehr schöner Flügel.

In dem Zimmer, in das ich geführt wurde, standen einige Herren im Gespräch beisammen. Ich stellte meinen Kasten ab und grüßte, einige nickten und wandten sich wieder zueinander, ich stand fremd da. Nun kam

Kranzl, der bei ihnen war und mich nicht gleich beachtet hatte, zu mir, gab mir die Hand, stellte mich seinen Bekannten vor und sagte: «Das ist unser neuer Geiger. Habens auch die Geigen mitbracht?» Dann rief er ins Nebenzimmer hinüber: «Du, Muoth, der mit der Sonaten ist da.»

Jetzt kam Heinrich Muoth herein, begrüßte mich sehr freundlich und nahm mich mit ins Flügelzimmer, wo es festlich und warm aussah und eine schöne Frau im weißen Kleid mir ein Glas Sherry einschenkte. Es war eine Schauspielerin vom Hoftheater, übrigens sah ich zu meinem Erstaunen sonst keinen Kollegen des Hausherrn eingeladen, auch war sie die einzige Dame.

Als ich mein Gläschen halb in Verlegenheit, halb in unwillkürlichem Wärmebedürfnis nach dem feuchten Nachtgang rasch ausgetrunken hatte, schenkte sie mir wieder ein und ließ meine Abwehr nicht gelten: «Nehmen Sie nur, es kann nichts schaden. Wir kriegen nämlich erst nach der Musik etwas zu essen. Sie haben doch die Geige mitgebracht und die Sonate?»

Ich gab spröde Antwort und war befangen, wußte auch nicht, in welchem Verhältnis sie zu Muoth stehe. Sie schien die Hausfrau zu machen und war übrigens eine Augenweide, wie ich denn auch in der Folge meinen neuen Freund stets nur mit exemplarisch schönen Frauen Umgang pflegen sah.

Indessen sammelten sich alle im Musikzimmer, Muoth stellte ein Notenpult auf, man setzte sich, und bald war ich mit Kranzl mitten in der Musik. Ich spielte, ohne es zu fühlen, es kam mir miserabel vor, und nur wie jagendes Wetterleuchten überflog mich zwischenein je und je für Sekunden das Bewußtsein, daß ich hier mit Kranzl spiele, und daß das der zag erwartete große Abend sei, und daß da eine kleine Gesellschaft von Kennern und verwöhnten Musikern sitze, denen wir meine Sonate vorspielten. Erst während des Rondos begann ich zu hören, daß Kranzl herrlich spielte, doch war ich immer noch so befangen und außerhalb der Musik, daß ich ununterbrochen an anderes dachte und mir plötzlich einfiel, daß ich Muoth noch gar nicht zum Geburtstag gratuliert habe.

Nun war die Sonate ausgespielt, die schöne Dame erhob sich, gab mir und Kranzl die Hand und öffnete die Tür zu einem kleineren Zimmer, wo uns ein gedeckter Tisch mit Blumen und Weinflaschen erwartete.

«Endlich!» rief einer von den Herren. «Ich bin schier verhungert.»

Die Dame meinte: «Sie sind doch ein Scheusal. Was soll der Komponist denken?»

«Welcher Komponist, ist er denn da?»

Sie zeigte auf mich. «Da sitzt er.»

Er sah mich an und lachte. «Das hättet ihr mir auch vorher sagen können. Übrigens, die Musik war recht schön. Nur, wenn man Hunger hat—»

Wir begannen zu essen, und kaum war die Suppe weg und der weiße Wein eingeschenkt, da tat Kranzl einen Trinkspruch auf den Hausherrn und dessen Geburtstag. Muoth erhob sich gleich nach dem Anstoßen: «Lieber Kranzl, wenn du gedacht hast, ich würde jetzt eine Rede auf dich halten, hast du dich getäuscht. Wir wollen überhaupt keine Reden mehr halten, ich bitte drum. Die einzige, die vielleicht nötig ist, nehme ich hiermit auf mich. Ich danke unserem jungen Freund für seine Sonate, die ich famos finde. Vielleicht wird unser Kranzl einmal froh sein, wenn er Sachen von ihm zu spielen kriegt, was er übrigens nur tun soll, denn er hat die Sonate wirklich kapiert. Ich trinke auf den Komponisten und auf gute Freundschaft mit ihm.»

Man stieß an, lachte, zog mich ein wenig auf, und bald kam eine von gutem Wein erhöhte Tafelfröhlichkeit zustande, der ich mich erlöst hingab. Ich war lange nimmer auf diese Weise vergnügt und entlastet gewesen, eigentlich seit einem Jahre nicht mehr. Jetzt tat mir Gelächter und Wein, Gläsergeläut, Stimmenwirrnis und der Anblick einer schönen fröhlichen Frau verschüttete Tore zur Freude auf, und ich glitt weich hinüber in die losgebundene Heiterkeit leichter und lebhafter Gespräche und lachender Mienen.

Früh stand man von der Tafel auf und kehrte ins Musikzimmer zurück, wo sich das Gelage mit Wein und Zigarren in alle Ecken verteilte. Ein stiller Herr, der wenig geredet hatte und dessen Namen ich nicht wußte, kam zu mir und sagte mir freundliche Worte über die Sonate, die ich ganz vergessen hatte. Dann zog mich die Schauspielerin ins Gespräch, und zu uns setzte sich Muoth. Wir tranken abermals auf gute Freundschaft, und plötzlich sagte er, funkelnd mit seinen düster lachenden Augen: «Ich weiß jetzt Ihre Geschichte.» Und zu der Schönen: «Er hat sich beim Rodeln die Knochen gebrochen, einem hübschen Mädel zulieb.» Und wieder zu mir: «Das ist schön. Im Augenblick, wo die Liebe am schönsten ist und noch keinen Fleck hat, kopfüber den Berg hinunter. Das ist schon ein gesundes Bein wert.» Lachend leerte er sein Glas und sah alsofort wieder dunkel und grübelnd aus, als er sagte: «Wie sind Sie zum Komponieren gekommen?»

Ich erzählte, von den Knabenzeiten her, wie es mir mit der Musik gegangen war, und erzählte vom vergangenen Sommer, von meiner Flucht in die Berge und von dem Lied und der Sonate.

«Ja», sagte er langsam. «Aber warum macht Ihnen das nun Freude? Man kann einen Schmerz doch nicht aufs Papier schreiben und damit los sein.»

«Das will ich auch nicht», meinte ich. «Ich möchte gar nichts hergeben und los sein als die Schwäche und Unfreiheit. Ich möchte empfinden, daß der Schmerz und die Freude aus der gleichen Quelle kommen und Bewegungen derselben Kraft und Takte derselben Musik sind, jedes schön und notwendig.»

«Mann», rief er heftig. «Sie haben doch ein Bein verloren! Können Sie denn das über der Musik vergessen?»

«Nein, warum? Anders machen kann ich es doch nimmer.»

«Und macht Sie das nicht verzweifelt?»

«Es freut mich nicht, das können Sie glauben, aber ich hoffe, zum Verzweifeln bringt es mich nimmer.»

«Dann sind Sie glücklich. Ich gäbe zwar kein Bein her um so ein Glück. Also so ist das mit Ihrer Musik? Sieh, Marion, das ist der Zauber der Kunst, von dem soviel in Büchern steht.»

Zornig rief ich ihn an: «Reden Sie doch nicht so! Sie selber singen doch auch nicht bloß um Ihre Gage, sondern haben eine Freude und einen Trost daran! Warum verspotten Sie mich und sich selber? Ich finde das roh.»

«Still, still!» machte Marion, «sonst wird er bös.»

Muoth sah mich an. «Ich werde nicht böse. Er hat ja ganz recht. Aber das mit dem Bein kann nicht so schlimm sein, sonst würde Sie das Musikmachen nicht drüber trösten. Sie sind ein zufriedener Mensch, denen kann passieren was will, und sie bleiben doch zufrieden. Aber ich habe nicht daran geglaubt.»

Und er sprang auf, ganz zornig. «Und es ist auch nicht wahr! Sie haben ja das Lawinenlied komponiert, das ist kein Trost und keine Zufriedenheit, sondern Verzweiflung. Hören Sie!»

Er war plötzlich am Flügel, es wurde stiller im Zimmer. Er fing zu spielen an, verwirrte sich, ließ dann die Einleitung weg und sang das Lied. Er sang es jetzt anders als damals bei mir, und ich konnte sehen, daß er es seither manchmal vorgehabt habe. Auch sang er diesmal mit voller Stimme, mit seinem hohen Bariton, den ich von der Bühne kannte, und dessen Kraft und strömende Leidenschaft die ungeklärte Härte seines Gesangs vergessen machte.

«Das hat dieser Mann, wie er sagt, rein zum Vergnügen geschrieben, er weiß nichts von Verzweiflung und ist mit seinem Los unendlich zufrieden!» rief er und zeigte auf mich, und ich hatte Tränen der Scham und des Zorns in den Augen, sah alles in Schleiern wanken und stand auf, um ein Ende zu machen und fortzugehen.

Da hielt mich eine feine, doch kräftige Hand und drückte mich in den Sessel zurück, und strich mir leise und zärtlich über das Haar, daß mich feine heiße Wellen bespülten, daß ich die Augen schloß und die Tränen verbiß. Aufschauend sah ich alsdann Heinrich Muoth vor mir stehen, die andern schienen meine Bewegung und die ganze Szene nicht beachtet zu haben, sie tranken Wein und lachten durcheinander.

«Sie Kind!» sagte Muoth leise. «Wenn man solche Lieder geschrieben hat, ist man doch über so etwas hinaus. Aber es tut mir leid. Da hat man einen Menschen gern, und kaum ist man mit ihm zusammen, so fängt man Händel mit ihm an.»

«Es ist gut», sagte ich befangen. «Aber ich möchte jetzt heimgehen, das Schönste von heute haben wir doch gehabt.»

«Gut, ich will Sie nicht nötigen. Wir andern betrinken uns jetzt noch, denke ich. Dann seien Sie so gut und nehmen Sie die Marion mit heim, gelt? Sie wohnt am Innern Graben, das ist für Sie kein Umweg.»

Die schöne Frau sah ihn einen Augenblick prüfend an. «Ja, wollen Sie?» sagte sie dann zu mir, und ich stand auf. Wir nahmen nur von Muoth Abschied, im Vorzimmer half uns ein Lohndiener in die Mäntel, dann erschien verschlafen auch die kleine Alte und leuchtete mit einer großen Laterne durch den Garten zur Pforte. Der Wind ging immer noch weich und laulich, trieb lange schwarze Wolkenzüge dahin und wühlte in kahlen Baumkronen.

Ich wagte nicht, der Marion den Arm zu geben, sie aber hängte ungefragt bei mir ein, sog die Nachtluft mit zurückgeworfenem Kopfe ein und sah dann aus solcher Höhe fragend und vertraulich auf mich herab. Mir war, ich fühle immer noch ihre leichte Hand auf meinen Haaren, sie ging langsam und schien mich führen zu wollen.

«Dort stehen Droschken», sagte ich, denn es war mir peinlich, daß sie sich meinem lahmen Schritt anbequemen sollte, und ich litt darunter, neben der warmen, kraftvoll schlanken Frau einherzuhinken.

«Nein», meinte sie, «wir wollen noch eine Straße weit gehen.» Und sie gab sich Mühe, recht langsam zu gehen, und wenn es nur auf mein Verlangen angekommen wäre, ich hätte sie noch enger an mich gezogen. So aber zerriß mich Qual und Zorn, ich machte ihren Arm aus meinem los, und als sie mich erstaunt ansah, sagte ich: «Es geht nicht gut so, ich muß allein gehen, verzeihen Sie.» Und sie ging sorgsam und mitleidig neben mir, und mir fehlte nichts als ein aufrechter Gang und das Bewußtsein der körperlichen Sicherheit, so hätte ich von allem, was ich tat und sagte, das Gegenteil gesagt und getan. Ich wurde still und schroff, es war nicht anders zu machen, sonst hätte ich wieder Tränen in die Augen bekommen und mich danach gesehnt, ihre Hand auf meinem Kopf zu fühlen. Am liebsten wäre ich in die nächste Seitengasse entflohen. Ich wollte nicht, daß sie langsam ging, daß sie mich schonte, daß sie Mitleid mit mir hatte.

«Sind Sie ihm böse?» fing sie schließlich an.

«Nein. Es war dumm von mir. Ich kannte ihn ja noch kaum.»

«Es tut mir leid, wenn er so ist. Er hat Tage, wo man ihn fürchten muß.»

«Sie auch?»

«Ich am meisten. Dabei tut er niemand weher als sich selber. Er haßt sich manchmal.»

«Ach, er macht sich interessant!»

«Was sagen Sie?» rief sie erschrocken.

«Daß er ein Komödiant ist. Was braucht er sich und andere zu verhöhnen? Was braucht er die Erlebnisse und Geheimnisse eines Fremden hervorzuziehen und lächerlich zu machen, das Lästermaul!»

Mein Zorn von vorher kehrte mir im Reden wieder, ich war gewillt, den Mann zu beschimpfen und herabzuziehen, der mir weh getan hatte und den ich leider beneidete. Auch war meine Achtung vor der Dame gesunken, da sie ihn in Schutz nahm und sich offen vor mir zu ihm bekannte. War es nicht schon schlimm, daß sie es auf sich genommen hatte, bei diesem weinfrohen Junggesellenabend die einzige Frau zu sein? In diesen Dingen war ich wenig Freiheit gewöhnt, und da ich mich schämte, nach dieser schönen Frau trotzdem Sehnsucht zu haben, fing ich in meiner Hitze lieber Streit an, als daß ich länger ihr Mitleid spürte. Mochte sie mich roh finden und mir davonlaufen, es war mir besser, als daß sie bei mir blieb und freundlich war.

Sie legte mir aber die Hand auf den Arm. «Halt», rief sie warm, daß ihre Stimme mir trotz allem ins Herz ging, «reden Sie nicht weiter! Was tun Sie denn? Sie sind durch zwei Worte von Muoth verletzt, weil Sie nicht geschickt oder mutig genug waren, sie zu parieren, und jetzt, wo Sie fort sind, fallen Sie vor mir mit häßlichen Worten über ihn her! Ich sollte gehen und Sie allein lassen.»

«Bitte. Ich habe nur gesagt, was ich meine.»

«Lügen Sie doch nicht! Sie sind seiner Einladung gefolgt, Sie haben bei ihm musiziert, Sie haben gesehen, wie er Ihre Musik liebt, und haben sich darüber gefreut und daran aufgerichtet, und jetzt, wo Sie ärgerlich sind und ein Wort von ihm nicht ertragen können, fangen Sie zu schimpfen an. Das dürfen Sie nicht, und ich will es dem Wein zugute halten.»

Mir schien, sie merkte plötzlich, wie es mit mir stand und daß nicht der Wein mich plagte; sie änderte ihren Ton, ohne daß ich den mindesten Versuch einer Rechtfertigung gemacht hatte. Ich war wehrlos.

«Sie kennen Muoth noch nicht», fuhr sie fort. «Haben Sie ihn denn nicht singen hören? So ist er, gewalttätig und grausam, aber am meisten gegen sich selber. Er ist ein armer, stürmender Mensch, der lauter Kräfte und keine Ziele hat. In jedem Augenblick möchte er die ganze Welt austrinken, und was er hat und was er tut, ist immer nur ein Tropfen. Er trinkt und ist nie betrunken, er hat Frauen und ist nie glücklich, er singt so herrlich und will doch kein Künstler sein. Er hat jemand lieb und tut ihm weh, er stellt sich, als verachte er alle Zufriedenen, aber es ist Haß gegen sich selber, weil er nicht zufrieden sein kann. So ist er. Und Ihnen hat er Freundlichkeit gezeigt, so gut er es eben kann.»

Ich schwieg hartnäckig.

«Sie brauchen ihn vielleicht nicht», fing sie nochmals an, «Sie haben andere Freunde. Aber wenn wir jemand sehen, der leidet und im Leiden ungebärdig ist, so sollen wir ihn schonen und ihm etwas zugute halten.»

Ja, dachte ich, das sollte man, und allmählich, wie das Gehen in der Nacht mich kühlte, lag zwar die eigene Wunde noch offen und rief nach Hilfe, aber mehr und mehr mußte ich den Worten der Marion und meinen Dummheiten von heut abend nachdenken, mich als einen traurigen Hund erkennen und in der Stille Abbitte tun. Es ergriff mich, da der Weinmut verflogen war, eine unangenehme Rührung, mit der ich abwehrend kämpfte, ohne mehr viel zu der schönen Frau zu sagen, die nun selber erregt und ungewissen Herzens neben mir durch die halbdunklen Straßen lief, wo da und dort in der toten, schwarzen Fläche plötzlich ein Laternenspiegel aus dem nassen Boden aufblickte. Ich dachte daran, daß ich meine Geige bei Muoth hatte liegenlassen; und zwischenein erwachte ich wieder zum Erstaunen und Schrecken über alles. Da war diesen Abend so vieles anders geworden. Dieser Heinrich Muoth und der Violinist Kranzl, und wieder die herrliche Marion, die Königinnen spielte, die waren alle von ihren Sockeln herabgestiegen. An ihrem olympischen Tische saßen nicht Götter und Selige, sondern arme Menschen, der eine klein und komisch, der andere bedrückt und eitel, Muoth elend und fieberhaft in törichter Selbstquälerei, die hohe Frau klein und arm als Geliebte eines stürmenden Genießers ohne Heiterkeit, dabei still und gütig und des Leidens kundig. Ich selber schien mir verändert, war nicht mehr ein einfacher Mensch, sondern war allen verwandt, hatte an jedem brüderliche und an jedem feindliche Züge gesehen, konnte hier nicht lieben und dort nicht verabscheuen, sondern schämte mich meines wenigen Verstehens und spürte zum erstenmal in meiner leichten Jugend so deutlich, daß man durchs Leben und durch die Menschen nicht so einfach gehen könne, da mit Haß und da mit Liebe, da mit Verehrung und dort mit Verachtung, sondern daß alles durcheinander und beieinander wohne, kaum getrennt und in Augenblikken kaum unterscheidbar. Ich sah die Frau an, die an meiner Seite ging und nun auch ganz still geworden war, als fände sie im Herzen nun doch auch manches anders beschaffen, als sie es gemeint und gesagt hatte.

Am Ende kamen wir vor ihr Haus, sie streckte mir die Hand her, die ich leise nahm und küßte. «Schlafen Sie gut!» sagte sie freundlich, aber ohne Lächeln.

Das tat ich auch, ich kam nach Hause und ins Bett, ich weiß nicht wie, und schlief sofort und schlief noch ein ungewohntes Stück in den Morgen hinein. Dann stand ich auf wie das Männlein aus der Schachtel, machte meine Turnübung, wusch mich und griff nach den Kleidern; und erst wie ich am Stuhl den Gehrock hängen sah und meinen Geigenkasten vermißte, fiel mir gestern wieder ein. Ich war indes ausgeschlafen und anderen Sinnes als in der Nacht, und konnte an die Gedanken der Nacht nicht anknüpfen; es blieb mir nur die Erinnerung an sonderbar kleine, nur nach innen wirksame Erlebnisse und ein Erstaunen darüber, daß ich nun doch unverwandelt und derselbe wie immer dastand.

Ich wollte arbeiten, aber meine Geige war nicht da. So ging ich aus, anfangs noch unentschlossen, dann entschieden in der gestrigen Richtung, und kam an Muoths Wohnung. Schon vom Gartentor aus hörte ich ihn singen, der Hund fiel mich an und ward von der alten Frau, die schnell herauskam, mit Mühe zurückgeführt. Mich ließ sie eintreten, ich sagte ihr, ich wollte nur meine Geige holen und den Herrn nicht stören. Im Vorzimmer stand mein Geigenkasten, und die Geige lag darin, auch die Noten waren dazugelegt. Das mußte Muoth getan haben, er hatte an mich gedacht. Nebenan sang er laut, ich hörte ihn weich wie auf Filzsohlen hin und wider gehen, zuweilen Töne am Flügel anschlagend. Seine Stimme klang frisch und hell, beherrschter, als ich sie oft auf der Bühne gehört hatte, er sang eine mir unbekannte Rolle, wiederholte häufig und ging rasch im Zimmer auf und ab.

Ich hatte meine Sachen an mich genommen und wollte gehen. Ich war ruhig und fühlte mich von der Erinnerung an gestern kaum berührt. Doch war ich neugierig, ihn zu sehen, ob auch er sich verändert habe, und trat näher, und ohne es ganz zu wollen, hatte ich auf einmal den Türgriff in der Hand, und hatte darauf gedrückt, und stand in der offenen Tür.

Muoth drehte sich im Singen um. Er war im Hemde, in einem sehr langen, weißen, feinen Hemd, und sah frisch aus, als habe er eben gebadet. Ich erschrak nun, zu spät, daß ich ihn so überrascht habe. Er schien jedoch weder verwundert, daß ich ohne Klopfen eingetreten war, noch schien er zu wissen, daß er keine Kleider anhatte. Als wäre alles, wie es sein müsse, bot er mir die Hand und fragte: «Haben Sie schon gefrühstückt?» Dann, da ich ja gesagt hatte, nahm er am Flügel Platz.

«Die Rolle soll ich singen! Da hören Sie die Arie! Das ist ein Gemüse! Wird in der königlichen Hofoper aufgeführt, mit Büttner und der Duelli! Aber das interessiert Sie nicht, und mich eigentlich auch nicht. Wie geht's denn? Haben Sie ausgeruht? Sie haben kaputt ausgesehen, als Sie gestern gingen. Und bös waren Sie mir auch. Nun ja. Wir wollen die Dummheiten nicht gleich wieder anfangen.»

Und gleich darauf, ohne daß ich etwas dazwischen sagen konnte: «Wissen Sie, der Kranzl ist ein Langweiler. Er will Ihre Sonate nicht spielen.»

«Er hat sie doch gestern gespielt!»

«Im Konzert, meine ich. Ich wollte sie ihm aufhängen, aber er mag nicht. Es wäre gut gewesen, wenn sie nächsten Winter in so eine Matinee gekommen wäre. Der Kranzl ist nicht so dumm, wissen Sie, aber faul. Er spielt immerzu diese polakischen Musiken von insky und owsky, was Neues lernt er nicht gern.»

«Ich glaube nicht», fing ich nun an, «daß die Sonate in ein Konzert paßt, das habe ich mir auch nie eingebildet. Sie ist technisch noch gar nicht sauber.»

«Das ist doch Wurst! Ihr mit eurem Künstlergewissen! Wir sind doch keine Schulmeister, und es werden ohne Zweifel schlechtere Sachen gespielt, gerade von Kranzl. Aber ich weiß was anderes. Das Lied müssen Sie mir geben, und machen Sie doch bald noch mehr! Ich gehe im Frühjahr hier weg, ich habe gekündigt und mache lange Ferien. In der Zeit möchte ich ein paar Konzerte geben, aber was Neues, nicht mit Schubert und Wolf und Löwe und dem, was man alle Abend hört, sondern neue und unbekannte Sachen, ein paar wenigstens, solche wie das Lawinenlied. Was meinen Sie?»

Für mich war die Aussicht, meine Lieder von Muoth öffentlich gesungen zu sehen, ein Tor in die Zukunft, durch dessen Spalt ich lauter Herrlichkeiten sah. Eben deswegen wollte ich vorsichtig sein und weder Muoths Freundlichkeit mißbrauchen, noch mich ihm allzusehr verpflichten. Es schien mir, er wolle mich gar zu gewaltsam an sich ziehen, blenden und vielleicht irgendwie vergewaltigen. Darum ging ich kaum darauf ein.

«Ich will sehen», sagte ich. «Sie sind sehr gütig mit mir, das sehe ich, aber ich kann nichts versprechen. Ich bin am Ende meiner Studien und muß jetzt an gute Zeugnisse denken. Ob ich einmal als Komponist auftreten kann, ist ungewiß, einstweilen bin ich Geiger und muß sehen, wie ich beizeiten zu einer Stellung komme.»

«Ach ja, das alles können Sie ja tun. Darum kann Ihnen doch einmal wieder ein solches Lied einfallen, das Sie mir dann geben, nicht?»

«Ja, das wohl. Ich weiß freilich nicht, warum Sie sich meiner so annehmen.»

«Haben Sie Angst vor mir? Mir gefällt einfach Ihre Musik, ich möchte Sachen von Ihnen singen und verspreche mir davon etwas; es ist reiner Eigennutz.»

«Wohl, aber warum reden Sie so mit mir, so wie gestern, meine ich?»

«Ach, sind Sie noch beleidigt? Was habe ich denn eigentlich gesagt? Ich weiß es rein nimmer. Jedenfalls wollte ich Sie nicht schlecht behandeln, wie ich es scheint's getan habe. Sie können sich ja wehren! Es redet und ist jeder, wie er ist und sein muß, und man muß einander gelten lassen.»

«Das meine ich auch, aber Sie tun das Gegenteil, Sie reizen mich und lassen nichts gelten, was ich sage. Sie ziehen das, woran ich selber ungern denke und was mein Geheimnis ist, hervor und werfen es mir hin wie einen Vorwurf. Sie spotten sogar über mein steifes Bein!»

Heinrich Muoth sagte langsam: «Ja, ja, ja. Die Leute sind eben verschieden. Den einen macht es wild, wenn man Wahrheiten sagt, und der andere kann keine Phrasen vertragen. Sie hat es geärgert, daß ich Sie nicht wie einen Intendanten behandle, und mich hat es geärgert, daß Sie sich vor mir verstecken und mir die Sprüche über den Trost der Kunst anhängen wollten.»

«Das war gemeint, wie ich es sagte; ich bin nur nicht gewohnt, über die Sachen zu reden. Und über das andere will ich eben nicht reden. Wie es in mir aussieht, und ob ich traurig bin oder verzweifelt, und wie mein Bein mir vorkommt und meine Krüppelschaft, das will ich für mich behalten und mir von niemand herausdrohen und herausspotten lassen.»

Er stand auf.

«Ich habe ja noch gar nichts an, ich will das schnell besorgen. Sie sind ein anständiger Mensch, das bin ich leider nicht. Wir wollen darüber nimmer soviel reden. Haben Sie denn gar nichts davon gemerkt, daß ich Sie gern habe? Warten Sie ein wenig, setzen Sie sich ans Klavier, bis ich angezogen bin. Singen Sie nicht? – Nicht? Nun, es dauert nur sechs Minuten.»

Wirklich kam er sehr bald angekleidet aus dem Nebenzimmer zurück.

«Jetzt gehen wir in die Stadt und essen miteinander», sagte er behaglich. Er fragte nicht, ob es mir auch passe; er sagte: «Wir gehen», und wir gingen. Denn so empfindlich seine Art mich ärgerte, sie imponierte mir doch, er war der Stärkere. Daneben zeigte er im Gespräch und Benehmen eine launenhafte Kindlichkeit, die oft entzückend war und ganz mit ihm versöhnte.

Von da an sah ich Muoth oft, er sandte mir häufig Billette für die Oper, bat mich manchmal, bei ihm zu geigen, und wenn mir nicht alles an ihm gefiel, so ließ er sich doch auch von mir nicht wenig gefallen. Es entstand eine Freundschaft, damals meine einzige, und ich begann mich beinahe auf die Zeit zu fürchten, wo er nicht mehr da sein würde. Er hatte wirklich gekündigt und ließ sich, trotz einiger Bemühungen und Zugeständnisse, nicht halten. Zuweilen deutete er an, er werde im Herbst vielleicht einen Ruf an eine große Bühne haben, doch blieb das vorläufig unbesprochen. Inzwischen kam der Frühling heran.

Eines Tages fand ich mich zum letzten Herrenabend bei Muoth ein, wir stießen auf Wiedersehen und Zukunft an, es war diesmal keine Frau dabei. Muoth begleitete uns in der Morgenfrühe an die Gartenpforte, winkte uns nach und kehrte fröstelnd im Morgennebel in seine schon halb ausgeräumte Wohnung zurück, von dem springenden und bellenden Hund begleitet. Mir aber schien ein Stück Leben und Erfahrung nun abgetan; ich glaubte Muoth genug zu kennen, um sicher zu sein, daß er uns alle bald vergessen werde, und erst jetzt fühlte ich ganz klar und unbeirrt, daß ich den dunklen, launischen, herrischen Mann doch richtig liebhatte.

Indessen kam auch für mich der Abschied. Ich tat meine letzten Gänge nach Orten und Menschen, die ich in gutem Gedächtnis zu behalten gesonnen war; ich ging auch noch einmal auf den Höhenweg hinauf und schaute den Hang hinunter, den ich ohnehin nicht vergessen hätte.

Und ich reiste ab, nach Hause, einer unbekannten und wahrscheinlich langweiligen Zukunft entgegen. Eine Stellung hatte ich nicht, selbständig Konzerte geben konnte ich nicht, in der Heimat erwarteten mich nur, zu meinem Schrecken, einige Schüler, denen ich Violinstunden geben sollte. Wohl erwarteten mich auch die Eltern, und sie waren reich genug, daß ich ohne Sorgen sein konnte, auch fein und gütig genug, daß sie mich nicht drängten und fragten, was nun aus mir werden solle. Aber daß ich es hier nicht lange aushalten würde, wußte ich von Anfang an.

Von den zehn Monaten, in denen ich nun zu Hause saß, drei Schülern Stunden gab und trotz allem gar nicht unglücklich war, weiß ich nichts zu erzählen. Es lebten auch hier Menschen, es geschah auch hier täglich irgend etwas, aber mein Verhältnis zu alledem bestand nur in einer freundlich höflichen Gleichgültigkeit. Nichts ging mir ans Herz, nichts nahm mich mit. Dagegen lebte ich in aller Stille entrückte, seltsame Stunden der Musik, wo mein ganzes Leben erstarrt und mir entfremdet schien und nur ein Hunger nach Musik übrigblieb, der mich während der Violinstunden oft unerträglich peinigte und gewiß zu einem bösen Lehrer machte. Nachher aber, wenn meine Pflicht getan war oder ich mit List und Lüge mich um meine Stunden gedrückt hatte, sank ich tief in herrlich unwirkliche Träume, baute nachtwandlerisch an kühnen Tongebäuden, trieb freche Türme in die Lüfte, wölbte tiefschattende Kuppeln und ließ spielende Ornamente leicht und genußvoll wie Seifenblasen steigen.

Während ich in einer Betäubung und Fremdheit herumging, die meine früheren Bekannten vertrieb und meinen Eltern Sorge machte, ging noch weit heftiger und reicher als vor einem Jahr in den Bergen der verschüttete Born in mir wieder auf; die Früchte verträumter, verarbeiteter, scheinbar verlorener Jahre, unsichtbar gereift, fielen still und sachte, eine um die andere, und hatten Duft und Glanz und umgaben mich mit einem fast schmerzlichen Reichtum, den ich nur zögernd und mit Mißtrauen an mich nahm. Es begann mit einem Liede, dem folgte eine Geigenphantasie, der folgte ein Streichquartett, und als in wenigen Monaten noch einige Lieder und manche Entwürfe zu symphonischen Sachen dazugekommen waren, empfand ich das alles nur als einen Anfang und Versuch, und im Herzen dachte ich an eine große Symphonie, in den frechsten Stunden auch schon an eine Oper! Zwischenein schrieb ich von Zeit zu Zeit demütige Briefe an Kapellmeister und Theater, legte die Empfehlungen meiner Lehrer bei und brachte mich bescheiden für die nächste bessere Geigerstelle in Erinnerung, die frei werde. Es kamen dann kurze höfliche Antworten, die mit «Sehr geehrter Herr» begannen, manchmal auch keine, aber eine Anstellung kam nicht. Dann war ich einen Tag oder zwei klein und kroch zusammen, gab sorgfältigen Unterricht und schrieb neue demütige Briefe. Allein gleich darauf fiel mir wieder ein, daß ich noch einen Kopf voll Musik aufzuschreiben habe, und kaum hatte ich wieder begonnen, so sanken die Briefe und die Theater und Orchester, die Kapellmeister und sehr geehrten Herren auf Nichtmehrsehen hinab, und ich fand mich allein, vollauf beschäftigt und begnügt.

Nun, das sind Erinnerungen, die man nicht erzählen kann wie die meisten. Was ein Mensch für sich ist und erlebt, wie er wird und wächst und krankt und stirbt, das alles ist unerzählbar. Das Leben arbeitender Menschen ist langweilig, interessant sind die Lebensführungen und Schicksale der Taugenichtse. So reich mir jene Zeit im Gedächtnis liegt, ich kann nichts über sie sagen, denn ich stand außerhalb des menschlichen und geselligen Lebens. Nur einmal kam ich für Augenblicke wieder einem Menschen nahe, den ich nicht vergessen darf. Das war der Präzeptor Lohe.

Ich ging einmal, schon im Spätherbst, spazieren. Es war im Süden der

Stadt ein bescheidenes Villenviertel entstanden, wo keine reichen Leute wohnten, sondern kleine Sparer und Rentenverzehrer kleine wohlfeile Häuslein mit einfachen Gärten bewohnten. Ein geschickter junger Baumeister hatte hier viel Hübsches gebaut, was ich mir nun auch einmal ansehen wollte.

Es war ein warmer Nachmittag, da und dort wurden späte Nußbäume geleert, die Gärten und kleinen neuen Häuser lagen fröhlich in der Sonne. Die hübschen einfachen Bauten gefielen mir, ich beschaute sie mit dem oberflächlich behaglichen Interesse, das junge Leute für so etwas haben, welchen der Gedanke an Haus und Heim und Familie, Rast und Feierabend noch im Weiten liegt. Die friedliche Gartenstraße machte einen lieben, behaglichen Eindruck, ich spazierte langsam dahin, und im Gehen verfiel ich darauf, die Namen der Hausbesitzer auf den kleinen, blanken Messingschildchen an den Gartentoren zu lesen.

Auf einem dieser Schildchen stand «Konrad Lohe», und im Lesen wollte der Name mir bekannt vorkommen. Ich blieb stehen und besann mich, und es fiel mir ein, daß einer meiner Lehrer in der Lateinschule so geheißen hatte. Und für Sekunden stieg die alte Zeit herauf, sah mich verwundert an und wälzte auf flüchtiger Welle einen Schwarm von Gesichtern herauf, von Lehrern und Kameraden, Spitznamen und Geschichten. Und während ich stand und auf das Messingtäfelchen sah und lächelte, erhob sich hinterm nächsten Johannisbeerstrauch, wo er gebückt gearbeitet hatte, ein Mann, trat dicht heran und sah mir ins Gesicht.

«Wollen Sie zu mir?» sagte er, und es war Lohe, der Präzeptor Lohe, den wir Lohengrin geheißen hatten.

«Eigentlich nicht», sagte ich und zog den Hut. «Ich wußte nicht, daß Sie hier wohnen. Ich bin einmal Ihr Schüler gewesen.»

Er blickte schärfer, sah an mir hinab bis zum Stock, besann sich und nannte dann meinen Namen. Er hatte mich nicht am Gesicht erkannt, sondern am steifen Bein, da er natürlich von meinem Unfall wußte. Nun ließ er mich eintreten.

Er war in Hemdärmeln und hatte eine grüne Gartenschürze vorgebunden, er schien gar nicht älter geworden und sah prächtig blühend aus. Wir schritten in dem kleinen sauberen Garten hin und her, dann führte er mich an eine offene Veranda, wo wir uns setzten.

«Ja, ich hätte Sie nimmer gekannt», sagte er aufrichtig. «Hoffentlich haben Sie mich in guter Erinnerung von früher her.»

«Nicht ganz», sagte ich lächelnd. «Sie haben mich einmal für etwas bestraft, was ich nicht getan hatte, und haben meine Beteuerungen für Lügen erklärt. Es war in der vierten Klasse.»

Bekümmert schaute er auf. «Das dürfen Sie mir nimmer übelnehmen, es tut mir auch leid. Lehrern passiert es beim besten Willen immer wieder, daß etwas nicht stimmt, und eine Ungerechtigkeit ist bald angerichtet. Ich weiß schlimmere Fälle. Zum Teil deswegen bin ich denn auch gegangen.»

«So, sind Sie nimmer im Amt?»

«Schon lange nicht mehr. Ich wurde krank, und als ich wieder geheilt war, hatten sich meine Ansichten so sehr geändert, daß ich den Abschied nahm. Ich hatte mir Mühe gegeben, ein guter Lehrer zu sein, aber ich war keiner, dazu muß man geboren sein. So gab ich es auf, und seither ist mir wohl.»

Das konnte man ihm ansehen. Ich fragte weiter, doch wollte er nun meine Geschichte hören, die bald erzählt war. Daß ich Musiker geworden sei, gefiel ihm nicht ganz, dagegen hatte er für mein Pech ein freundliches und zartes Mitleid, das mir nicht wehtat. Vorsichtig suchte er zu erforschen, wie es mir gelinge, mich zu trösten, und war von meinen halb ausweichenden Antworten nicht befriedigt. Unter geheimnisvollen Gebärden gab er zögernd und doch ungeduldig mit schüchternen Umschweifen kund, er wisse einen Trost, eine vollkommene Weisheit, die jedem ernstlich Suchenden offenstehe.

«Ich weiß schon», sagte ich, «Sie meinen die Bibel.»

Herr Lohe lächelte schlau. «Die Bibel ist gut, sie ist ein Weg zum Wissen. Aber sie ist nicht das Wissen selbst.»

«Und wo ist das, das Wissen selbst?»

«Das werden Sie leicht finden, wenn Sie wollen. Ich gebe Ihnen etwas zum Lesen mit, das gibt Ihnen die Elemente. Haben Sie schon von der Lehre vom Karma gehört?»

«Vom Karma? Nein, was ist das?»

«Das werden Sie sehen, warten Sie!» Er lief weg und blieb eine Weile aus, während ich erstaunt in ungewisser Erwartung saß und in den Garten hinuntersah, wo Zwergobstbäume in tadellosen Reihen standen. Bald kam Lohe wieder gelaufen. Strahlend sah er mich an und streckte mir ein Büchlein entgegen, das trug inmitten einer geheimnisvollen Linienkunst die Aufschrift «Theosophischer Katechismus für Anfänger».

«Nehmen Sie das mit!» bat er. «Sie können es behalten, und wenn Sie weiterstudieren wollen, kann ich Ihnen noch mehr leihen. Das hier ist nur zur Einführung. Ich verdanke dieser Lehre alles. Ich bin durch sie gesund geworden an Leib und Seele und hoffe, es wird auch Ihnen so gehen.»

Ich nahm das kleine Buch hin und steckte es ein. Der Mann begleitete mich durch den Garten zur Straße hinab, nahm freundlich Abschied und bat mich, bald wiederzukommen. Ich sah ihm ins Gesicht, das war gut und froh, und mir schien, es könne nicht schaden, den Weg zu solchem Glück einmal zu versuchen. So ging ich heim, das Büchlein in der Tasche, neugierig auf die ersten Schritte dieses Pfades zur Glückseligkeit.

Doch beschritt ich ihn erst nach einigen Tagen. Bei der Heimkehr zogen die Noten mich wieder heftig an sich, ich stürzte mich darein und schwamm in Musik, schrieb und spielte, bis der Sturm für diesmal verrauscht war und ich ernüchtert ins Tagesleben zurückkehrte. Da empfand ich alsbald das Bedürfnis, die neue Lehre zu studieren, und setzte mich hinter das kleine Buch, das ich bald erschöpfen zu können glaubte.

Es ging aber nicht so leicht. Das kleine Büchlein schwoll mir unter den Händen und zeigte sich am Ende unüberwindlich. Es begann mit einer hübschen und anziehenden Einleitung über die vielen Wege zur Weisheit, deren jeder seine Geltung habe, und über die theosophische Brüderschaft derer, die in Freiheit nach Wissen und innerer Vollkommenheit streben wollen, denen jeder Glaube heilig und jeder Pfad zum Lichte willkommen ist. Alsdann kam eine Kosmogonie, die ich nicht verstand, eine Einteilung der Welt in verschiedene «Ebenen» und der Geschichte in merkwürdige, mir unbekannte Zeitalter, wobei auch das versunkene Land Atlantis eine Rolle spielte. Ich ließ dieses einstweilen auf sich beruhen und machte mich an die anderen Kapitel, wo die Lehre von der Wiedergeburt dargestellt war, die ich besser verstand. Doch wurde mir nicht recht klar, ob das alles eine Mythologie und poetische Fabel oder wörtliche Wahrheit zu sein begehre. Es schien das letztere der Fall zu sein, was mir nicht eingehen wollte. Nun kam die Lehre vom Karma. Sie zeigte sich mir als eine religiöse Verehrung des Kausalitätsgesetzes, die mir nicht übel gefiel. Und so ging es weiter. Ich sah bald gar wohl ein, daß diese ganze Lehre nur für den ein Trost und ein Schatz sein könne, der sie möglichst wörtlich und tatsächlich hinnehme und innig glaube. Wem sie, wie mir, ein zum Teil schönes, zum Teil krauses Sinnbild, der Versuch einer mythologischen Welterklärung war, der konnte zwar von ihr lernen und ihr Achtung gönnen, nicht aber Leben und Kraft von ihr haben. Man konnte vielleicht Theosoph sein mit Geist und Würde, aber jener endgültige Trost winkte nur denen, die es ohne viel Geist in einfältigem Glauben waren. Das war einstweilen nichts für mich.

Doch ging ich noch mehrmals zu dem Präzeptor hin, der vor zwölf Jahren mich und sich mit dem Griechischen geplagt hatte und nun auf so andere Weise, und doch ebenso erfolglos, mein Lehrer und Führer zu sein strebte. Freunde wurden wir nicht, aber ich kam gerne zu ihm, er war einige Zeit hindurch der einzige Mensch, mit dem ich über wichtige Fragen meines Lebens redete. Dabei machte ich zwar die Erfahrung, daß dieses Reden keinen Wert hat und im besten Fall zu gescheiten Sprüchen führt; doch war mir dieser gläubige Mann, den Kirche und Wissenschaft kühl gelassen hatten und der nun in der späteren Hälfte des Lebens im naiven Glauben an eine merkwürdig ausgeklügelte Lehre den Frieden und die Herrlichkeit der Religion erlebte, rührend und beinahe ehrwürdig.

Mir ist, bei allem Bemühen, dieser Weg bis heute unzugänglich geblieben, und ich habe zu frommen und in irgendeinem Glauben befestigten und befriedigten Menschen eine bewundernde Hinneigung, die sie mir nicht erwidern können.

Viertes Kapitel

Während der kurzen Zeit meiner Besuche bei dem frommen Theosophen und Obstzüchter erhielt ich eines Tages eine kleine Geldanweisung, deren Herkunft mir dunkel war. Abgesandt war sie von einem bekannten norddeutschen Konzertagenten, mit dem ich jedoch niemals zu tun gehabt hatte. Auf meine Frage ward mir die Antwort, der Betrag sei im Auftrag des Herrn Heinrich Muoth angewiesen und stelle mein Honorar dafür vor, daß Muoth in sechs Konzerten ein von mir komponiertes Lied gesungen habe.

Nun schrieb ich Muoth, dankte ihm und bat um Bericht. Vor allem hätte ich gern gewußt, wie mein Lied in den Konzerten aufgenommen worden war. Von Muoths Konzertreise hatte ich wohl gehört und ein- oder zweimal Zeitungsnotizen gelesen, von meinem Lied war aber da nicht die Rede gewesen. Ich berichtete in meinem Brief mit der Ausführlichkeit des Einsamen von meinem Leben und von meiner Arbeit, legte auch eines der neuen Lieder bei. Dann wartete ich zwei, drei, vier Wochen auf Antwort, und dann, da sie ausblieb, vergaß ich die ganze Sache wieder. Immer noch schrieb ich fast alle Tage an meiner Musik, die mir wie im Traume quoll. In den Pausen aber war ich schlaff und unzufrieden, das Stundengeben fiel mir furchtbar schwer, ich fühlte, daß ich es nimmer lang aushalten werde.

Es war mir daher wie die Erlösung aus einem Bann, als endlich doch ein Brief von Muoth kam. Er schrieb:

«Lieber Herr Kuhn! Ich bin kein Briefschreiber, darum ließ ich Ihren Brief liegen, auf den ich nichts Rechtes zu antworten wußte. Jetzt aber kann ich mit wirklichen Vorschlägen kommen. Ich bin jetzt am Opernhaus hier in R. angestellt, und es wäre schön, wenn Sie auch kämen. Sie könnten fürs erste als zweiter Geiger bei uns unterkommen, der Kapellmeister ist ein vernünftiger und freier Mann, wenn auch ein Grobian. Wahrscheinlich findet sich auch Gelegenheit, bald etwas von Ihnen hier zu spielen, wir haben gute Kammermusik. Wegen der Lieder wäre auch einiges zu sagen, unter anderem ist ein Verleger da, der sie haben will. Aber das Schreiben ist so langweilig, kommen Sie selber! Aber schnell, und telegraphieren Sie wegen der Stelle, es hat Eile.

Ihr Muoth.»

Da war ich plötzlich aus meiner Einsiedelei und Nutzlosigkeit gerissen und trieb wieder im Strom des Lebens, hatte Hoffnungen und Sorgen, bangte und freute mich. Es gab nichts, was mich hielt, und meine Eltern waren froh, mich auf die Bahn kommen und einen ersten entschiedenen Schritt ins Leben tun zu sehen. Ich telegraphierte unverweilt, und drei Tage später war ich schon in R. und bei Muoth.

Ich war in einem Hotel abgestiegen, hatte ihn besuchen wollen und nicht gefunden. Nun kam er in den Gasthof und stand unvermutet vor mir. Er gab mir die Hand, fragte nach nichts und erzählte nichts und teilte meine Erregung nicht im mindesten. Er war gewohnt, sich treiben zu lassen und immer nur den gegenwärtigen Augenblick ernst zu nehmen und auszuleben. Er ließ mir kaum Zeit, mich umzukleiden, und brachte mich zum Kapellmeister Rößler.

«Das ist Herr Kuhn», sagte er.

Rößler nickte kurz. «Freut mich. Was wünschen Sie?»

«Nun», rief Muoth, «das ist der Geiger.»

Der Kapellmeister sah mich erstaunt an, wandte sich wieder zu dem Sänger und meinte grob: «Davon haben Sie mir nichts gesagt, daß der Herr lahm ist. Ich muß Leute mit geraden Gliedern haben.»

Mir stieg das Blut ins Gesicht, aber Muoth blieb ruhig. Er lachte nur. «Soll er denn tanzen, Rößler? Ich meinte, er solle geigen. Wenn er das nicht kann, so müssen wir ihn wieder schicken. Aber das wollen wir doch zuerst probieren.»

«Also meinetwegen, Leute. Herr Kuhn, kommen Sie morgen früh zu mir, so nach neune! Hier in die Wohnung. Sind Sie bös wegen des Fußes? Ja, das hätt mir der Muoth auch vorher sagen können. Na, wir werden sehen. Auf Wiederschauen.»

Im Weggehen machte ich Muoth Vorwürfe deswegen. Er zuckte die Achseln und meinte, wenn er gleich anfangs von meinem Gebrechen gesprochen hätte, würde der Kapellmeister schwerlich zugestimmt haben; nun aber sei ich einmal da, und wenn Rößler halbwegs mit mir zufrieden sei, werde ich ihn bald von besseren Seiten kennenlernen.

«Aber wie haben Sie mich überhaupt empfehlen können?» fragte ich. «Sie wissen ja gar nicht, ob ich was kann.»

«Ja, das ist Ihre Sache. Ich dachte mir, es werde schon gehen, und es wird auch. Sie sind ein so bescheidenes Kaninchen, daß Sie es nie zu etwas bringen würden, wenn man Ihnen nicht zuzeiten einen Stoß gäbe. Das war einer, nun taumeln Sie weiter! Angst brauchen Sie nicht zu haben. Ihr Vorgänger hat nicht viel getaugt.»

Wir brachten den Abend in seiner Wohnung zu. Auch hier hatte er einige Zimmer weit draußen gemietet, in Gärten und Stille, und sein gewaltiger Hund sprang ihm entgegen, und kaum saßen wir und wurden warm, so ging die Glocke, und es kam eine sehr schöne, hochgewachsene Dame und leistete uns Gesellschaft. Es war dieselbe Atmosphäre wie damals, und seine Geliebte war wieder eine tadelfreie, fürstliche Figur. Er schien die schönen Frauen mit großer Selbstverständlichkeit zu verbrauchen, und ich sah diese neue mit Teilnahme und mit der Befangenheit an, die ich in der Nähe von liebefähigen Frauen stets empfand, und die wohl nicht ohne Neid war, da ich mit meinem lahmen Beine immer noch hoffnungslos und ungeliebt einherging.

Wie früher ward auch diesmal bei Muoth gut und viel getrunken, er tyrannisierte uns mit seiner gewalttätigen, heimlich schwülen Lustigkeit und riß uns doch hin. Er sang wundervoll, und er sang auch ein Lied von mir, und wir drei befreundeten uns, wurden warm und kamen uns nahe, sahen einander in unverhüllte Augen und blieben beisammen, solange die Wärme in uns brannte. Die große Frau, die Lotte hieß, zog mich mit sanfter Freundlichkeit an. Es war nun nicht mehr das erstemal, daß eine schöne und liebende Frau mir mit Mitleid und merkwürdigem Vertrauen entgegenkam, und es tat mir auch diesmal so wohl wie weh, doch kannte ich diese Melodie nun schon ein wenig und nahm sie nicht zu ernsthaft. Es ist mir noch manchmal begegnet, daß eine verliebte Frau mich besonderer Freundschaft würdigte. Sie hielten mich alle wie der Liebe so der Eifersucht für unfähig, dazu kam das leidige Mitleid, und so vertrauten sie mir in halb mütterlicher Freundschaft.

Leider hatte ich in solchen Verhältnissen noch keine Übung und konnte einem Liebesglück noch nicht aus der Nähe zusehen, ohne ein wenig an mich selber zu denken und daß ich eigentlich auch gerne einmal so etwas erlebt hätte. Das beschnitt mir die Freude einigermaßen, doch war es ein guter Abend bei der hingegebenen schönen Frau und dem dunkelglühenden, kraftvollen und schroffen Manne, der mich liebhatte und für mich sorgte und mir doch seine Liebe nicht anders zeigen konnte, als er sie den Frauen zeigte, gewalttätig und launisch.

Als wir mit dem letzten Becher vor dem Abschied anstießen, nickte er mir zu und sagte: «Eigentlich sollte ich Ihnen jetzt Brüderschaft anbieten, gelt? Ich hätte es auch gern. Aber wir wollen es lassen, es geht auch so. Früher, wissen Sie, hab ich jedem, der mir gefiel, gleich du gesagt, aber das tut nicht gut, am wenigsten unter Kollegen. Ich habe noch mit allen Händel gekriegt.»

Diesmal hatte ich nicht das bittersüße Glück, die Geliebte meines Freundes nach Hause begleiten zu dürfen, sie blieb da, und es war mir lieber so. Die Reise, der Besuch beim Kapellmeister, die Spannung auf morgen, der neue Verkehr mit Muoth, alles hatte mir gutgetan. Ich sah erst jetzt, wie vergessen und verblödet und menschenfremd ich während des langen, einsam verwarteten Jahres geworden war, und fühlte mich mit Behagen und wohliger Spannung endlich wieder erregt und tätig unter Menschen, der Welt wieder angehörig.

Zeitig am nächsten Morgen fand ich mich beim Kapellmeister Rößler ein. Ich fand ihn im Schlafrock und unfrisiert, doch hieß er mich willkommen und forderte mich, freundlicher als gestern, zum Spielen auf, indem er mir geschriebene Noten vorlegte und sich ans Klavier setzte. Ich spielte möglichst tapfer, doch machte mir das Lesen der schlecht geschriebenen Noten einige Mühe. Als wir fertig waren, legte er schweigend ein anderes Blatt auf, das ich ohne Begleitung spielen sollte, und dann ein drittes.

«Es ist gut», sagte er. «An das Notenlesen müssen Sie sich noch mehr gewöhnen, sie sind nicht immer wie gestochen. Kommen Sie heute abend ins Theater, ich mache Platz, dann können Sie Ihre Stimme neben dem anderen spielen, der den Platz einstweilen zur Not versah. Es wird ein wenig eng hergehen. Sehen Sie sich die Noten vorher gut an, Probe ist heute keine. Ich gebe Ihnen einen Zettel mit, damit gehen Sie nach elf Uhr ins Theater und holen sich die Noten.»

Ich wußte noch nicht recht, wo ich dran sei, sah aber, daß dieser Mann das Fragen nicht liebte, und ging. Im Theater wollte niemand von den Noten wissen und mich hören, ich war an das Getriebe dort noch nicht gewöhnt und kam aus der Fassung. Dann sandte ich einen Eilboten an Muoth, er kam, und sogleich ging alles prächtig. Und am Abend spielte ich zum erstenmal im Theater, wo ich mich vom Kapellmeister scharf beobachtet sah. Andern Tages erhielt ich die Anstellung.

So wunderlich ist der Mensch, daß ich mitten im neuen Leben und nach erfüllten Wünschen manchmal merkwürdig von einem flüchtigen, nur leise und unter Schleiern empfundenen Heimweh nach Einsamkeit, ja Langeweile und Leere der Tage befallen wurde. Dann erschien mir die vergangene Zeit in der Heimatstadt, deren trister Ereignislosigkeit ich so dankbar entronnen war, wie etwas Ersehnenswertes, namentlich aber dachte ich an die Wochen im Gebirge vor zwei Jahren mit wahrem Heimweh. Ich glaubte zu fühlen, daß ich nicht zu Wohlergehen und Glück bestimmt sei, sondern zu Schwäche und Unterliegen im Leben, und daß ohne diese Schatten und Opfer mir der Quell des Schaffens trüber und ärmer fließen müsse. Wirklich war zunächst von stillen Stunden und von schöpferischer Arbeit keine Rede. Und während es mir wohl ging und ich ein reiches Leben führte, meinte ich in der Tiefe immer den verschütteten Born leise rauschen und klagen zu hören.

Das Geigen im Orchester machte mir Freude, ich saß viel über Partituren und tastete mit Verlangen vorwärts in diese Welt hinein. Langsam lernte ich, was ich nur theoretisch und aus der Ferne gekannt hatte, die Art und Farbe und Bedeutung der einzelnen Instrumente von unten herauf verstehen, sah und studierte daneben die Bühnenmusik und hoffte immer ernsthafter auf die Zeit, wo ich mich an eine eigene Oper würde wagen dürfen.

Mein vertrauter Umgang mit Muoth, der eine der ersten und ehrenvollsten Stellen an der Oper einnahm, brachte mir das Ganze rasch näher und nützte mir viel. Bei meinesgleichen aber, bei den Kollegen vom Orchester, schadete mir das sehr, es kam nicht zu dem freundschaftlich offenen Verhältnis, zu dem ich gewillt war. Nur unser erster Geiger, ein Steiermärker namens Teiser, kam mir entgegen und wurde mein Freund. Er war wohl zehn Jahre älter als ich, ein schlichter offener Mann mit einem feinen, zarten, leicht errötenden Gesicht und erstaunlich musikalisch, namentlich von einem unglaublich zarten und scharfen Gehör. Er war einer von denen, die in ihrer Kunst Genüge finden, ohne selber eine Rolle spielen zu wollen. Er war kein Virtuos und hat auch nie komponiert, er spielte zufrieden seine

Geige und hatte seine Herzensfreude daran, das Handwerk im Grunde zu kennen. Jede Ouvertüre kannte er wie kaum ein Dirigent durch und durch, und wo eine Finesse und Glanzstelle kam, wo der Einsatz eines Instrumentes schön und originell hervorleuchtete, da strahlte er und genoß es wie niemand im ganzen Hause. Er spielte fast alle Instrumente, so daß ich täglich von ihm lernen und ihn fragen konnte.

Monatelang sprachen wir kein Wort miteinander als vom Handwerk, aber ich hatte ihn lieb, und er sah, daß ich mit Ernst dabei war, etwas zu lernen, so entstand ein unberedetes Einvernehmen, dem nicht mehr viel zur Freundschaft fehlte. Da erzählte ich ihm schließlich von meiner Violinsonate und bat ihn, sie einmal mit mir zu spielen. Er sagte freundlich zu und kam am bestimmten Tag in meine Wohnung. Da hatte ich, um ihm eine Freude zu machen, einen Wein aus seiner Heimat besorgt, von dem tranken wir ein Glas, dann legte ich die Noten auf, und wir fingen an. Er spielte vorzüglich vom Blatt, aber plötzlich hörte er auf und ließ den Bogen sinken.

«Sie, Kuhn», sagte er, «das ist ja eine verdammt schöne Musik. Die spiel ich nicht so herunter, die wird zuerst studiert. Ich nehme sie mit heim. Darf ich?»

Ja, und als er wiederkam spielten wir die Sonate durch, zweimal, und als das fertig war, schlug er mir auf die Schulter und rief: «Sie Duckmäuser, Sie! Da tun Sie immer wie ein kleiner Bub, und heimlich machen Sie solche Sachen! Ich will ja nicht viel sagen, ich bin kein Professor, aber sakrisch schön ist's!»

Das war das erstemal, daß jemand meine Arbeit lobte, zu dem ich wirklich Vertrauen hatte. Ich zeigte ihm alles; auch die Lieder, die gerade im Druck waren und bald darauf erschienen. Aber daß ich so kühn war, an eine Oper zu denken, wagte ich ihm doch nicht zu sagen.

In dieser guten Zeit erschreckte mich ein kleines Erlebnis, daß ich nimmer vergessen konnte. Bei Muoth, zu dem ich häufig kam, hatte ich die schöne Lotte seit einiger Zeit nicht mehr angetroffen, mir aber keine Gedanken darüber gemacht, denn in seine Liebesgeschichten mochte ich mich nicht mischen, sie am liebsten gar nicht kennen. Darum hatte ich nie nach ihr gefragt, und er sprach mit mir ohnehin nie von diesen Sachen.

Nun saß ich eines Nachmittags in meiner Stube und studierte eine Partitur. Am Fenster lag meine schwarze Katze und schlief, es war im ganzen Hause still. Da ging draußen die Tür, jemand kam herein, ward von der Wirtin begrüßt und aufgehalten, machte sich los und kam auf meine Tür zu, an der auch sofort gepocht wurde. Ich ging hin und machte auf, da kam eine große, elegante Frauensperson mit verschleiertem Gesicht herein und schloß die Tür hinter sich. Sie tat ein paar Schritte ins Zimmer, holte tief Atem und nahm endlich den Schleier ab. Ich erkannte Lotte. Sie sah erregt aus, und ich ahnte gleich, warum sie gekommen sei. Auf meine Bitte setzte sie sich, sie hatte mir die Hand gegeben, aber noch kein Wort gesagt. Da sie meine Befangenheit merkte, schien sie erleichtert, als habe sie gefürchtet, ich möchte sie gleich wieder fortschicken.

«Ist es wegen Heinrich Muoth?» fragte ich endlich.

Sie nickte. «Haben Sie etwas gewußt?»

«Ich weiß nichts, ich dachte es mir nur.»

Sie sah mir ins Gesicht wie ein Kranker dem Arzt, schwieg und zog langsam die Handschuhe aus. Plötzlich stand sie auf, legte mir beide Hände auf die Schultern und starrte mich aus großen Augen an.

«Was soll ich tun? Er ist nie zu Haus, er schreibt mir nimmer, er macht nicht einmal meine Briefe auf! Seit drei Wochen hab ich ihn nimmer sprechen können. Gestern war ich dort, ich weiß, daß er daheim war, aber er hat nicht aufgemacht. Nicht einmal dem Hund hat er gepfiffen, er hat mir das Kleid zerrissen, der will mich auch schon nimmer kennen.»

«Haben Sie denn Streit mit ihm gehabt?» fragte ich, um nicht gar so stumm dabeizusitzen.

Sie lachte. «Streit? Ach, Streit haben wir genug gehabt, von Anfang an! An das war ich schon gewöhnt. Nein, in der letzten Zeit ist er sogar höflich gewesen, es wollte mir gleich nicht gefallen. Einmal war er nicht da, wenn er mich bestellt hatte; einmal meldete er sich an und kam nicht. Schließlich sagte er auf einmal Sie zu mir! Ach, wenn er mich lieber wieder geschlagen hätte!»

Ich erschrak heftig. «Geschlagen ...?»

Wieder lachte sie. «Wissen Sie das nicht? Oh, er hat mich oft geschlagen, aber jetzt schon lang nicht mehr. Er ist höflich geworden, er hat Sie zu mir gesagt, und jetzt kennt er mich nimmer. Er hat eine andere, glaube ich. Darum bin ich gekommen. Sagen Sie mir's, ich bitte! Hat er eine andere? Sie wissen es! Sie müssen es wissen!»

Ehe ich abwehren konnte, hatte sie meine beiden Hände gefaßt. Ich war wie erstarrt, und sosehr ich abzulehnen und die ganze Szene zu kürzen wünschte, war ich doch fast froh, daß sie mich gar nicht zu Worte kommen ließ, denn ich hätte nicht gewußt, was sagen.

Sie, in Hoffnung und Jammer, war zufrieden, daß ich sie anhörte, und bat und erzählte und klagte mit ausbrechender Leidenschaft. Ich aber sah ihr immerzu in das tränenvolle, reife, schöne Gesicht und konnte nichts anderes denken als: «Er hat sie geschlagen!» Ich meinte seine Faust zu sehen, und mir graute vor ihm und vor ihr, die nach Schlägen und Verachtung und Abweisung keinen anderen Gedanken und Wunsch zu haben schien, als den Weg zu ihm und zu den alten Demütigungen zurückzufinden.

Endlich versiegte die Flut. Lotte redete langsamer, schien befangen und der Situation bewußt zu werden und verstummte. Zugleich ließ sie meine Hände los.

«Er hat keine andere», sagte ich leise, «wenigstens weiß ich nichts davon und glaube es nicht.»

Sie schaute mich dankbar an.

«Aber helfen kann ich Ihnen nicht», fuhr ich fort. «Ich rede nie mit ihm über solche Sachen.»

Wir waren beide eine Weile still. Ich mußte an Marion denken, an die schöne Marion und an jenen Abend, da ich mit ihr durch die Föhnluft gegangen war, an ihrem Arm, und sie sich so tapfer zu ihrem Geliebten bekannt hatte. Hatte er die auch geschlagen? Und lief auch die ihm noch nach?

«Warum sind Sie denn zu mir gekommen?» fragte ich.

«Ich weiß nicht, ich mußte doch etwas tun. Glauben Sie nicht, daß er noch an mich denkt? Sie sind ein guter Mensch, Sie helfen mir! Sie könnten es doch versuchen, ihn einmal fragen, einmal von mir reden ...»

«Nein, das kann ich nicht. Wenn er Sie noch liebt, wird er von selber wieder zu Ihnen kommen. Und wenn nicht, dann – –»

«Was dann?»

«Dann sollten Sie ihn eben laufen lassen, er verdient es nicht, daß Sie sich so weit demütigen.»

Da lächelte sie plötzlich.

«Oh, Sie! Was wissen Sie von der Liebe!»

Sie hat recht, dachte ich, aber es tat mir doch weh. Wenn schon die Liebe nicht zu mir kommen wollte, wenn ich schon nebendraußen stand, warum sollte ich den Vertrauten und Helfer machen bei anderen? Ich hatte Mitleid mit der Frau, aber ich verachtete sie noch mehr. Wenn das die Liebe war, Grausamkeit hier und Erniedrigung dort, dann ließ sich ohne Liebe besser leben.

«Ich will nicht streiten», sagte ich kühl. «Ich verstehe diese Art von Liebe nicht.»

Lotte band ihren Schleier wieder um.

«Ja, ich gehe schon.»

Nun tat sie mir wieder leid, doch mochte ich die törichte Szene nicht von vorn anfangen lassen, darum schwieg ich und öffnete ihr die Tür, auf die sie zuschritt. Ich begleitete sie, an der neugierigen Wirtin vorbei, bis zur Treppe; da verbeugte ich mich, und sie ging, ohne mehr etwas zu sagen oder mich anzusehen.

Traurig sah ich ihr nach und ward den Anblick lange Zeit nicht los. War ich wirklich ein ganz anderer Mensch als diese alle, als Marion, als Lotte, als Muoth? War das wirklich die Liebe? Ich sah sie alle, diese Menschen der Leidenschaft, wie von Stürmen getrieben taumeln und ins Ungewisse wehen, den Mann von Verlangen heute, von Überdruß morgen gepeinigt, düster liebend und brutal abbrechend, keiner Neigung sicher und keiner Liebe froh, und die Frauen hingerissen, Beleidigung, Schläge tragend, endlich verstoßen und doch an ihm hängend, von Eifersucht und verschmähter Liebe entwürdigt, hundetreu. An jenem Tage geschah es seit sehr langer Zeit zum erstenmal, daß ich weinte. Ich weinte unwillige, zornige Tränen um diese Menschen, um meinen Freund Muoth, um das Leben und die Liebe, und stillere, heimliche Tränen um mich selber, der ich zwischen all dem lebte, wie auf einem anderen Sterne, der das Leben nicht begriff, der nach Liebe verschmachtete und sie doch fürchten mußte.

Zu Heinrich Muoth ging ich lange nicht mehr. Er feierte in dieser Zeit Triumphe als Wagnersänger und begann für einen «Stern» zu gelten. Zugleich trat auch ich bescheidentlich an die Öffentlichkeit. Es erschienen meine Lieder im Druck und fanden freundliche Aufnahme, und zwei meiner Sachen für Kammermusik wurden in Konzerten aufgeführt. Es war noch eine stille, ermunternde Anerkennung unter Freunden, die Kritik hielt sich abwartend still oder ließ mich zunächst als einen Anfänger schonend gelten.

Ich war viel mit dem Geiger Teiser zusammen, er hatte mich gern und lobte meine Arbeiten in kameradschaftlicher Freude, prophezeite mir große Erfolge und war immer bereit, mit mir zu musizieren. Dennoch fehlte mir etwas. Es zog mich zu Muoth, doch mied ich ihn immer noch. Von Lotte hörte ich nichts mehr. Warum war ich nicht zufrieden? Ich schalt mich selber, daß ich bei dem treuen, prächtigen Teiser nicht mein Genügen fand. Aber auch bei ihm fehlte mir etwas. Er war mir zu heiter, zu sonnig, zu sehr zufrieden, er schien keine Abgründe zu kennen. Auf Muoth war er nicht gut zu sprechen. Manchmal im Theater, wenn Muoth sang, sah er mich an und flüsterte: «Da, wie der wieder pfuscht! Das ist schon ein ganz Verwöhnter! Mozart singt er keinen, er weiß warum.» Ich mußte ihm recht geben und tat es doch nicht mit dem Herzen, ich hing an Muoth und mochte ihn doch nicht verteidigen. Muoth hatte etwas, was Teiser nicht hatte und nicht kannte und was mich mit ihm verband. Das war das ewige Begehren, die Sehnsucht und Ungenüge. Die trieben mich zu Studium und Arbeit, die ließen mich nach Menschen greifen, die mir entglitten, gerade wie Muoth, den dieselbe Ungenüge auf andere Weise stachelte und peinigte. Musik würde ich immer machen, das wußte ich, aber mich verlangte danach, auch einmal aus Glück und Überfluß und ungebrochener Freude zu schaffen, statt immer aus Sehnsucht und Mangel des Herzens. Ach, warum wurde ich nicht durch das glücklich, was ich zu eigen hatte, durch meine Musik? Und warum wurde Muoth es nicht durch das, was er besaß, durch seine wilde Lebenskraft und seine Frauen?

Teiser war glücklich, ihn quälte kein Verlangen nach Unerreichbarem. Er hatte seine zarte, selbstlose Freude an der Kunst, von der er nicht mehr verlangte, als sie ihm gab, und außerhalb der Kunst war er noch genügsamer, da brauchte er nur ein paar freundliche Menschen, gelegentlich ein gutes Glas Wein und an freien Tagen einen Ausflug in die Landschaft, denn er war ein Wanderer und Luftfreund. Wenn an der Lehre der Theosophen etwas war, dann mußte dieser Mann schon nahezu ein Vollendeter sein, so gut war sein Wesen und so wenig ließ er Leidenschaft und Unzufriedenheit in sein Herz kommen. Dennoch wünschte ich, wenn ich es auch vielleicht mir vorsagte, nicht zu sein wie er. Ich wollte kein andrer sein, ich wollte in meiner Haut bleiben, die mir doch oft zu eng war. Ich begann Macht in mir zu spüren, seit meine Arbeiten leise zu wirken anfingen, und ich war schon im Begriff, stolz zu werden. Irgendeine Brücke zu den Menschen mußte ich finden, ich mußte auf irgendeine Weise mit ihnen leben können, ohne stets der Unterliegende zu sein. Gab es nun keinen anderen Weg, so führte vielleicht doch meine Musik dahin. Wenn sie mich nicht lieben wollten, so würden sie mein Werk lieben müssen.

Solche törichten Gedanken ward ich nicht los. Und doch war ich bereit, mich hinzugeben und zum Opfer zu bringen, wenn nur jemand mich wollte, wenn nur jemand mich wirklich verstünde. War nicht Musik das geheime Gesetz der Welt, gingen nicht die Erden und Sterne harmonisch im Reigen? Und ich sollte allein bleiben und die Menschen nicht finden, deren Wesen mit meinem rein und schön zusammenklang?

Ein Jahr war mir in der fremden Stadt vergangen. Außer mit Muoth, Teiser und unserm Kapellmeister Rößler hatte ich zu Anfang sehr wenig Umgang gehabt, in letzter Zeit aber war ich in eine größere Geselligkeit hineingeraten, die mir nicht lieb und nicht leid war. Durch die Aufführung meiner Stücke für Kammermusik war ich mit den Musikern der Stadt auch außerhalb des Theaters bekannt geworden, ich trug jetzt die leichte, angenehme Bürde eines sachte ansetzenden Ruhmes im kleinen Kreise, ich merkte, daß man mich kannte und beobachtete. Von allem Ruhm ist das der süßeste, der noch nicht auf große Erfolge blickt, noch keinen Neid erregen kann, noch nicht absondert. Man geht umher mit dem Gefühl, da und dort betrachtet, genannt, gelobt zu werden, man begegnet freundlichen Gesichtern, sieht Anerkannte wohlwollend nicken und Jüngere mit Achtung grüßen, und immer trägt man das heimliche Gefühl, daß der Beste noch komme, wie es ja aller Jugend geht, bis sie sieht, das Beste liegt schon dahinten. Beeinträchtigt wurde mein Wohlgefühl am meisten dadurch, daß ich immer etwas Mitleid in der Anerkennung fühlte. Oft kam es mir sogar vor, man schone mich und sei so freundlich, weil ich eben ein armer Kerl und Krüppel sei, dem man gern etwas Tröstliches gönne.

Nach einem Konzert, in dem ein Geigenduo von mir gespielt worden war, machte ich die Bekanntschaft des reichen Fabrikanten Imthor, der für einen eifrigen Musikfreund und Gönner junger Talente galt. Es war ein ziemlich kleiner, ruhiger Mann mit grau werdenden Haaren, dem man weder seinen Reichtum noch sein inniges Verhältnis zur Kunst ansah. Aus dem, was er mir sagte, konnte ich aber wohl merken, wieviel er von Musik verstand; er lobte nicht in den Tag hinein, sondern gab einen ruhigen, sachlichen Beifall, der mehr wert war. Er erzählte mir, was ich von andrer Seite längst wußte, daß in seinem Hause manchen Abend Musik gemacht werde, alte und neue. Er lud mich ein und sagte zum Schluß: «Ihre Lieder liegen auch bei uns, wir haben sie gern. Auch meine Tochter wird sich freuen.»

Noch ehe ich dazu kam, ihm einen Besuch zu machen, erhielt ich eine Einladung. Herr Imthor bat um die Erlaubnis, mein Trio in Es-dur in seinem Hause aufführen zu lassen. Ein Geiger und ein Cellist, tüchtige Dilettanten, stünden zur Verfügung, und die erste Geige sei mir vorbehalten, falls ich Lust hätte mitzuspielen. Ich wußte, daß Imthor die Berufsmusiker, die bei ihm spielten, stets gut honorierte. Das hätte ich ungern angenommen, und doch wußte ich nicht, wie die Einladung gemeint war. Schließlich nahm ich doch an, die beiden Mitspieler fanden sich bei mir ein und holten ihre Stimmen, wir hatten einige Proben. Inzwischen machte ich meinen Besuch bei Imthor, traf aber niemand an. So kam der bestimmte Abend.

Imthor war Witwer, er wohnte in einem der alten, einfach stattlichen Bürgerhäuser, einem der wenigen, die noch mitten in der groß gewordenen Stadt ihre alten Gärten unverkürzt um sich hatten. Vom Garten sah ich wenig, als ich abends kam, nur eine kurze Allee von hohen Platanen, deren Stämme im Laternenlicht die hellen Flecken zeigten, und dazwischen ein paar alte, dunkel gewordene Steinbilder. Hinter den großen Bäumen lag bescheiden das alte, breit und nieder gebaute Haus, in dem von der Eingangstür weg durch die Korridore, Treppen und alle Räume hindurch die Wände dicht voll alter Bilder hingen, Mengen von Familienbildnissen und schwarz gewordenen Landschaften, altmodische Veduten und Tierstücke. Ich kam gleichzeitig mit anderen Gästen an, wir wurden von einer Hausdame empfangen und eingeführt.

Die Gesellschaft war nicht gar groß, doch drängte sie sich in den mäßigen Räumen etwas eng, bis die Türen zum Musikraum geöffnet wurden. Hier war es weit, und alles sah neu aus, der Flügel, die Notenschränke, die Lampen, die Stühle, nur die Bilder an den Wänden waren auch hier alle alt.

Meine Mitspieler waren schon da, wir stellten unsere Pulte auf, schauten nach den Lichtern und begannen zu stimmen. Da ging zuhinterst im Saal eine Tür, und es kam durch den erst halb erleuchteten Raum eine hellgekleidete Dame geschritten. Die beiden Herren begrüßten sie mit Auszeichnung, ich sah, daß es die Tochter Imthors sei. Sie sah mich einen Augenblick fragend an, dann bot sie mir, ehe ich noch vorgestellt war, die Hand und sagte: «Ich kenne Sie schon, Sie sind Herr Kuhn? Willkommen!»

Das schöne Mädchen hatte mir gleich bei ihrem Eintritt Eindruck gemacht, nun klang ihre Stimme so hell und gut, daß ich die dargebotene Hand herzhaft drückte und dem Fräulein vergnügt in die Augen sah, die mich lieb und freundschaftlich begrüßten.

«Ich freu mich auf das Trio», sagte sie lächelnd, als habe sie mich so erwartet, wie ich nun war, und sei befriedigt.

«Ich auch», erwiderte ich, ohne zu wissen, was ich sagte, und sah sie wieder an, und sie nickte. Dann ging sie weiter und aus dem Saal, und ich sah ihr nach. Bald darauf kam sie wieder, an der Hand ihres Vaters, und hinter ihnen die Gesellschaft. Wir drei saßen schon an den Pulten und waren bereit. Die Leute nahmen Platz, einige Bekannte nickten mir zu, der Hausherr gab mir die Hand, und als alle saßen, erloschen die elektrischen Lichter und brannten nur die hohen Kerzen über unsern Noten weiter.

Ich hatte meine Musik beinahe vergessen. Ich suchte hinten im Saal das Fräulein Gertrud, das an ein Büchergestell gelehnt in der Dämmerung saß. Ihr dunkelblondes Haar sah beinahe schwarz aus, ihre Augen sah ich nicht. Nun zählte ich leise den Takt und nickte, und wir stimmten mit breitem Strich das Andante an.

Jetzt während des Spielens ward mir wohl und innig, ich wiegte mich im Takte mit und schwebte frei im Zusammenklang der Tonströme, die mir alle völlig neu und wie in diesem Augenblick erfunden vorkamen. Meine Gedanken an die Musik und meine Gedanken an Gertrud Imthor flossen rein und ohne Strömung zusammen, ich zog meinen Geigenbogen und gab mit den Augen meine Anweisungen, schön und stetig floß die Musik dahin und nahm mich mit, einen goldenen Weg zu Gertrud hin, die ich nicht mehr sehen konnte und jetzt auch gar nicht mehr zu sehen begehrte. Ich gab ihr meine Musik und meinen Atem, meine Gedanken und meinen Herzschlag hin, wie sich ein Morgenwanderer dem lichten Blau und klaren Wiesenglanz der Frühe hingibt, ungefragt und ohne sich selbst zu verlieren. Zugleich mit dem Wohlgefühl und wachsenden Schwall der Töne trug und erhob mich ein verwundertes Glück darüber, daß ich nun so plötzlich wisse, was Liebe sei. Es war kein neues Gefühl, nur eine Klärung und Entscheidung uralter Ahnungen, Rückkehr in ein altes Vaterland.

Der erste Satz war zu Ende; ich gönnte nur eine Minute Pause. Leise klang das Stimmen der Saiten in mildem Durcheinander, über gespannte und zunickende Gesichter hinweg konnte ich einen Augenblick den dunkelblonden Kopf sehen, die zarte helle Stirn und den hellroten strengen Mund, dann klopfte ich sacht auf mein Pult, und wir strichen den zweiten Satz, der sich wohl hören lassen darf. Die Spieler wurden warm, die ansteigende Sehnsucht des Liedes hob unruhige Schwingen, kreiste in unbefriedigten Flügen umpor, suchte und verlor sich in klagender Bangigkeit. Tief und warm übernahm das Cello die Melodie, hob sie stark und dringlich heraus, trug sie verklingend in die neue, dunklere Tonart hinüber und löste sie verzweifelnd im halb zornigen Basse auf.

Dieser zweite Satz war meine Beichte, ein Bekenntnis meiner Sehnsucht und meines Unbefriedigtseins. Der dritte sollte die Erlösung und Erfüllung sein. Ich wußte aber seit diesem Abend, daß er nichts war, und ich spielte ihn sorglos hin als eine Sache, die hinter mir lag. Denn ich meinte jetzt genau zu wissen, wie die Befreiung hätte klingen sollen, wie aus dem stürmenden Stimmenbrausen der Glanz und Friede brechen müsse, Licht aus schwerem Gewölk. Das alles war in meinem dritten Satze nicht, er war nur ein linderndes Auflösen der angewachsenen Dissonanzen und ein Versuch, die alte Grundmelodie ein wenig zu läutern und zu steigern. Von dem, was in mir selber jetzt glänzte und sang, war kein Ton und Strahl darin, und ich wunderte mich, daß niemand es merkte.

Mein Trio war aus. Ich nickte den Spielern zu und legte meine Violine weg. Die Lichter flammten wieder auf, die Gesellschaft kam in Bewegung, manche kamen mit den gewohnten Artigkeiten, Lobsprüchen und Kritiken zu mir, um sich als Kenner auszuweisen. Den Hauptmangel der Arbeit warf keiner mir vor.

Man verteilte sich in mehrere Zimmer, es gab Tee, Wein und Gebäck, im Herrenzimmer wurde geraucht. Eine Stunde verging und noch eine. Da geschah es endlich, von mir kaum mehr erwartet, daß Gertrud bei mir stand und mir die Hand gab.

«Hat es Ihnen gefallen?» fragte ich.

«Ja, es war schön», sagte sie nickend. Ich sah aber, daß sie mehr wußte. Darum sagte ich: «Sie meinen den zweiten Satz. Das andere ist ja nichts.»

Da schaute sie mir wieder neugierig in die Augen, mit einer gütigen Klugheit wie eine reife Frau, und sagte ganz fein: «Sie wissen es also selber. Der erste Satz, nicht wahr, ist gute Musik. Der zweite wird groß und weit und verlangt vom dritten zuviel. Man hat es Ihnen auch beim Spielen angesehen, wo Sie wirklich drin waren und wo nicht.»

Mir war es lieb zu hören, daß ihre klaren, guten Augen mich betrachtet hatten, ohne daß ich es wußte. Und ich dachte schon an diesem ersten Abend unserer Bekanntschaft, es müßte gut und selig sein, ein ganzes Leben unter dem Blick dieser schönen und aufrichtigen Augen hinzubringen, und es müßte dann unmöglich sein, jemals Schlechtes zu tun oder zu denken. Und von jenem Abend an wußte ich, daß irgendwo meinem Verlangen nach Einheit und zartester Harmonie Stillung zu finden wäre und daß jemand auf der Erde lebe, auf dessen Blick und Stimme jeder Puls und jeder Atemzug in mir rein und innig Antwort gab.

Auch sie spürte unverweilt in mir den freundschaftlich reinen Widerklang ihres Wesens und hatte von der ersten Stunde an das ruhige Vertrauen, sich mir eröffnen und unverstellt zeigen zu können, und weder Mißverständnis noch Vertrauensbruch fürchten zu müssen. Sie war mir sogleich nah befreundet, wie es in solcher Schnelle und Selbstverständlichkeit nur jungen und wenig verdorbenen Menschen möglich ist. Bis dahin war ich zwar schon je und je verliebt gewesen, doch stets – und namentlich seit meiner Entstellung – mit einem scheuen, begehrlichen und unsicheren Gefühl. Nun war statt der Verliebtheit die Liebe gekommen, und mir schien, es sei ein feiner, grauer Schleier von meinen Augen gefallen, und die Welt liege für mich im ursprünglich göttlichen Lichte da, wie sie vor Kindern und wie sie vor den Augen unsrer Paradiesträume liegt.

Gertrud war damals kaum über zwanzig Jahre alt, schlank und gesund wie ein junger feiner Baum, und war aus dem Kram und Schwindel des üblichen Jungmädchentums unberührt hervorgegangen, ihrem eigenen noblen Wesen folgend wie eine sicher schreitende Melodie. Mir war im Herzen wohl, daß ich ein solches Geschöpf in der unvollkommenen Welt lebendig wußte, und ich konnte nicht daran denken, sie etwa einzufangen und für mich allein wegzunehmen. Ich war froh, an ihrer schönen Jugend ein wenig teilhaben zu dürfen und mich von Anfang an unter ihren guten Freunden zu wissen.

In der Nacht nach diesem Abend schlief ich lange nicht ein. Es plagte mich aber kein Fieber und keine Unruhe, sondern ich wachte und suchte den Schlaf nicht, weil ich in meinen Frühling gekommen und mein Herz nach langen, sehnlichen Irrfahrten und Winterzeiten auf dem rechten Wege wußte. In meine Stube floß blasser Nachtschimmer; alle Ziele des Lebens und der Kunst lagen klar und nahe wie föhnhelle Höhen, ich spürte den oft so ganz verlorenen Klang und geheimen Takt meines Lebens lükkenlos bis in die sagenhaften Kinderjahre zurück. Und wenn ich diese traumhafte Klarheit und gedrängte Fülle des Gefühls halten und verdichten und mit Namen nennen wollte, so nannte ich den Namen Gertrud. Mit ihm schlief ich ein, schon gegen den Morgen, und stand beim Tagen frisch und erquickt wieder auf, wie nach einem langen, langen Schlaf.

Da fielen die mißmutigen Gedanken der letzten Zeit, und auch die hochmütigen, mir ein, und ich sah, woran es mir gefehlt hatte. Heute quälte und verstimmte und ärgerte mich nichts mehr, ich hatte wieder die große Harmonie im Ohr und träumte wieder meinen Jugendtraum vom Zusammenklang der Sphären. Ich tat wieder meine Schritte und Gedanken und Atemzüge nach einer geheimen Melodie, das Leben hatte wieder einen Sinn, und die Ferne war morgengolden. Niemand bemerkte die Veränderung, es stand mir keiner nah genug. Nur Teiser, das Kind, stieß mich bei der Probe im Theater lustig an und sagte: «Sie haben gut geschlafen heut nacht, gelt?» Ich besann mich, womit ich ihn erfreuen könnte und fragte in der nächsten Pause: «Teiser, wo gehen Sie diesen Sommer hin?» Da lachte er verschämt und wurde rot wie eine Braut, die man nach dem Hochzeitstage fragt und meinte: «Lieber Gott, bis dahin ist's noch lang! Aber schauen Sie, da drin hab ich schon die Karten.» Er schlug auf seine Brusttasche. «Diesmal geht's vom Bodensee aus: Rheintal, Fürstentum Liechtenstein, Chur, Albula, Oberengadin, Maloja, Bergell, Comersee. Den Rückweg weiß ich noch nicht.»

Er hob die Geige wieder und blickte mich noch schnell mit List und Wonne aus seinen graublauen Kinderaugen an, die nie etwas vom Schmutz und vom Leid der Welt gesehen zu haben schienen. Und ich fühlte mich ihm verbrüdert, und wie er sich auf seine große, wochenlange Fußwanderung freute, auf die Freiheit und den sorglosen Umgang mit Sonne, Luft und Erde, so freute ich mich von neuem auf alle Wege meines Lebens, die wie in einer jungen nagelneuen Sonne vor mir lagen, und die ich aufrecht mit hellen Augen und reinem Herzen zu gehen gesonnen war.

Heute, wenn ich dahin zurückdenke, liegt es alles schon ferngeworden und weit auf der Morgenseite, aber etwas vom damaligen Licht ist noch jetzt auf meinen Wegen, wennschon es nimmer so jung und lachend glänzt, und heute wie damals ist es mein Trost und tut es mir in bedrückten Stunden wohl und nimmt den Staub von meiner Seele, wenn ich mir den Namen Gertrud vorsage und an sie denke, wie sie damals mir im Musiksaal ihres Alten entgegenkam, leicht wie ein Vogel und zutraulich wie ein Freund.

Nun ging ich auch wieder zu Muoth, den ich seit jener peinlichen Beichte der schönen Lotte möglichst vermieden hatte. Er hatte es bemerkt und war, wie ich wußte, zu stolz und auch zu gleichgültig, sich um mich zu bemühen. So waren wir seit Monaten nicht mehr allein beisammen gewesen. Jetzt, da ich voll neuen Vertrauens zum Leben und voll guter Absichten war, schien es mir vor allem notwendig, mich dem vernachlässigten Freund wieder zu nähern. Den Anlaß dazu gab mir ein neues Lied, das ich gesetzt hatte; ich beschloß, es ihm zu widmen. Es war dem Lawinenlied ähnlich, das er gern hatte, und der Text hieß:

Ich habe meine Kerzen ausgelöscht;
Zum offnen Fenster strömt die Nacht herein,
Umarmt mich sanft und läßt mich ihren Freund
Und ihren Bruder sein.

Wir beide sind am selben Heimweh krank;
Wir senden ahnungsvolle Träume aus
Und reden flüsternd von der alten Zeit
In unsres Vaters Haus.

Ich machte eine saubere Abschrift und schrieb darüber: «Meinem Freund Heinrich Muoth gewidmet.»

Damit ging ich zu ihm, zu einer Zeit, wo ich ihn sicher zu Hause wußte. Richtig klang mir sein Singen entgegen, er schritt in den stattlichen Zimmern seiner Wohnung auf und ab und übte. Er empfing mich gelassen.

«Schau, der Herr Kuhn! Ich dachte schon, Sie kämen gar nimmer.»

«Doch», sagte ich, «da bin ich. Wie geht's?»

«Immer gleich. Nett, daß Sie sich wieder einmal zu mir wagen.»

«Ja, ich war in der letzten Zeit untreu . . .»

«Sogar sehr deutlich. Ich weiß auch warum.»

«Das glaube ich kaum.»

«Ich weiß es. Die Lotte ist einmal bei Ihnen gewesen, nicht?»

«Ja, ich wollte nicht davon reden.»

«Ist auch nicht nötig. Also da sind Sie wieder.»

«Und habe etwas mitgebracht.»

Ich gab ihm die Noten.

«Oh, ein neues Lied! Das ist recht, ich hatte schon Angst für Sie, Sie möchten in der langweiligen Streichmusik steckenbleiben. Und da steht ja eine Widmung! Für mich? Ist es Ihr Ernst?»

Ich wunderte mich, daß es ihn so zu freuen schien, ich hatte eher einen Scherz über die Dedikation erwartet.

«Gewiß freut mich das», sagte er aufrichtig. «Es freut mich immer, wenn anständige Menschen mich gelten lassen, und bei Ihnen besonders. Ich hatte Sie im stillen schon auf die Totenliste gesetzt.»

«Führen Sie solche Listen?»

«O ja, wenn man so viele Freunde hat, oder gehabt hat, wie ich ... Es gäbe einen schönen Katalog. Die moralischen habe ich immer am höchsten geschätzt, und gerade die kneifen mir alle aus. Unter Lumpen findet man jeden Tag Freunde, aber unter Idealisten und Normalbürgern hält es schwer, wenn man anrüchig ist. Sie sind zur Zeit beinah der einzige. Und wie es geht – was man am schwersten haben kann, hat man am liebsten. Geht es Ihnen nicht auch so? Mir ist immer nur an Freunden gelegen, statt dessen laufen mir bloß Weiber zu.»

«Daran sind Sie zum Teil selber schuld, Herr Muoth.»

«Warum denn?»

«Sie behandeln alle Leute gern so, wie Sie die Weiber behandeln. Bei Freunden geht das nicht, darum laufen sie Ihnen draus. Sie sind ein Egoist.»

«Gott sei Dank bin ich das. Übrigens Sie nicht minder. Als die furchtbare Lotte Ihnen ihr Leid klagte, da haben Sie ihr keineswegs geholfen. Sie haben auch nicht den Anlaß genützt, mich zu bekehren, wofür ich dankbar bin. Sie haben vor der Affäre ein Grausen gespürt und sind weggeblieben.»

«Nun, da bin ich wieder. Sie haben recht, ich hätte mich der Lotte annehmen sollen. Aber ich verstehe mich auf diese Sache nicht. Sie hat mich selber ausgelacht und mir gesagt, von der Liebe verstünde ich gar nichts.»

«Nun, dann halten Sie sich brav an die Freundschaft! Es ist auch ein schönes Feld. Und jetzt sitzen Sie her und spielen Sie die Begleitung, wir wollen das Lied einmal studieren. Ach, wissen Sie noch, Ihr erstes damals? Sie sind ja allmählich ein berühmter Herr, scheint mir.»

«Es geht an, neben Ihnen jedenfalls komme ich nie auf.»

«Dummes Zeug. Sie sind ein Komponist, ein Schöpfer, ein kleiner Herrgott. Was geht Sie der Ruhm an? Unsereins muß pressieren, wenn er zu etwas kommen will. Wir Sänger und Seiltänzer haben es wie die Weiber, wir müssen das Fell zu Markt bringen, solang es schön glatt ist. Ruhm, soviel es geben will, und Geld und Weiber und Champagner! Photographien in den Zeitschriften, Lorbeerkränze! Denn siehe, wenn ich heute den Ekel kriege, oder es braucht bloß eine kleine Lungenentzündung zu sein, so bin ich morgen erledigt, und mit dem Ruhm und Lorbeer und dem ganzen Betrieb hat es gepfiffen.»

«Nun, Sie können es abwarten.»

«Ach, wissen Sie, im Grund bin ich verdammt neugierig auf das Altwerden. Es ist ein Schwindel mit der Jugend, ein richtiger Zeitungs- und Lesebuchschwindel! Die schönste Zeit des Lebens! Hat sich was, alte Leute machen mir immer einen viel zufriedeneren Eindruck. Die Jugend ist die schwerste Zeit im Leben. Zum Beispiel Selbstmorde kommen in höheren Jahren fast gar nie vor.»

Ich begann zu spielen, und er wandte sich zu dem Lied, faßte rasch die Melodie und gab mir an einer Stelle, wo sie bedeutungsvoll von Moll in Dur zurücklenkte, einen anerkennenden Stoß mit dem Ellbogen.

Abends fand ich zu Hause, wie ich gefürchtet hatte, ein Kuvert von Herrn Imthor, das ein paar freundliche Worte und ein mehr als anständiges Honorar enthielt. Ich sandte das Geld zurück und schrieb dazu, ich sei wohlhabend genug, auch zöge ich es vor, in seinem Hause als Freund verkehren zu dürfen. Als ich ihn wiedersah, lud er mich ein, bald wiederzukommen, und sagte: «Ich dachte mir schon, daß es so gehen werde. Gertrud meinte, ich dürfe Ihnen nichts schicken, aber versuchen wollte ich's doch.»

Von da an war ich im Hause Imthor ein sehr häufiger Gast. Ich übernahm bei vielen Hauskonzerten die erste Geige, ich brachte alle neue Musik, eigene und fremde, dorthin, und die meisten meiner kleineren Arbeiten wurden nun zuerst dort aufgeführt.

An einem Nachmittag im Frühling fand ich Gertrud allein mit einer Freundin zu Hause. Es regnete, und ich war auf der Vortreppe ausgeglitten, nun wollte sie mich nicht wieder fortlassen. Wir sprachen von Musik, und es geschah fast ungewollt, daß ich zu erzählen anfing und namentlich von der Graubündener Zeit sprach, in der ich meine ersten Lieder komponiert hatte. Dann ward ich verlegen und wußte nicht, ob es richtig gewesen sei, vor diesem Mädchen zu beichten. Da sagte Gertrud beinah zaghaft: «Ich muß Ihnen etwas bekennen, was Sie mir nicht übelnehmen dürfen. Ich habe zwei von Ihren Liedern für mich umgeschrieben und gelernt.»

«Ja, singen Sie denn?» rief ich überrascht. Zugleich fiel mir komischerweise das Erlebnis mit meiner allerersten Jugendliebe ein, wie ich sie so schlecht hatte singen hören.

Gertrud lächelte vergnügt und nickte: «O ja, ich singe, wenn auch nur für mich und ein paar Freunde. Ich will Ihnen die Lieder singen, wenn Sie begleiten wollen.»

Wir gingen zum Flügel, und sie gab mir die Noten, zierlich von ihrer feinen Frauenhand umgeschrieben. Leise begann ich mit der Begleitung, um sie recht gut zu hören. Und sie sang das Lied, und dann das zweite, und ich saß und horchte und hörte meine Musik verwandelt und verzaubert. Sie sang mit einer hohen, vogelleichten, köstlich schwebenden Stimme, und es war das Schönste, was ich in meinem Leben gehört habe. In mich aber drang die Stimme wie der Südsturm in ein beschneites Tal, und jeder Ton zog eine Hülle von meinem Herzen, und während ich selig war und zu schweben meinte, mußte ich kämpfen und mich hart machen, denn die Tränen standen mir in den Augen und wollten mir die Noten verlöschen.

Wohl hatte ich gemeint zu wissen, was Liebe sei, und war mir damit weise vorgekommen, hatte getröstet aus neuen Augen in die Welt geschaut und einen näheren und tieferen Anteil an allem Leben gefühlt. Nun war es anders, nun war es nicht mehr Klarheit, Trost und Heiterkeit, sondern Sturm und Flamme, nun warf mein Herz sich jauchzend und zitternd weg, wollte nichts mehr vom Leben wissen und nur in seiner Flamme verbrennen. Wenn jetzt mich einer gefragt hätte, was denn die Liebe sei, da hätte ich es wohl zu wissen geglaubt und hätte es sagen können, und es hätte dunkel und lodernd geklungen.

Indessen schwang sich hoch darüber Gertruds leichte, selige Stimme, schien mir heiter zuzurufen und nur meine Freude zu wollen, und flog doch in fernen Höhen mir davon, unerreichbar und fast fremd.

Ach, ich wußte nun, wie es stand. Sie mochte singen, sie mochte freundlich sein, sie mochte es gut mit mir meinen, das alles war nicht, was ich begehrte. Wenn sie nicht ganz und für immer mir zu eigen wurde, mir allein, dann war mein Leben vergebens, und alles Gute und Zarte und Eigenste in mir hatte keinen Sinn.

Nun fühlte ich eine Hand auf meiner Schulter, erschrak und wandte mich um, und sah in ihr Gesicht. Die hellen Augen waren ernst, und nur langsam, da ich sie anstarrte, fing sie an, zart zu lächeln und zu erröten.

Ich konnte nur Dank sagen. Sie wußte nicht, was mit mir war, sie fühlte nur und verstand, daß ich ergriffen war, und fand schonend einen Weg zur vorigen Heiterkeit und Freiheit des Plauderns zurück. Dann ging ich bald.

Ich ging nicht nach Hause, und ich wußte nicht, ob es noch regnete. Ich ging an meinem Stock durch die Straßen, doch war es kein Gehen, und die Straßen waren keine Straßen, ich fuhr auf Sturmwolken durch flatternde, brausende Himmel, ich redete mit dem Sturm und war selbst der Sturm, und ich hörte aus unendlicher Ferne herüber etwas Betörendes klingen, das war eine helle, hohe, vogelleicht schwebende Frauenstimme, und sie schien ganz rein von menschlichen Gedanken und Stürmen, und schien doch im Kern alle wilde Süßigkeit der Leidenschaft zu haben.

Den Abend saß ich ohne Licht in meinem Zimmer. Als ich es nicht mehr aushielt, es war schon spät, ging ich zu Muoth hinaus, fand aber seine Fenster dunkel und kehrte wieder um. Lange lief ich in der Nacht umher und fand mich endlich müde, aus Träumen erwachend, vor dem Imthorschen Garten. Da rauschten die alten Bäume feierlich um das verborgene Haus, von dem kein Ton und Strahl herüberdrang, und zwischen den Wolken kamen und verschwanden hier und dort schwachglänzende Sterne.

Ich wartete einige Tage, ehe ich wieder zu Gertrud zu gehen wagte. In dieser Zeit kam ein Schreiben von jenem Dichter, dessen Lieder ich komponiert hatte. Seit zwei Jahren waren wir in einer losen Verbindung, es kamen je und je merkwürdige Briefe von ihm, ich schickte ihm meine Arbeiten und er mir seine Gedichte. Nun schrieb er:

«Werter Herr! Sie haben länger nichts von mir gehört. Ich war fleißig. Seit ich Ihre Musik habe und verstehe, hat mir immer ein Text für Sie vorgeschwebt, wollte aber nicht heraus. Jetzt ist er da, so gut wie fertig, und es ist ein Operntext, und Sie müssen ihn komponieren. – Sie können kein sehr glücklicher Mensch sein, das steht in Ihrer Musik. Von mir will ich nicht reden; aber da ist ein Text für Sie. Da uns doch sonst nichts Erfreuliches blüht, wollen wir den Leuten ein paar hübsche Sachen vorspielen, bei denen den Dickhäutern für Augenblicke klar wird, daß das Leben nicht bloß eine Oberfläche hat. Denn da wir doch mit uns selber nichts Rechtes anzufangen wissen, plagt es uns, die unnütze Kraft andere spüren zu lassen.

Ihr Hans H.»

Das fiel wie ein Funke in mein Pulver. Ich schrieb um den Text und war so ungeduldig, daß ich den Brief wieder zerriß und telegraphierte. Nach einer Woche kam das Manuskript, ein kleines, glühendes Liebesspiel in Versen, noch mit Lücken, aber für mich einstweilen genug. Ich las und ging mit den Versen im Kopf umher, und sang sie und geigte sie bei Tag und Nacht, und bald lief ich zu Gertrud.

«Sie müssen mir helfen», rief ich. «Ich mache eine Oper. Da sind drei Stücke, für Ihre Stimme gesetzt. Wollen Sie sie ansehen? Und mir dann einmal singen?»

Sie freute sich, ließ sich erzählen, blätterte in den Noten und versprach, sie bald zu lernen. Es kam eine glühende, übervolle Zeit; trunken von Liebe und Musik ging ich einher, zu nichts andrem tauglich, und Gertrud war die einzige, die mein Geheimnis wußte. Ich brachte ihr Noten, die sie lernte und mir sang; ich fragte sie, spielte ihr alles vor, und sie glühte mit mir, studierte und sang, riet und half, und hatte an dem Geheimnis und an dem entstehenden Werk, das uns beiden gehörte, ihre blühende Lust. Keine Andeutung, kein Vorschlag, den sie nicht sofort verstand und aufnahm, schließlich begann sie selber, mit ihrer feinen Schrift, mir beim Abschreiben und Umschreiben zu helfen. Im Theater hatte ich Krankenurlaub genommen.

Es kam zwischen Gertrud und mir keine Verlegenheit auf, wir trieben im selben Strom, arbeiteten am selben Werk, es war für sie wie für mich ein Aufblühen reifgewordener Jugendkräfte, ein Glück und Zauber, in dem meine Leidenschaft ungesehen mitbrannte. Sie unterschied nicht zwischen meinem Werk und mir, sie liebte uns und war unser, und auch für mich war Liebe und Arbeit, Musik und Leben nicht mehr zu trennen.

Manchmal sah ich das schöne Mädchen erstaunt und bewundernd an, und sie erwiderte meinen Blick, und wenn ich kam oder ging, drückte sie mir die Hand wärmer und stärker, als ich ihre zu drücken wagte. Und wenn ich in diesen lauen Frühlingstagen durch den Garten her kam und das alte Haus betrat, wußte ich nicht: war es mein Werk oder meine Liebe, was mich trieb und erhob?

Solche Zeiten dauern nicht lange. Es ging schon gegen das Ende, und meine Flamme flackerte wieder ungeteilt in blinden Liebeswünschen, da saß ich an ihrem Flügel, und sie sang den letzten Akt meiner Oper, deren Sopranrolle fertig war. Sie sang so wunderbar, und ich dachte dieser glühenden Tage, deren Glanz ich schon erblassen fühlte, während Gertrud noch auf ihrer Höhe schwebte, und ich fühlte unabwendbar andere und kühlere Tage kommen. Da lächelte sie mir zu und neigte sich zu mir herab, der Noten wegen, und bemerkte die Trauer in meinem Blick, und sah mich fragend an. Ich schwieg und stand auf und nahm ihr Gesicht vorsichtig in beide Hände, küßte ihre Stirn und ihren Mund und setzte mich wieder. Sie ließ alles still und fast feierlich geschehen, ohne Befremdung und Unwillen, und da sie Tränen in meinen Augen sah, strich sie mir mit ihrer lichten Hand beruhigend über Haar und Stirn und Schulter.

Dann spielte ich weiter, und sie sang, und der Kuß und diese merkwürdige Stunde blieb unbesprochen, doch unvergessen zwischen uns, als unser letztes Geheimnis.

Denn das andere konnte nicht lange mehr zwischen uns bleiben; die Oper brauchte nun andre Mitwisser und Helfer. Der erste mußte Muoth sein, denn an ihn hatte ich bei der Hauptrolle gedacht, deren Ungestüm und bittere Leidenschaft ganz seinem Gesang und ganz seinem Wesen verwandt waren. Nur zögerte ich noch eine kleine Zeit. Noch war mein Werk ein Bündnis zwischen mir und Gertrud, gehörte ihr und mir, schuf uns Sorge und Lust, war ein Garten, von dem niemand wußte, oder ein Schiff, auf dem wir beide allein das große Meer befuhren.

Sie fragte selbst danach, als sie fühlte und merkte, daß sie mir nimmer weiter helfen konnte.

«Wer singt die große Rolle?» fragte sie.

«Heinrich Muoth.»

Sie schien erstaunt. «Oh», sagte sie, «ist das Ernst? Ich hab ihn nicht gern.»

«Er ist mein Freund, Fräulein Gertrud. Und die Rolle paßt für ihn.»

«Ja.»

Nun war schon ein Fremder dazwischen.

Das Leben ist schwer zu leben . . .

. . . und es kann so schwer sein, das Leben leichtzunehmen, wie es leicht ist, sich's schwerzumachen.

Der Mensch reagiert nicht wie eine Waage – er empfindet als Last auch, was ihm fehlt, und er fühlt sich weniger bedrückt, wenn er viel hat.

Indessen hatte ich nicht an Muoths Ferien und Reiselust gedacht. Er freute sich über meinen Opernplan und versprach alle Hilfe, war aber schon in Reiseplänen und konnte mir nur versprechen, bis zum Herbst seine Rolle durchzunehmen. Ich schrieb sie ihm ab, soweit sie schon fertig war. Er nahm sie mit und ließ nach seiner Gewohnheit in all den Monaten nichts von sich hören.

So war eine Frist für uns gewonnen. Zwischen Gertrud und mir bestand nun eine gute Kameradschaft. Ich glaube, sie wußte seit jener Stunde am Klavier genau, was in mir vorging, doch sagte sie nie ein Wort und war um nichts anders gegen mich. Sie liebte nicht nur meine Musik, sie hatte mich selber gern und fühlte wie ich, daß zwischen uns beiden ein natürlicher Einklang war, daß jeder von uns des andern Wesen gefühlsmäßig verstand und billigte. So ging sie neben mir in Eintracht und Freundschaft, doch ohne Leidenschaft. Zuzeiten genügte mir das, und ich lebte stille, dankbare Tage in ihrer Nähe. Doch immer kam bald die Leidenschaft dazwischen, dann war mir jede ihrer Freundlichkeiten nur ein Almosen, und ich empfand mit Qualen, daß die Stürme des Liebhabens und Begehrens, die mich erschütterten, ihr fremd und unlieb waren. Oft täuschte ich mich gewaltsam und suchte mir vorzureden, sie sei eben eine gleichmäßige und heiter stille Natur. Doch wußte mein Gefühl, daß es falsch sei, und kannte Gertrud genug, um zu wissen, daß auch ihr die Liebe Sturm und Gefahren bringen müsse. Oft habe ich darüber nachgedacht, und ich glaube, wenn ich sie damals bestürmt und bekriegt und mit allen Kräften an mich gezogen hätte, sie wäre mir gefolgt und für immer mit mir gegangen. So aber mißtraute ich ihrer Heiterkeit, und was sie mir von Zärtlichkeit und feiner Zuneigung zeigte, schob ich auf das fatale Mitleid. Ich konnte den Gedanken nicht loswerden, daß sie mit einem andern, gesunden und äußerlich schönen Manne, wenn sie ihn so gern hatte wie mich, nicht so lange in dieser ruhigen Freundschaftlichkeit hätte verharren können. Dann waren wieder die Stunden nicht selten, in denen ich meine Musik und alles, was in mir lebte, für ein gerades Bein und flottes Wesen hingegeben hätte.

Um jene Zeit kam Teiser mir wieder näher. Er war mir unentbehrlich für die Arbeit, und so war er der nächste, der mein Geheimnis erfuhr und Text und Plan meiner Oper kennenlernte. Bedächtig nahm er alles an sich, um es zu Hause zu studieren. Dann aber kam er, und sein blondbärtiges Kindergesicht war rot vor Vergnügen und Musikleidenschaft.

«Das wird was, Ihre Oper!» rief er erregt. «Die Ouvertüre dazu spür ich schon in den Fingern! Jetzt gehn wir und trinken einen guten Schoppen, Sie Manderl, und wenn's nicht unbescheiden wär, würd ich sagen, wir trinken Brüderschaft. Aber es soll nicht aufgenötigt sein.»

Das nahm ich gerne an, und es wurde ein froher Abend daraus. Teiser nahm mich zum erstenmal in seine Wohnung mit. Er hatte vor kurzem eine

Schwester zu sich genommen, die nach dem Tod der Mutter allein geblieben war, und wußte nicht genug zu rühmen, wie wohlig ihm nach langen Junggesellenjahren im neuen Haushalt sei. Die Schwester war ein schlichtes, vergnügtes, harmloses Mädchen mit denselben hellen, kindlichen, freudig guten Augen, wie ihr Bruder sie hatte, und hieß Brigitte. Sie brachte uns Kuchen und hellgrünen Österreicher Wein, dazu das Kästlein mit den langen Virginiazigarren. Da tranken wir das erste Glas auf ihr Wohl und das zweite auf gute Brüderschaft, und während wir Kuchen aßen, Wein tranken und rauchten, fuhr der gute Teiser in seiner Herzensfreude hin und wieder durchs Zimmerlein, saß bald am Klavier, bald mit der Gitarre im Arm auf dem Kanapee, bald mit der Geige auf der Tischecke, spielte, was ihm Schönes durch den Kopf ging, sang und ließ seine frohen Augen glänzen, und alles mir und meiner Oper zu Ehren. Es zeigte sich, daß die Schwester dasselbe Blut habe und nicht minder auf Mozart schwöre; Arien aus der Zauberflöte und Stücke aus dem Don Giovanni funkelten durch die kleine Wohnung, von Gespräch und Gläserklirren unterbrochen, von der Geige, dem Klavier, der Gitarre oder auch nur vom Pfeifen des Bruders tadellos rein und richtig begleitet.

Für die kurze Sommerspielzeit war ich noch als Orchestergeiger verpflichtet, hatte aber auf den Herbst um meine Entlassung gebeten, da ich alsdann alle Zeit und Lust für meine Arbeit zu brauchen dachte. Der Kapellmeister, den mein Gehen ärgerte, behandelte mich zu guter Letzt mit ausgesuchter Grobheit, die mir aber Teiser brav parieren und belachen half.

Mit diesem Treuen arbeitete ich die Instrumentierung meiner Opernmusik aus, und so andächtig er meine Gedanken gelten ließ, so unerbittlich legte er den Finger auf alle Verstöße in der Orchesterbehandlung. Oft geriet er in hellen Zorn und kanzelte mich ab wie ein derber Dirigent, bis ich eine zweifelhafte Stelle, in die ich verliebt und verbissen war, ausstrich und änderte. Und immer war er mit Beispielen zur Hand, wenn ich zweifelte und ungewiß war. Wo ich etwas Mißlungenes durchsetzen oder eine Kühnheit nicht wagen wollte, kam er mit Partituren angelaufen und wies mir nach, wie das der Mozart oder der Lortzing gemacht habe, und daß mein Zögern eine Feigheit oder mein Beharren eine «Kuhdummheit» sei. Wir brüllten einander an, kriegten und tobten, und wenn es in Teisers Wohnung geschah, so hörte die Brigitte andächtig zu, kam und ging mit Wein und Zigarren und strich manches zerknüllte Notenblatt mitleidig und sorgfältig wieder glatt. Der Liebe zu ihrem Bruder kam ihre Bewunderung für mich gleich, ich war für sie ein Maestro. An jedem Sonntag mußte ich zum Essen zu Teisers kommen, und nach Tische ging es, wenn nur ein blauer Fleck am Himmel war, mit der Straßenbahn hinaus. Da spazierten wir über die Hügel und durch Wälder, plauderten und sangen, und die Geschwister ließen ungebeten immer wieder ihre heimischen Jodler steigen.

Dabei kamen wir einmal zum Imbiß in ein Dorfwirtshaus, wo uns aus weit offenen Fenstern eine ländliche Tanzmusik entgegenjubelte, und als wir gegessen hatten und beim Apfelmost ausruhend im Garten saßen, schlich die Brigitte bald zum Hause hinüber und hinein, und als wir es merkten und nach ihr ausschauten, sahen wir sie am Fenster vorbeitanzen, frisch und sprühend wie ein Sommermorgen. Als sie wiederkam, drohte ihr Teiser mit dem Finger und meinte, sie hätte ihn wohl auch auffordern dürfen. Da wurde sie rot und verlegen, winkte ihm abwehrend zu und sah mich an.

«Was ist denn?» fragte ihr Bruder.

«Laß doch», meinte sie nur, aber zufällig sah ich, wie sie ihn mit dem Blick auf mich aufmerksam machte; und Teiser sagte: «Ach so.»

Ich sagte nichts, doch war es mir wunderlich, sie darüber verlegen zu sehen, daß sie in meiner Gegenwart getanzt hatte. Es fiel mir erst jetzt ein, daß wohl auch ihre Spaziergänge rascher und weiter und anders gegangen wären ohne meine hemmende Gesellschaft, und ich schloß mich von da an ihren Sonntagsausflügen nur selten mehr an.

Gertrud hatte, als wir mit dem Durchsingen der Sopranrolle soweit fertig waren, wohl bemerkt, daß es mir schwerfiel, auf die häufigen Besuche bei ihr und das vertrauliche Beisammensein am Klavier zu verzichten, und daß ich mich doch scheute, Vorwände für dessen Fortsetzung zu erfinden. Da überraschte sie mich mit dem Vorschlag, sie regelmäßig beim Singen zu begleiten, und ich kam nun zwei-, dreimal in der Woche am Nachmittag in ihr Haus. Der Alte sah ihre Freundschaft mit mir gerne; ohnehin ließ er sie, die schon früh die Mutter verloren hatte und dem Haus als Dame vorstand, in allem gewähren.

Der Garten stand in voller Frühsommerpracht, überall waren Blumen und sangen Vögel um das stille Haus, und wenn ich von der Straße in den Garten trat und an den dunklen, alten Steinbildern der Allee vorüber mich dem grünumwachsenen Hause näherte, war es mir jedesmal wie der Eintritt in ein Heiligtum, wohin Stimmen und Dinge der Welt nur leise und gemildert dringen konnten. Da sangen vor den Fenstern im blühenden Gebüsch die Bienen, Sonne und leichte Laubschatten fielen ins Zimmer, und ich saß am Flügel und hörte Gertrud singen, horchte ihrer Stimme nach, die sich leicht emporschwang und im mühelosen Schweben wiegte, und wenn wir nach einem Lied einander ansahen und lächelten, so war es einig und vertraulich, wie zwischen Geschwistern. Da meinte ich manches Mal, jetzt brauche ich nur die Hand auszustrecken und mein Glück leise zu fassen, um es für immer zu haben, und tat es doch nie, denn ich wollte warten, bis auch sie einmal Verlangen und Sehnsucht zeige. Gertrud aber schien in reiner Zufriedenheit zu atmen und nichts anders zu wünschen, ja mir kam es oft vor, als bäte sie mich, dieses stille Einvernehmen nicht zu erschüttern und unsern Frühling nicht zu stören.

War ich darüber enttäuscht, so tröstete es mich zu fühlen, wie innig sie in meiner Musik lebte, wie sie mich verstand und darüber stolz war.

Das dauerte bis zum Juni, dann reiste Gertrud mit ihrem Vater in die Berge, ich blieb zurück, und wenn ich an ihrem Hause vorüberging, lag es leer hinter seinen Platanen, und die Pforte war geschlossen. Da fing die Pein wieder an, wuchs und verfolgte mich tief in die Nächte hinein.

Da kam ich abends, fast immer mit Noten in der Tasche, zu den Teisers, nahm an ihrem heiter genügsamen Leben teil, trank von ihrem österreichischen Wein und spielte Mozart mit ihnen. Dann ging ich durch die milden Nächte heim, sah in den Anlagen die Liebespaare spazieren, legte mich zu Hause müd aufs Bett und fand doch keinen Schlaf. Es war mir jetzt unbegreiflich, wie ich so brüderlich mit Gertrud hatte umgehen können, daß ich nie den Bann gebrochen, sie an mich gezogen und bestürmt und erobert hatte. Ich sah sie in ihrem hellblauen oder grauen Kleid, munter oder ernsthaft, ich hörte ihre Stimme und begriff nimmer, daß ich sie jemals hatte hören können, ohne in Glut und Werbung auszubrechen. Berauscht und fiebernd stand ich auf, machte Licht und warf mich auf die Arbeit, ließ Menschenstimmen und Instrumente werben und flehen und drohen, wiederholte das Lied der Sehnsucht in neuen, fiebernden Melodien. Oft aber blieb mir diese Tröstung aus, dann lag ich glühend und wild in grimmiger Schlaflosigkeit, sagte wirr und sinnlos ihren Namen Gertrud, Gertrud vor mich hin, warf Trost und Hoffnung weg und gab mich verzweifelnd der grauenhaften Ohnmacht des Begehrens hin. Ich rief Gott an und fragte ihn, warum er mich so geschaffen, warum er mich verstümmelt und mir statt des Glückes, das jeder Ärmste habe, nichts gegeben habe als den grausamen Trost, in Tönen zu wühlen und das Unerreichbare in wesenlosen Tonphantasien immer wieder vor mein Begehren hinzumalen.

Bei Tage gelang es mir besser, meiner Leidenschaft Herr zu werden. Da biß ich auf die Zähne, saß vom frühesten Morgen an bei der Arbeit, erzwang Ruhe durch lange Gänge und Ermunterung durch kalte Sturzbäder, und abends floh ich vor den Schatten der heraufdrohenden Nacht in die heitere Nähe der Geschwister Teiser, wo mir für Stunden Ruhe und manchmal beinahe Behagen kam. Teiser merkte wohl, daß ich litt und krank war, doch schrieb er es der Arbeit zu und riet mir Schonung, obwohl er selber flammend dabei war und im Grunde meine Oper ebenso erregt und ungeduldig wachsen sah wie ich selbst. Manchmal holte ich ihn auch ab, um ihn allein zu haben, und brachte den Abend mit ihm in einem kühlen Wirtsgarten zu, wo jedoch die Liebespaare und das Nachtblau, die Lampions und Feuerwerke und der Duft von Begehrlichkeit, den die Sommerabende der Städter immer haben, mir nicht wohl tat.

Völlig schlimm wurde es, als auch Teiser abreiste, um mit Brigitte die Ferien im Gebirge zu verwandern. Er lud mich zum Mitkommen ein, und es war ihm Ernst, sosehr ich mit meiner Unbeweglichkeit ihm die Lust zerstört hätte; aber ich konnte nicht annehmen. Zwei Wochen blieb ich allein in der Stadt, schlaflos und aufgerieben, und die Arbeit gedieh nicht mehr.

Da schickte mir Gertrud eine kleine Schachtel voll Alpenrosen aus einem Dorf im Wallis, und als ich ihre Handschrift sah und die bräunlichen, welken Blumen auspackte, fiel es wie ein Blick aus ihren lieben Augen auf mich, und ich schämte mich meiner Wildheit und meines Mißtrauens. Ich sah ein, daß es besser sei, sie wisse von meinem Zustand, und am nächsten Morgen schrieb ich ihr einen kurzen Brief. Da erzählte ich halb scherzhaft, daß ich nimmer schlafen könne, und daß es vor Sehnsucht nach ihr geschehe, und daß ich ihre Freundschaft nicht mehr annehmen könne, da es bei mir Liebe sei. Im Schreiben überfiel es mich wieder, und der Brief, der ruhig und fast scherzend begonnen hatte, ward zum Schlusse heftig und heiß.

Die Post brachte beinah jeden Tag Grüße und Ansichtskarten von den Geschwistern Teiser, die nicht ahnen konnten, daß ihre Karten und Brieflein mir jedesmal eine Enttäuschung brachten, da ich andere Post von anderer Hand erwartete.

Endlich kam sie doch, ein graues Kuvert mit Gertruds leichter, heiterer Schrift, und innen ein Brief.

«Lieber Freund! Ihr Brief bringt mich in Verlegenheit. Ich sehe, daß Sie leiden und schwere Zeit haben, sonst müßte ich schelten, daß Sie mich so überfallen. Sie wissen, wie gern ich Sie habe; aber mir ist mein jetziger Zustand lieb, ich habe noch kein Verlangen, ihn zu ändern. Wenn ich Gefahr sähe, Sie zu verlieren, würde ich alles tun, Sie mir zu halten. Aber auf Ihren heißen Brief kann ich nicht antworten. Haben Sie Geduld, lassen Sie es zwischen uns, wie es war, bis wir uns wiedersehen und miteinander reden können. Dann wird alles leichter sein. In Freundschaft

Ihre Gertrud.»

Damit war wenig anders geworden, und doch tat der Brief mir wohl. Es war doch ein Gruß von ihr, sie duldete doch und ließ es geschehen, daß ich um sie warb, sie hatte mich nicht abgewiesen. Auch brachte ihr Brief mir etwas von ihrem Wesen mit, etwas von ihrer beinahe kühlen Klarheit, und statt des Bildes, das meine Sehnsucht von ihr geschaffen hatte, stand wieder sie selber vor meinen Gedanken. Ihr Blick forderte Vertrauen von mir, ich spürte ihre Nähe, und sogleich erhoben sich Scham und Stolz in mir, halfen mir das verzehrende Schmachten besiegen und die brennenden Wünsche niederhalten. Nicht getröstet, doch gestärkt und wehrhafter hielt ich mich aufrecht. Ich quartierte mich mit meiner Arbeit im Wirtshaus eines Dorfes ein, zwei Stunden von der Stadt. Da saß ich viel in einer schattigen, schon verblühten Fliederlaube und dachte nach und wunderte mich über mein Leben. Wie ging ich einsam und fremd meinen Weg, ungewiß wohin! Und nirgends hatte ich Wurzeln geschlagen und Heimatrecht erworben. Mit den Eltern stand ich nur in äußerlichem Verkehr, mit höflichen Briefen; meinen Beruf hatte ich verlassen, um gefährlichen Schöpferphantasien nachzugehen, die mich doch nicht sättigten. Meine Freunde kannten mich nicht, Gertrud war der einzige Mensch, mit dem ich ein volles Verstehen und eine vollkommene Gemeinschaft hätte haben können. Und meine Arbeit, das, wofür ich doch lebte und was meinem Leben Sinn geben sollte, wie war das ein Jagen nach Schatten, ein Bauen von Lufthäusern! Konnte das wirklich einen Sinn haben und eines Menschen Leben rechtfertigen und ausfüllen, das Hintürmen von Tonreihen und erregte Spielen mit Gebilden, die im besten Fall einmal anderen Menschen eine Stunde angenehm zubringen halfen?

Dennoch arbeitete ich wieder leidlich fleißig und kam innerlich in diesem Sommer vollends mit der Oper zustande, wenn auch außen noch viel fehlte und erst das wenigste aufgeschrieben war. Manchmal kam ich wieder in helle Freude und dachte mit Hochmut mir aus, wie mein Werk Macht über Menschen gewinnen würde, wie Sänger und Musikanten, Kapellmeister und Chöre Vollstrecker meines Willens sein müßten, und wie er auf Tausende wirken werde. Zu andern Zeiten kam es mir beinahe unheimlich und gespenstisch vor, daß alle diese Bewegungen und diese Macht ausgehen sollten von den ohnmächtigen Träumen und Phantasien eines armen, einsamen Menschen, den alle bemitleideten. Zuweilen verlor ich auch den Mut und wollte finden, meine Arbeit könne unmöglich je aufgeführt werden, es sei alles falsch und übertrieben. Doch war das selten, im Grunde war ich vom Leben und von der Kraft meiner Arbeit überzeugt. Sie war auch ehrlich und glühend, sie war erlebt und hatte Blut in den Adern, und wenn ich sie auch heute nicht mehr hören mag und ganz andere Noten schreibe, so ist doch in jener Oper meine ganze Jugend, und wenn manche Takte daraus mir wieder begegnen, so ist es mir nicht anders, als wehe ein lauer Frühlingssturm aus verlassenen Tälern der Jugend und der Leidenschaft herüber. Und wenn ich denke, daß ihre ganze Glut und Macht über die Herzen aus Schwäche und Entbehrung und Sehnsucht geboren ist, so weiß ich nicht mehr, ob mir mein ganzes Leben in jener Zeit, und auch noch das jetzige, lieb oder leid sein soll.

Der Sommer ging zur Neige, in einer finsteren Nacht mit wilden, leidenschaftlich schluchzenden Regengüssen schrieb ich die Ouvertüre zu Ende, und am Morgen war der Regen kühl und mild, der Himmel glatt grau und der Garten herbstlich geworden. Ich packte meine Sachen zusammen und fuhr in die Stadt zurück.

Von allen meinen Bekannten war nur Teiser mit seiner Schwester schon zurückgekehrt. Sie sahen beide bergbraun und blühend aus, hatten auf ihren Touren erstaunlich viel erlebt und waren doch voll Teilnahme und Spannung, zu sehen, wie es mit der Oper stehe. Wir nahmen die Ouvertüre durch, und es war mir selber nahezu feierlich, als Teiser mir die Hand auf die Schulter legte und zu seiner Schwester sagte: «Brigitt, schau den an, das ist ein großer Musiker!»

Gertruds Ankunft erwartete ich trotz aller Sehnsucht und Erregung doch mit Vertrauen. Ich konnte ihr ein schönes Stück Arbeit zeigen und wußte, sie lebe mit und verstehe und genieße alles wie ihr Eigenes. Am meisten war ich auf Heinrich Muoth gespannt, dessen Hilfe mir unentbehrlich war und von dem ich seit Monaten kein Wort gehört hatte.

Endlich erschien er, noch vor Gertruds Rückkehr, und trat eines Morgens in mein Zimmer. Lange sah er mir ins Gesicht.

«Sie sehen scheußlich aus», sagte er kopfschüttelnd. «Na, wenn man solche Sachen schreibt!»

«Haben Sie die Rolle angesehen?»

«Angesehen? Ich kann sie auswendig und werde sie singen, sobald Sie wollen. Das ist ja eine verfluchte Musik!»

«Meinen Sie?»

«Sie werden sehen. Jetzt haben Sie Ihre schönste Zeit gehabt, warten Sie nur! Mit der Dachkammerberühmtheit ist es vorbei, sobald die Oper gespielt wird. Nun, das ist Ihre Sache. Wann wollen wir singen? Ein paar Anmerkungen hätte ich immerhin zu machen. Wie weit sind Sie mit dem Ganzen?»

Ich zeigte ihm, was zu zeigen war, und er nahm mich gleich mit in seine Wohnung. Da hörte ich ihn zum erstenmal diese Rolle singen, bei der ich durch meine eigene Leidenschaft hindurch immer an ihn gedacht hatte, und fühlte die Macht meiner Musik und seiner Stimme. Erst jetzt konnte ich in Gedanken das Ganze auf der Bühne vor mir sehen, erst jetzt schlug meine eigene Flamme mir entgegen und ließ mich ihre Wärme fühlen, gehörte nimmer mir und war nimmer mein Werk, sondern hatte eignes Leben und wirkte als eine fremde Macht auf mich. Zum erstenmal fühlte ich diese Loslösung eines Werkes vom Schöpfer, an die ich bis dahin nicht recht geglaubt hatte. Mein Werk begann dazustehen und sich zu regen und Leben zu zeigen, eben noch hatte ich es in der Hand gehabt, und schon jetzt war es nimmer mein, war es wie ein Kind dem Vater entwachsen, lebte und übte Macht auf eigne Faust, sah mich aus fremden Augen selbständig an und trug doch meinen Namen und mein Zeichen an der Stirn geschrieben. Dieselbe zwiespältige, ja manchmal erschreckende Empfindung habe ich später bei den Aufführungen gehabt.

Muoth hatte die Rolle gut geübt, und was er geändert zu sehen begehrte, konnte ich ihm wohl zugestehen. Nun fragte er neugierig nach der Sopranrolle, die er nur halb kannte, und wollte wissen, ob sie mir schon von einer Sängerin durchgesungen worden sei. Ich mußte ihm nun, zum erstenmal, von Gertrud sprechen, und es gelang mir, es ruhig und unauffällig zu tun. Dem Namen nach kannte er sie wohl, hatte aber nie im Hause Imthor verkehrt und war erstaunt zu hören, daß Gertrud die Rolle studiert habe und singen könne.

«Dann muß sie eine gute Stimme haben», meinte er anerkennend, «sehr hoch und leicht. Wollen Sie mich dort einmal einführen?»

«Ich hätte ohnehin darum gebeten. Ich möchte Sie ein paarmal mit Fräulein Imthor singen hören, es werden Korrekturen nötig sein. Sobald die Herrschaften wieder in der Stadt sind, will ich sie darum bitten.

«Eigentlich sind Sie doch ein Glückspilz, Kuhn. Und für die Orchestermusik haben Sie den Teiser als Helfer. Sie werden sehen, das Stück schlägt ein.»

Ich sagte nichts, ich hatte für später und für das Schicksal meiner Oper noch keine Gedanken frei, erst mußte sie fertig sein. Doch seit ich ihn hatte singen hören, glaubte auch ich an die Kraft meiner Arbeit.

Teiser, dem ich davon erzählte, sagte grimmig: «Ich glaub's schon. Der Muoth hat ja eine Heidenkraft. Wenn er nur nicht so ein Pfuscher wär. Dem ist es nie um die Musik zu tun, immer nur um sich selber. Er ist ein Draufgänger, überall.»

An dem Tage, da ich durch den herbstlichen Garten beim schon sachte beginnenden Blätterfall das Imthorsche Haus aufsuchte, um die endlich zurückgekehrte Gertrud zu besuchen, schlug mir das Herz beklommen. Sie aber, schöner und aufrechter und ein wenig bräunlich geworden, kam mir lächelnd entgegen, gab mir die Hand und tat mit ihrer lieben Stimme und ihrem hellen Blick und ihrer ganzen noblen, freien Art mir sogleich wieder den alten Zauber an, daß ich beglückt meine Sorgen und Begierden beiseite tat und froh war, wieder in ihrer heilenden Nähe zu sein. Sie ließ mich gewähren, und da ich den Weg nicht fand, auf meinen Brief und mein Anliegen zu reden zu kommen, schwieg auch sie von alledem und gab mit keiner Gebärde kund, daß unsere Kameradschaft getrübt oder gefährdet sei. Sie suchte nicht, sich mir zu entziehen, sie war wieder häufig mit mir allein, indem sie darauf vertraute, ich werde ihren Willen achten und meine Werbung nicht wiederholen, ehe sie selbst mich dazu ermunterte. Wir nahmen unverweilt alles durch, was ich in diesen Monaten gearbeitet hatte, und ich erzählte ihr, daß Muoth seine Rolle habe und lobe. Ich bat um Erlaubnis, ihn mitzubringen, da es mir unentbehrlich war, beide Hauptrollen mit ihnen gemeinsam durchzunehmen, und sie gab ihre Einwilligung.

«Sehr gern tue ich's nicht», sagte sie, «das wissen Sie ja. Ich singe sonst nie vor Fremden, und vor Herrn Muoth ist es mir doppelt peinlich. Nicht nur, weil er ein berühmter Sänger ist. Er hat etwas, was ich fürchte, wenigstens auf der Bühne. Nun, wir werden sehen, es wird doch gehen.»

Ich wagte nicht, meinen Freund in Schutz zu nehmen und zu rühmen, um sie nicht noch scheuer zu machen. Ich war überzeugt, sie würde nach dem ersten Versuch gern mit ihm weitersingen.

Einige Tage später kam ich mit Muoth in einem Wagen gefahren, wir wurden erwartet und vom Hausherrn empfangen, der von großer Höflichkeit und Kühle war. Gegen meine häufigen Besuche und meine Vertrautheit mit Gertrud hatte er nicht das mindeste, er würde gelacht haben, wenn jemand ihn darauf gewiesen hätte. Aber daß nun Muoth dazu kam, gefiel ihm wenig. Dieser war sehr elegant und korrekt, und die Imthors schienen beide angenehm von ihm enttäuscht zu sein. Der als gewalttätig und hochmütig verschriene Sänger konnte vortreffliche Manieren zeigen, auch war er nicht eitel und im Gespräch bestimmt, doch bescheiden.

«Wollen wir singen?» fragte Gertrud nach einiger Weile, und wir standen auf, um ins Musikzimmer hinüberzugehen. Ich setzte mich an den Flügel, skizzierte Vorspiel und Szene, gab Erklärungen und bat schließlich Gertrud zu beginnen. Sie tat es unfrei und vorsichtig, mit halber Stimme. Muoth dagegen, als an ihn die Reihe kam, sang ohne Zögern und Schonung mit voller Stimme, riß uns beide mit und brachte uns schnell mitten hinein, so daß auch Gertrud nun sich hergab. Muoth, der in guten Häusern die Damen sehr gemessen zu behandeln pflegte, ward erst jetzt auf sie aufmerksam, folgte ihrem Gesang mit Teilnahme und sprach ihr in herzlichen, nicht übertreibenden, kollegialen Worten seine Bewunderung aus.

Von da an war alle Befangenheit verschwunden, die Musik befreundete uns und machte uns einmütig. Und mein Werk, das immer noch in schlecht verbundenen Stücken halbtot dalag, wuchs mir immer mehr und inniger zusammen. Ich wußte jetzt, daß die Hauptsache daran getan und nichts Wesentliches mehr daran zu verderben war, und es schien mir gut. Ich verbarg meine Freude nicht und dankte meinen beiden Freunden mit Bewegung. Festlich-froh gingen wir aus dem Hause, und Heinrich Muoth führte mich zu einem improvisierten Festmahl in sein Gasthaus. Da tat er beim Champagner, was er nie hatte tun wollen, er nannte mich du und blieb dabei, und ich freute mich und ließ es gelten.

«Da sind wir vergnügt und feiern», lachte er, «und eigentlich haben wir recht, daß wir's im voraus tun, da ist es am schönsten. Nachher sieht es anders aus. Du läufst jetzt in den Theaterglanz hinein, Junge, und wir wollen darauf anstoßen, daß er dich nicht kaputt macht wie die meisten.»

Noch eine Zeitlang behielt Gertrud ihre Scheu vor Muoth und ward ihm gegenüber nur beim Singen frei und harmlos. Er war sehr zurückhaltend und rücksichtsvoll, und allmählich sah ihn Gertrud gerne kommen und lud ihn, gerade wie mich, jedesmal mit unbefangener Freundlichkeit zum Wiederkommen ein. Die Stunden, in denen wir drei allein zusammen waren, wurden selten. Die Rollen waren durchgesungen und durchbesprochen, auch hatte bei Imthors die winterliche Geselligkeit mit den regelmäßigen Musikabenden wieder begonnen, an denen nun auch Muoth häufig erschien, doch ohne dabei mitzuwirken.

Manchmal meinte ich wahrzunehmen, daß Gertrud mir fremder zu werden anfange, daß sie sich etwas von mir zurückziehe; doch strafte ich mich für solche Gedanken stets und schämte mich meines Mißtrauens. Ich sah Gertrud als Dame eines geselligen Hauses sehr in Anspruch genommen und hatte oft meine Freude daran, sie inmitten der Gäste so schlank und fürstlich und doch anmutig gehen und walten zu sehen.

Für mich vergingen die Wochen schnell. Ich saß an der Arbeit, die ich während des Winters möglichst zu vollenden dachte, hatte Zusammenkünfte mit Teiser, Abende bei ihm und seiner Schwester, dazu allerlei Briefwechsel und Erlebnisse, denn es wurden da und dort meine Lieder gesungen und in Berlin alles, was ich für Streichmusik komponiert hatte, aufgeführt. Es kamen Anfragen und Zeitungskritiken, und plötzlich schien auch schon jedermann zu wissen, daß ich an einer Oper arbeite, obwohl ich selber außer Gertrud, den Teisers und Muoth niemand ein Wort davon gesagt hatte. Nun, jetzt war es einerlei, und im Grunde freuten mich diese Zeichen des Erfolges, es schien nun endlich und doch früh genug ein offener Weg vor mir zu liegen.

Zu Hause bei den Eltern war ich ein ganzes Jahr nimmer gewesen. Nun fuhr ich zu Weihnachten hin. Ich fand die Mutter liebevoll, doch in der alten Befangenheit, die zwischen uns bestand und die bei mir eine Furcht für Nichtverstandenwerden, bei ihr ein Unglaube an meinen Künstlerberuf und ein Mißtrauen gegen die Ernsthaftigkeit meiner Bestrebungen war. Nun sprach sie lebhaft von dem, was sie über mich gehört und gelesen hatte, doch mehr um mir damit eine Freude zu machen als aus Überzeugung, denn im Grunde mißtraute sie diesen scheinbaren Erfolgen ebenso wie meiner ganzen Kunst. Sie war nicht ohne Freude an Musik, hatte früher auch etwas gesungen, doch war immerhin ein Musikant in ihren Augen etwas Armseliges, auch konnte sie meine Musik, von der sie einiges gehört hatte, nicht verstehen oder billigen.

Der Vater hatte mehr Glauben. Als Kaufmann dachte er vor allem an mein äußeres Fortkommen, und obwohl er mich stets ohne Murren reichlich unterstützt und seit meinem Austritt aus dem Orchester sogar meinen ganzen Unterhalt wieder bestritten hatte, sah er es doch gerne, daß ich zu verdienen begann und Aussicht hatte, einmal vom eigenen Erwerb leben zu können, was er auch bei vorhandenem Reichtum für die notwendige Grundlage einer ehrenhaften Existenz ansah. Übrigens fand ich ihn im Bett liegend, er war gerade am Tage vor meiner Ankunft gefallen und hatte sich am Fuß verletzt.

Ich traf ihn geneigt zu leicht philosophierenden Gesprächen, kam ihm näher als je und hatte meine Freude an seiner bewährten praktischen Lebensweisheit. Ich konnte ihm manche meiner Leiden klagen, was ich früher aus Scham nie getan hatte. Dabei fiel ein Ausspruch Muoths mir ein, den ich meinem Vater wiederholte. Muoth hatte einmal gesagt, allerdings nicht im Ernst, er halte die Jugend für die schwerste Zeit im Leben und finde, alte Leute seien meistens viel heiterer und zufriedener als junge. Mein Vater lachte dazu und meinte dann nachdenklich: «Wir Alten sagen natürlich das Gegenteil. Aber dein Freund hat doch etwas von der Wahrheit gefühlt. Ich glaube, man kann im Leben eine ganz genaue Grenze ziehen zwischen Jugend und Alter. Die Jugend hört auf mit dem Egoismus, das Alter beginnt mit dem Leben für andere. Ich meine es so: junge Leute haben viel Genuß und viel Leiden von ihrem Leben, weil sie es nur für sich allein leben. Da ist jeder Wunsch und Einfall wichtig, da wird jede Freude ausgekostet, aber auch jedes Leid, und mancher, der seine Wünsche nicht erfüllbar sieht, wirft gleich das ganze Leben weg. Das ist jugendlich. Für die meisten Menschen aber kommt eine Zeit, wo das anders wird, wo sie mehr für andere leben, keineswegs aus der Tugend, sondern ganz natürlich. Bei den meisten bringt es die Familie. Man denkt weniger an sich selber und seine Wünsche, wenn man Kinder hat. Andere verlieren den Egoismus an ein Amt, an die Politik, an die Kunst oder Wissenschaft. Die Jugend will spielen, das Alter arbeiten. Es heiratet keiner, damit er Kinder kriege, aber wenn er Kinder kriegt, so ändern sie ihn, und schließlich sieht er, daß alles doch nur für sie geschehen ist. Das hängt damit zusammen, daß die Jugend zwar gern vom Tode redet, aber doch nie an ihn denkt. Bei den Alten ist es umgekehrt. Die Jungen glauben ewig zu leben und können darum alle Wünsche und Gedanken auf sich selber stellen. Die Alten haben schon gemerkt, daß irgendwo ein Ende ist und daß alles, was einer für sich allein hat und tut, am Ende in ein Loch fällt und für nichts war. Darum braucht er eine andere Ewigkeit und den Glauben, er arbeite nicht bloß für die Würmer. Dafür sind Frau und Kind, Geschäft und Amt und Vaterland, damit man wisse, für wen denn das tägliche Schinden und Plagen geschehe. Und darin hat dein Freund ganz recht: man ist zufriedener, wenn man für andere, als wenn man für sich allein lebt. Nur sollten die Alten nicht gar so sehr ein Heldentum daraus machen, was es nicht ist. Auch werden aus den eifrigsten Jungen die besten Alten und nicht aus denen, die schon auf Schulen wie Großväter tun.»

Ich blieb eine Woche zu Hause und saß viel am Bett meines Vaters, der kein geduldiger Kranker und freilich außer der kleinen Verletzung am Fuß bei bester Kraft und Gesundheit war. Ich gestand ihm mein Bedauern darüber, daß ich ihm nicht schon früher gerecht geworden und nahegekommen sei, doch meinte er, das sei gegenseitig, und es werde unserer künftigen Freundschaft besser bekommen, als wenn wir vorzeitige Versuche des Verstehens aneinander gemacht hätten, welche selten gelängen. Vorsichtig und freundlich erkundigte er sich danach, wie es mir mit den Frauen gegangen sei. Von Gertrud mochte ich nichts sagen, meine übrige Beichte war sehr einfach.

«Tröste dich!» sagte mein Vater lächelnd. «Du hast das Zeug zu einem recht guten Ehemann, das merken gescheite Frauen bald. Nur einer ganz armen darfst du nicht glauben, die könnte dein Geld meinen. Und wenn du die nicht findest, die du dir denkst und gern hättest, so ist auch nicht alles verloren. Die Liebe zwischen jungen Leuten und die in einer langen Ehe ist nicht dieselbe. In der Jugend denkt jedes an sich und sorgt für sich. Aber wenn einmal ein Hausstand da ist, gibt es anderes zu sorgen. Mir ist es auch so gegangen, du darfst es wohl wissen. Ich war in deine Mama sehr verliebt, und es war eine rechte Liebesheirat. Das dauerte aber nur ein Jahr oder zwei, dann hörte die Verliebtheit auf und war bald bis auf den letzten Rest verbraucht, und wir standen da und wußten nicht recht, was miteinander anfangen. Da kamen gerade die Kinder, deine beiden älteren Geschwister, die ja früh gestorben sind, und wir hatten für die zu sorgen. Darüber wurden unsere Ansprüche aneinander kleiner, die Fremdheit hörte wieder auf, und auf einmal war die Liebe wieder da, freilich nicht die alte, sondern eine ganz andere. Und die hat seither gehalten, ohne viel Flikken zu brauchen, mehr als dreißig Jahre. Es geht nicht allen Liebesheiraten so gut, sogar sehr wenigen.»

Mir war nun allerdings mit diesen Anschauungen nicht gedient, doch tat das neue, freundschaftliche Verhältnis zu meinem Vater mir wohl und machte mir die Heimat wieder lieb, die mir in den letzten Jahren beinahe gleichgültig geworden war. Als ich wieder abreiste, bereute ich den Besuch nicht und beschloß, künftig in besserer Verbindung mit den Alten zu bleiben.

Arbeit und Reisen zur Aufführung meiner Streichmusik hielten mich eine Weile vom Besuch des Imthorschen Hauses ab. Als ich wiederkam, fand ich Muoth, der früher nur in meiner Begleitung hingegangen war, dort unter den meistgeladenen Gästen. Der alte Imthor trat ihm noch immer kühl und leicht ablehnend gegenüber, Gertrud aber schien gut Freund mit ihm geworden zu sein. Mir war das lieb, ich wußte keinen Grund zur Eifersucht und war überzeugt, daß zwei so ungleiche Menschen wie Muoth und Gertrud einander wohl interessieren und anziehen, nicht aber befriedigen und lieben könnten. So sah ich es ohne Mißtrauen, wenn er mit ihr sang und sie beide ihre schönen Stimmen vermischten. Sie sahen gut aus, beide große, hohe, aufrechte Menschen, er dunkel und ernst, sie hell und heiter. Neuerdings kam es mir allerdings zuweilen vor, als habe ihre alte angeborene Heiterkeit einige Mühe, sich zu behaupten, und sei manchmal müde und verschattet. Sie sah mich nicht selten ernsthaft und prüfend an, mit einer Neugierde und einem Interesse, wie bedrückte und geängstigte Menschen einander ansehen; und wenn ich ihr dann zunickte und mit einem fröhlichen Blick antwortete, spannte sie die Züge so langsam und angestrengt zum Lächeln, daß es mir weh tat.

Doch machte ich solche Beobachtungen nur ganz selten, zu anderen Zeiten sah Gertrud so heiter und strahlend aus wie je, so daß ich jene Beobachtungen für Einbildungen hielt oder einem vorübergehenden Unwohlsein zuschrieb. Nur einmal war ich ernstlich erschrocken. Sie saß, während einer der Hausfreunde Beethoven spielte, im Halbdunkel zurückgelehnt und mußte glauben, ganz unbeobachtet zu sein. Vorher, beim hellen Licht zwischen den Gästen beim Empfang, war sie immer klar und heiter anzusehen gewesen. Nun aber, in sich zurückgezogen und offenbar von der Musik unberührt, ließ sie ihr Gesicht gehen und bekam einen Ausdruck von Müdigkeit, Angst und Scheu wie ein verhetztes, ratlos gewordenes Kind. Es dauerte mehrere Minuten, und als ich das sah, wollte mir das Herz stillstehen. Sie litt und hatte Kummer, schon das war schlimm, und daß sie auch vor mir die Fröhliche spielte und auch mir alles verbarg, machte mich ängstlich. Sobald das Spiel zu Ende war, suchte ich ihre Nähe, setzte mich zu ihr und fing ein harmloses Gespräch an. Ich sprach davon, daß es für sie ein unruhiger Winter sei und daß auch ich dabei entbehre, doch sagte ich alles leichthin in scherzendem Tone. Schließlich erinnerte ich an die Zeit im Frühjahr, da wir die Anfänge meiner Oper miteinander gespielt und gesungen und besprochen hatten.

Da sagte sie: «Ja, das ist eine schöne Zeit gewesen.» Mehr nicht, aber es war doch ein Geständnis, denn sie sagte es mit ungewollter Ernsthaftigkeit. Ich aber las daraus Hoffnung für mich und war ihr im Herzen dankbar.

Gar gerne hätte ich ihr meine Frage vom Sommer wiederholt. Die Veränderung in ihrem Wesen, die Befangenheit und unsichere Scheu, die sie gerade vor mir zuweilen zeigte, glaubte ich doch bei aller Bescheidenheit als günstige Anzeichen für mich hinnehmen zu dürfen. Es war mir rührend zu sehen, wie ihr Mädchenstolz krank zu liegen und sich hart zu wehren schien. Doch wagte ich nichts zu sagen, sie tat mir leid in ihrer Unsicherheit, und mein stilles Versprechen glaubte ich auch halten zu müssen. Ich habe nie gewußt mit Frauen umzugehen; ich machte den umgekehrten Fehler wie Heinrich Muoth: ich ging mit Frauen um wie mit Freunden.

Da ich auf die Dauer meine Wahrnehmungen nicht für Täuschungen halten konnte und Gertruds veränderte Art doch nur halb verstand, hielt ich mich zurück, ließ meine Besuche etwas seltener werden und vermied intime Gespräche mit ihr. Ich wollte sie schonen und nicht noch scheuer machen und ängstigen, da sie doch zu leiden und in sich uneins zu sein schien. Sie merkte es, wie ich glaube, und sah meine Zurückhaltung nicht ungern. Ich hoffte, es werde mit dem Ende des Winters und der lebhaften Geselligkeit wieder eine stille, schöne Zeit für uns beide kommen, bis dahin wollte ich warten. Oft aber tat mir das schöne Mädchen bitter leid, und wider meinen Willen ward ich selber allmählich unruhig und fühlte etwas Schlimmes in der Luft.

Der Februar kam, ich wünschte sehnlich das Frühjahr her und litt unter der Spannung dieses Zustandes. Auch Muoth ließ sich wenig bei mir sehen, allerdings hatte er einen angestrengten Winter an der Oper und war in der Wahl zwischen zwei ehrenvollen Berufungen an große Theater, die ihm neuestens zugekommen waren. Eine Geliebte schien er nicht mehr zu haben, wenigstens hatte ich seit seinem Bruch mit Lotte keine Frau mehr bei ihm gesehen.

Kürzlich hatten wir seinen Geburtstag gefeiert, seither hatte ich ihn nicht gesehen.

Nun trieb mich ein Bedürfnis zu ihm, ich begann unter der Veränderung meiner Beziehungen zu Gertrud, unter Überarbeitung und Wintermüdigkeit zu leiden und suchte ihn auf, um wieder einmal zu plaudern. Er setzte mir einen Sherry vor und erzählte von der Bühne, war übrigens müde und zerstreut und merkwürdig milde. Ich hörte zu, schaute im Zimmer umher und wollte eben fragen, ob er wieder bei Imthors gewesen sei. Da sah ich, bei einem gleichgültigen Blick über den Tisch, ein Kuvert mit Gertruds Handschrift liegen. Noch ehe ich darüber nachdenken konnte, stieg schon Schrecken und Bitterkeit in mir auf. Es konnte ja eine Einladung, eine einfache Höflichkeit sein, doch glaubte ich daran nicht, so gern ich es auch getan hätte.

Es gelang mir, ruhig zu bleiben, und bald ging ich fort. Und wider meinen Willen wußte ich schon alles. Es konnte eine Einladung, eine Kleinigkeit, ein Zufall sein – ich wußte aber, daß es das nicht war. Ich sah auf einmal alles und begriff alles, was in der letzten Zeit gewesen und geschehen war. Wohl nahm ich mir vor, zu prüfen und zu warten, doch waren alle diese Gedanken nur Vorwände und Ausflüchte, im Grunde saß der Pfeil und schwärte im Blut, und als ich nach Hause kam und in meiner Stube saß, wich langsam die Betäubung einer furchtbaren Klarheit, die mich eisig durchfloß und mir zu fühlen gab, daß nun mein Leben zerstört und mein Glauben und Hoffen vernichtet war.

Mehrere Tage kam ich weder zu Tränen noch zu Schmerzen. Ohne zu denken, hatte ich beschlossen, nicht weiterzuleben. Vielmehr hatte der Lebenswille in mir sich niedergelegt und schien verschwunden. Ich bedachte das Sterben wie ein Geschäft, das unweigerlich getan werden muß und bei dem man sich nicht besinnt, ob es angenehm ist oder nicht.

Zu den Dingen, die ich zuvor besorgen mußte und besorgte, gehörte vor allem ein Besuch bei Gertrud, um – gewissermaßen der Ordnung wegen – die für mein Gefühl entbehrliche Bestätigung zu holen. Ich hätte sie von Muoth haben können; aber obwohl er weniger schuldig schien als Gertrud, brachte ich es nicht über mich, zu ihm zu gehen. Ich ging zu Gertrud, traf sie nicht, kam anderen Tages wieder und unterhielt mich ein paar Minuten mit ihr und ihrem Vater, bis dieser uns allein ließ, da er glaubte, wir wollten musizieren.

Nun stand sie mir allein gegenüber, und ich sah sie neugierig noch einmal an, die leicht verwandelt, doch nicht minder schön als jemals war.

«Verzeihen Sie mir, Gertrud», sagte ich fest, «daß ich Sie noch einmal quälen muß. Ich habe Ihnen im Sommer einen Brief geschrieben – kann ich auf den jetzt Antwort haben? Ich muß verreisen, vielleicht für lange, sonst hätte ich gewartet, bis Sie selber . . .»

Da sie bleich wurde und mich verwundert ansah, half ich ihr und sprach weiter: «Nicht wahr, Sie müssen nein sagen? Ich habe es mir gedacht. Ich möchte nur Gewißheit haben.»

Sie nickte traurig.

«Ist es Heinrich?» fragte ich.

Und sie nickte wieder, und plötzlich erschrak sie und faßte meine Hand.

«Verzeihen Sie mir! Und tun Sie ihm nichts!»

«Das habe ich nicht im Sinn, seien Sie ruhig», sagte ich und mußte lächeln, denn mir fiel die Marion ein und die Lotte, die auch so ängstlich an ihm hingen und die er geschlagen hatte. Vielleicht würde er auch Gertrud schlagen und ihre ganze herrliche Hoheit und ihr ganzes vertrauensvolles Wesen zerstören.

«Gertrud», fing ich noch einmal an, «besinnen Sie sich noch! Nicht meinetwegen, ich weiß schon, wie es steht! Aber Muoth wird Sie nicht glücklich machen. Adieu, Gertrud.»

Meine Kälte und Klarheit war unerschüttert geblieben. Erst jetzt, als Gertrud mich so anredete und jenen Ton hatte, den ich von Lotte her kannte, und als sie mich nun ganz krank ansah und sagte: «Gehen Sie nicht so, das verdiene ich nicht von Ihnen!» da brach mir das Herz, und ich hatte Mühe, mich zu halten.

Ich gab ihr die Hand und sagte: «Ich will Ihnen nicht wehtun. Ich will auch Heinrich nicht schaden. Aber warten Sie noch, lassen Sie ihm noch nicht Gewalt über sich! Er zerstört alle, die er liebhat.»

Sie schüttelte den Kopf und ließ meine Hand los.

«Adieu!» sagte sie leise. «Ich bin ja nicht schuld. Denken Sie gut an mich, und auch an Heinrich!»

Es war fertig. Ich ging nach Hause zurück und fuhr fort, meine Angelegenheit wie ein Geschäft zu besorgen. Wohl würgte mich dazwischen das Weh und blutete mir das Herz, doch sah ich wie von ferne zu und hatte keine Gedanken dafür frei. Es war einerlei, ob es mir in den Tagen oder Stunden, die ich übrig hatte, wohl oder übel ging. Ich ordnete die Mengen von Notenblättern, auf denen meine halbfertige Oper stand, und schrieb einen Brief an Teiser dazu, damit das Werk womöglich erhalten werde. Daneben besann ich mich angestrengt darüber, wie ich sterben sollte. Ich hätte gern meine Eltern geschont, doch fand ich keine Todesart aus, die das ermöglicht hätte. Schließlich lag daran auch nicht soviel; ich beschloß, es mit dem Revolver zu tun. Alle diese Fragen tauchten nur schattenhaft und unwirklich vor mir auf. Fest stand nur die Erkenntnis, daß ich nicht mehr leben dürfe; denn schon empfand ich ahnend hinter der eisigen Hülle meines Entschlusses die Schrecklichkeit des Lebens, das mir geblieben wäre. Es schaute mich aus leeren Augen scheußlich an und war unendlich viel häßlicher und furchtbarer als die dunkle, ziemlich gleichgültige Vorstellung des Sterbens.

Am zweiten Tage nach Mittag war ich mit meinen Besorgungen fertig. Ich wollte noch einen Gang durch die Stadt machen, ich mußte der Bibliothek noch ein paar Bücher zurückbringen. Es war mir beruhigend zu wissen, daß ich am Abend nimmer leben werde. Ich hatte die Empfindung eines Verunglückten, der in halber Narkose liegt und der nicht den Schmerz selbst, wohl aber eine Vorahnung grauenhafter Qualen fühlt. Nun hofft er nur, er möge vollends in Bewußtlosigkeit versinken, ehe der geahnte Schmerz wirklich ausbräche. So war mir zumute. Ich litt weniger unter einem wirklichen Schmerz als unter der peinigenden Furcht, ich möchte nochmals zum Bewußtsein kommen und dann den ganzen Becher ausleeren müssen, den der gerufene Tod mir abnehmen sollte. Darum tat ich meinen Gang in Eile, besorgte mein Geschäft und lief stracks zurück. Einen kleinen Umweg machte ich nur, um nicht an Gertruds Hause vorübergehen zu müssen. Denn ich ahnte, ohne es ausdenken zu können, daß vielleicht beim Anblick des Hauses mich die unerträgliche Qual, vor der ich auf der Flucht war, überfallen und niederwerfen möchte.

So kam ich zum Haus, in dem ich wohnte, aufatmend zurück, öffnete das Tor und stieg unverweilt die Treppe hinan, in der Seele erleichtert. Wenn jetzt noch das Weh hinter mir war und die Krallen nach mir ausstreckte, wenn jetzt irgendwo in mir der entsetzliche Schmerz zu wühlen begänne, ich hatte nur noch Schritte und Sekunden zwischen mir und der Befreiung.

Ein Mann in Uniform kam die Treppe herab mir entgegen. Ich wich aus und eilte, mich an ihm vorbeizudrängen, voller Furcht, ich möchte aufgehalten werden. Da griff er an die Mütze und nannte meinen Namen. Taumelnd sah ich ihn an. Die Anrede, der Aufenthalt, die Erfüllung meiner Befürchtung fuhr mir durch die Glieder, und es überkam mich plötzlich eine Todesmüdigkeit, als müsse ich niedersinken und habe keine Hoffnung, die paar Schritte noch zu tun und mein Zimmer zu erreichen.

Indessen starrte ich den fremden Mann gepeinigt an, und da die Erschlaffung mich überkam, setzte ich mich auf eine Treppenstufe nieder. Er fragte, ob ich krank sei, ich schüttelte den Kopf. Dabei hielt er immer etwas in der Hand, was er mir anbot und was ich nicht nehmen wollte, bis er es mir fast mit Gewalt in die Hand drückte. Ich winkte ab und sagte: «Ich will nicht.»

Er rief nach der Wirtin, die war nicht da. Da faßte er mich unter den Armen, um mich hinaufzubringen, und sobald ich sah, daß kein Entrinnen war und er mich nicht allein lassen würde, fühlte ich wieder Macht über mich, stand auf und ging voran in mein Zimmer, wohin er mir folgte. Da er mich, wie mir schien, mit Mißtrauen betrachtete, deutete ich auf mein lahmes Bein und tat, als schmerze es mich, und er glaubte es. Ich suchte meinen Geldbeutel und gab ihm eine Mark, er dankte und drückte mir endgültig das Ding in die Hand, das ich nicht hatte annehmen wollen und das ein Telegramm war.

Erschöpft stand ich am Tische und besann mich. Nun hatte man mich doch aufgehalten, hatte meinen Bann durchbrochen. Was lag da? Ein Telegramm, von wem? Einerlei, es ging mich nichts an. Es war eine Roheit, mir jetzt Telegramme zu bringen. Nun hatte ich alles besorgt, und im letzten Augenblick schickt mir noch jemand ein Telegramm. Ich sah mich um, ein Brief lag auch auf dem Tisch.

Den Brief steckte ich in die Tasche, er focht mich nicht an. Aber das Telegramm quälte mich, es hatte sich in meine Gedanken eingehängt und meine Kreise gestört. Ich saß ihm gegenüber und sah es liegen, und ich besann mich, ob ich es lesen sollte oder nicht. Natürlich war es ein Angriff auf meine Freiheit, daran zweifelte ich nicht. Irgend jemand wollte versuchen, mich zu stören. Man mißgönnte mir die Flucht, man wollte, daß ich mein Leid ausfresse und durchkoste, daß kein Biß und kein Stich und kein Krampf mir erspart werde.

Warum mir das Telegramm so zu schaffen machte, weiß ich nicht. Lange saß ich am Tisch und wagte es nicht zu öffnen, im Gefühl, es berge eine Macht, mich wieder zurückzuziehen und mich zum Ertragen des Unerträglichen zu zwingen, dem ich entrinnen wollte. Als ich es endlich doch öffnete, zitterte es mir in der Hand, und ich entzifferte nur langsam, als müsse ich aus einer ungewohnten fremden Sprache übersetzen, den Inhalt. Der hieß: «Vater sterbend. Bitte sofort kommen, Mama.» Allmählich begriff ich, was es bedeute. Gestern noch hatte ich an meine Eltern gedacht und bedauert, ihnen wehtun zu müssen, doch war es nur eine oberflächliche Erwägung gewesen. Nun erhoben sie Widerspruch, rissen mich zurück, machten ihr Recht geltend. Sogleich fielen mir die Gespräche ein, die ich an Weihnachten mit meinem Vater geführt hatte. Junge Leute, hatte er gesagt, können in ihrem Egoismus und Unabhängigkeitsgefühl dazu kommen, eines ungestillten Wunsches wegen das Leben wegzuwerfen; wer aber sein Leben mit anderen Leben verbunden wisse, den könnten die eigenen Begierden nicht mehr so weit führen. Und da hing auch ich an einem solchen Bande! Mein Vater lag sterbend, die Mutter war allein bei ihm, sie rief mich. Sein Sterben und ihre Not griff mir im Augenblick noch nicht ans Herz, ich glaubte schlimmere Leiden zu kennen; aber daß es nicht angehe, ihnen jetzt noch mein eigenes Bündel hinzuwerfen, ihre Bitte nicht zu hören, ihnen davonzulaufen, das sah ich wohl ein.

Am Abend stand ich reisefertig auf dem Bahnhof, tat willenlos und doch gewissenhaft das Notwendige, nahm die Karte, strich Geld ein, das mir zurückgegeben wurde, stellte mich am Perron auf und stieg in einen Wagen. Da setzte ich mich in die Ecke, einer langen Nachtreise gewärtig. Ein junger Mensch stieg ein, sah sich um, grüßte und setzte sich mir gegenüber. Er fragte etwas, ich sah ihn nur an, nichts denkend und wünschend, als daß er mich allein lassen möge. Er hustete und stand auf, nahm seine Tasche aus gelbem Leder und suchte einen anderen Platz.

Der Zug fuhr durch die Nacht, blind in blödsinnigem Eifer, genau so dumpf und gewissenhaft wie ich, als ob etwas zu versäumen oder etwas zu retten wäre. Nach Stunden, als ich in die Tasche griff, fiel mir der Brief in die Hand. Auch der ist noch da, dachte ich, und machte ihn auf.

Da schrieb mein Verleger über Konzerte und Honorare und teilte mir mit, es stehe gut und gehe vorwärts, ein großer Kritiker in München habe über mich geschrieben, er gratuliere dazu. Dabei lag der Ausschnitt aus einer Zeitschrift, ein Artikel mit meinem Namen und Titel, und ein langes

Getöne vom Stand der heutigen Musik und von Wagner und von Brahms, und dann eine Kritik meiner Streichmusik und meiner Lieder, und ein reichliches Lob und Glückauf; und während ich die kleinen schwarzen Buchstaben las, ward mir allmählich klar, daß das mir gelte, daß da die Welt und der Ruhm mir die Hand hinüberstrecke. Da mußte ich einen Augenblick lachen.

Aber der Brief und der Artikel hatten mir die Binde vor den Augen gelokkert, und unvermutet sah ich in die Welt zurück und sah mich nicht ausgelöscht und zurückgesunken, sondern mitten darin und dazugehörend. Ich mußte leben, ich mußte es mir gefallen lassen. Wie war das möglich? Ach, nun stieg alles herauf, was seit fünf Tagen war und was ich nur dumpf gefühlt, und dem ich zu entgehen gedacht hatte, und es war alles ekelhaft, bitter und schmählich. Es war alles ein Todesurteil, und ich hatte es nicht vollzogen, ich mußte es unvollzogen lassen.

Ich hörte den Zug knattern, ich öffnete das Fenster und sah dunkle Gegenden geduckt dahinstreichen, traurige kahle Bäume mit schwarzem Geäst, und Höfe unter großen Dächern und ferne Hügel. Das alles schien ungern zu existieren, schien Leid und Widerwillen zu atmen. Man konnte es schön finden, mir aber kam es nur traurig vor. Das Lied fiel mir ein: «Hat das Gott gewollt?»

Sosehr ich versuchte, die Bäume und Felder und Dächer draußen zu betrachten, so eifrig ich auf den Takt der Räder horchte, so heftig ich mich in Gedanken an alles klammerte, was irgend fern war und woran sich ohne Verzweiflung denken ließ, es war nicht lange möglich. Auch an den Vater konnte ich kaum denken. Er sank hinab und mit Bäumen und Nachtgelände zusammen in Vergessenheit, und wider meinen Willen und mein Bemühen kehrten meine Gedanken dahin zurück, wo sie nicht sein durften. Da lag ein Garten mit alten Bäumen, und darin ein Haus, am Eingang Palmen und an allen Wänden alte, dunkle Gemälde, und ich trat ein und stieg die Treppe hinan, an allen alten Bildern vorüber, und niemand sah mich, ich ging als ein Schatten hindurch. Da war eine schlanke Dame, die wandte mir den Rücken zu, ein Haupt mit dunkelblondem Haar. Ich sah sie beide, sie und ihn, die sich umschlungen hielten, und ich sah meinen Freund Heinrich Muoth lächeln, so schwermütig und grausam, wie er es manchmal tat, als wisse er schon, daß er auch diese Blonde mißbrauchen und mißhandeln werde, und als sei dagegen nichts zu machen. Es war töricht und hatte keinen Sinn, daß diesem Armen und Verderber die schönsten Frauen zufielen, und daß bei mir alle Liebe und alles Wohlmeinen vergeblich blieb. Es war töricht und hatte keinen Sinn, aber es war so.

Aus einer Art von Schlaf oder Bewußtlosigkeit erwachend, sah ich vor dem Fenster Morgengrau und fahle Himmelshelle. Ich streckte erstarrte Glieder, fühlte Nüchternheit und Bangen und sah nun die Dinge trüb und verdrossen vor mir liegen. Zunächst war jetzt an den Vater und an die Mutter zu denken.

Es war noch grau und morgenfrüh, da sah ich die Brücken und Häuser der Heimatstadt sich nähern. Im Gestank und Geschrei des Bahnhofs befiel mich Müdigkeit und Widerwillen so stark, daß ich kaum aussteigen mochte; dann nahm ich mein leichtes Gepäck und stieg in den nächsten Wagen, der fuhr über glatten Asphalt, und hernach über leichtgefrorene Erde und über dröhnendes Pflaster und hielt vor dem breiten Tor unsres Hauses, das ich nie geschlossen gesehen hatte.

Jetzt aber war es geschlossen, und als ich, verwirrt und erschrocken, die Glocke zog, kam niemand und keine Antwort. Ich blickte am Hause hinauf und war wie in einem unangenehmen, närrischen Traum, wo alles verschlossen ist und man über Dächer steigen muß. Der Kutscher schaute verwundert zu und wartete. Ich ging beklommen zu der anderen Tür, die ich nur selten und seit Jahren nicht mehr durchschritten hatte. Die war offen, und dahinter war meines Vaters Kontor, und als ich eintrat, saßen da in grauen Röcken wie immer, still und staubig, die Bureauherren, die standen bei meinem Eintritt auf und grüßten, denn ich war der Erbe. Der Buchhalter Klemm, der nicht anders aussah als vor zwanzig Jahren, machte seinen Bückling und sah mich traurig fragend an.

«Warum ist vorn geschlossen?» fragte ich.

«Es ist niemand da.»

«Wo ist denn mein Vater?»

«Im Spital, und die Gnädige auch.»

«Lebt er noch?»

«Er hat heut morgen noch gelebt, man wartet aber — —»

«Ja. Was ist denn?»

«Wie? Ach so, es ist immer noch der Fuß. Er war falsch behandelt, sagen wir alle. Auf einmal kamen Schmerzen, der Herr hat schrecklich geschrien. Da wurde er ins Spital gebracht. Jetzt ist es Blutvergiftung. Um zwei Uhr dreißig haben wir Ihnen gestern depeschiert.»

«Ja, danke. Nun lassen Sie mir schnell ein Butterbrot und ein Glas Wein bringen, und einen Wagen, bitte.»

Man lief und flüsterte, und es wurde wieder still, dann gab mir jemand einen Teller und ein Glas, ich aß Brot und trank Wein, ich stieg in einen Wagen, ein Pferd schnob, und bald stand ich an der Spitalpforte, wo Schwestern mit weißen Hauben und Wärter mit blaugestreiften Leinenanzügen durch den Korridor liefen. Man nahm mich an der Hand und zog mich in ein Zimmer, aufschauend sah ich meine Mutter in Tränen nicken und in einem eisernen, niedern Bett meinen Vater liegen, verändert und klein, und sein kurzer, grauer Bart stand sonderbar in die Luft.

Er lebte noch, er machte die Augen auf und erkannte mich trotz des Fiebers.

«Immer noch Musik machen?» sagte er leise, und Stimme und Blick waren ebenso gütig wie spöttisch. Er blinkte mir zu mit einer müden ironischen Weisheit, die nichts mehr zu sagen hat, und mir war, er schaue mir ins Herz und sehe und wisse alles.

«Vater», sagte ich. Aber er lächelte nur, blickte noch einmal halb spöttisch, doch mit schon zerstreutem Blick, und schloß die Augen wieder.

«Wie siehst du aus!» sagte die Mutter, als sie mich umarmte. «Hat es dich so mitgenommen?»

Ich konnte nichts sagen, gleich darauf kam ein junger Arzt, und bald hinter ihm ein alter, der Sterbende bekam Morphium und tat die klugen Augen, die jetzt so überlegen und allwissend schauen konnten, nicht mehr auf. Wir saßen bei ihm und sahen ihn liegen, und sahen ihn ruhig werden und sein Gesicht verändern, und warteten auf sein Ende. Er lebte noch manche Stunde dahin und starb am späten Nachmittag. Ich empfand nichts mehr als dumpfes Leid und tiefe Müdigkeit, saß mit heißen trockenen Augen und schlief gegen Abend am Totenbette sitzend ein.

Sechstes Kapitel

Daß das Leben schwer zu leben ist, hatte ich auch früher schon zuzeiten dunkel empfunden. Nun hatte ich neue Ursache zu grübeln. Bis heute ist mir das Gefühl des Widerspruchs nie mehr verlorengegangen, das in jener Erkenntnis wurzelt. Denn mein Leben ist arm und mühsam gewesen und scheint doch andern, und manchmal mir selber, reich und herrlich. Mir erscheint das Menschenleben wie eine tiefe, traurige Nacht, die nicht zu ertragen wäre, wenn nicht da und dort Blitze flammten, deren plötzliche Helle so tröstlich und wunderbar ist, daß ihre Sekunden die Jahre des Dunkels auslöschen und rechtfertigen können.

Das Dunkel, die trostlose Finsternis, das ist der schreckliche Kreislauf des täglichen Lebens. Wozu steht man am Morgen auf, ißt, trinkt, legt sich abermals wieder hin? Das Kind, der Wilde, der gesunde junge Mensch, das Tier leidet unter diesem Kreislauf gleichgültiger Dinge und Tätigkeiten nicht. Wer nicht am Denken leidet, den freut das Aufstehen am Morgen und das Essen und Trinken, der findet Genüge darin und will es nicht anders. Wem aber diese Selbstverständlichkeit verlorenging, der sucht im Lauf der Tage begierig und wachsam nach den Augenblicken wahren Lebens, deren Aufblitzen beglückt und das Gefühl der Zeit samt allen Gedanken an Sinn und Ziel des Ganzen auslöscht. Man kann diese Augenblicke die schöpferischen nennen, weil es scheint, daß sie das Gefühl der Vereinigung mit dem Schöpfer bringen, weil man in ihnen alles, auch das sonst Zufällige, als gewollt empfindet. Es ist dasselbe, was die Mystiker die Vereinigung mit Gott nennen. Vielleicht ist es das überhelle Licht dieser Augenblicke, das alle übrigen so finster erscheinen läßt, vielleicht kommt es von der befreiten, zauberhaften Leichtigkeit und Schwebewonne jener

Augenblicke, daß das übrige Leben so schwer und klebend und niederziehend empfunden wird. Ich weiß es nicht, ich habe es im Denken und Philosophieren nicht weit gebracht. Doch weiß ich: wenn es eine Seligkeit gibt und ein Paradies, so muß es eine ungestörte Dauer solcher Augenblicke sein; und wenn man diese Seligkeit durch Leid und Läuterung im Schmerz erlangen kann, so ist kein Leid und Schmerz so groß, daß man sie fliehen sollte.

Einige Tage nach dem Begräbnis meines Vaters – ich ging noch in Betäubung und geistiger Erschlaffung umher – geriet ich auf einem ziellosen Spaziergang in eine vorstädtische Gartenstraße. Die kleinen hübschen Häuser weckten eine halbklare Erinnerung in mir, der ich grübelnd nachging, bis ich Garten und Haus meines alten Lehrers erkannte, der mich vor einigen Jahren zum Glauben der Theosophen hatte bekehren wollen. Ich ging hinein, der Mann kam mir entgegen, erkannte mich und führte mich freundlich in sein Zimmer, wo um Bücher und Blumentöpfe ein leichter behaglicher Duft von Tabakrauch wehte.

«Wie geht es Ihnen?» fragte Herr Lohe. «Ach, Sie haben ja Ihren Vater verloren! Sie sehen auch bekümmert aus. Ist es Ihnen so nahegegangen?»

«Nein», sagte ich. «Der Tod meines Vaters hätte mir weher getan, wenn ich ihm noch fremd gewesen wäre. Ich habe mich aber bei meinem letzten Besuch mit ihm befreundet und bin das peinliche Schuldgefühl losgeworden, das man gegen gute Eltern hat, solange man mehr Liebe von ihnen nimmt, als man geben kann.»

«Das freut mich.»

«Wie steht es denn mit Ihrer Theosophie? Ich würde gern etwas von Ihnen hören, weil es mir schlecht geht.»

«Wo fehlt es Ihnen denn?»

«An allem. Ich kann nicht leben und nicht sterben. Ich finde das Ganze falsch und dumm.»

Herr Lohe verzog sein gutes, zufriedenes Gärtnergesicht schmerzlich. Ich muß gestehen, eben dieses gute, etwas feistliche Gesicht hatte mich verstimmt, auch erwartete ich keineswegs von ihm und seiner Weisheit irgendeinen Trost. Ich wollte ihn nur reden hören, seine Weisheit als machtlos erweisen und ihn für sein Glücklichsein und seinen optimistischen Glauben strafen. Ich war nicht freundlich gewillt, nicht gegen ihn und gegen niemand.

Aber der Mann war durchaus nicht so selbstgefällig und in sein Dogma verschanzt, wie ich gedacht hatte. Er sah mir liebreich ins Gesicht, mit aufrichtigem Kummer, und schüttelte melancholisch den blonden Kopf.

«Sie sind krank, lieber Herr», sagte er entschieden. «Vielleicht ist es nur körperlich, dann ist bald geholfen. Dann müssen Sie aufs Land, hart arbeiten und kein Fleisch essen. Aber ich glaube, es sitzt anderwo. Sie sind gemütskrank.»

«Glauben Sie?»

«Ja. Sie haben eine Krankheit, die leider Mode ist und der man jeden Tag bei intelligenteren Menschen begegnet. Die Ärzte wissen natürlich nichts davon. Es ist mit moral insanity verwandt und könnte auch Individualismus oder eingebildete Einsamkeit genannt werden. Die modernen Bücher sind voll davon. Es hat sich bei Ihnen die Einbildung eingeschlichen, Sie seien vereinsamt, kein Mensch gehe Sie etwas an, und kein Mensch verstehe Sie. Ist es nicht so?»

«Ungefähr, ja», gab ich verwundert zu.

«Sehen Sie. Für den, der die Krankheit einmal hat, genügen ein paar Enttäuschungen, um ihn glauben zu machen, es gebe zwischen ihm und andern Menschen überhaupt keine Beziehungen, höchstens Mißverständnisse, und es wandle eigentlich jeder Mensch in absoluter Einsamkeit, könne sich den andern nie recht verständlich machen und nichts mit ihnen teilen und gemeinsam haben. Es kommt auch vor, daß solche Kranke hochmütig werden und alle andern Gesunden, die einander noch verstehen und lieben können, für Herdenvieh halten. Wenn diese Krankheit allgemein würde, müßte die Menschheit aussterben. Aber sie ist nur in Mitteleuropa und nur in den höheren Ständen zu treffen. Bei jungen Leuten ist sie heilbar, sie gehört sogar schon zu den unumgänglichen Entwicklungskrankheiten der Jugend.»

Sein leicht ironisch klingender Dozententon ärgerte mich ein wenig. Da er mich nicht lächeln und keine Miene zu meiner Verteidigung machen sah, kehrte der kummervoll gütige Ausdruck in seinem Gesicht wieder.

«Verzeihen Sie», sagte er freundlich. «Sie haben die Krankheit selber, nicht die beliebte Karikatur davon. Aber es gibt wirklich ein Heilmittel. Es ist Einbildung, daß es keine Brücken zwischen Ich und Du gäbe, daß jeder einsam und unverstanden einhergehe. Im Gegenteil, das, was die Menschen gemeinsam haben, ist viel mehr und wichtiger, als was jeder einzelne für sich hat und wodurch er sich von andern unterscheidet.»

«Das ist möglich», sagte ich. «Aber was soll es mir nützen, das zu wissen? Ich bin kein Philosoph, und mein Leiden besteht nicht darin, daß ich die Wahrheit nicht finden kann. Ich möchte kein Weiser und Denker werden, sondern einfach ein wenig zufriedener und leichter leben können.»

«Nun, versuchen Sie es! Sie sollen keine Bücher studieren und keine Theorien treiben. Aber an einen Arzt müssen Sie glauben, solange Sie krank sind. Wollen Sie das tun?»

«Probieren will ich es gerne.»

«Gut. Wenn Sie nur körperlich krank wären, und der Arzt würde Ihnen raten, Bäder zu nehmen oder Medizin zu trinken oder ans Meer zu gehen, so würden Sie vielleicht nicht begreifen, warum das oder das Mittel helfen soll, aber Sie würden es einmal probieren und folgen. Machen Sie es nun ebenso mit dem, was ich Ihnen rate! Lernen Sie eine Zeitlang mehr an andere als an sich selber denken! Es ist der einzige Weg zur Heilung.»

«Wie soll ich das aber machen? Es denkt doch jeder zuerst an sich selber.»

«Das müssen Sie überwinden. Sie müssen zu einer gewissen Gleichgültigkeit gegen Ihr eigenes Wohlsein kommen. Sie müssen denken lernen: was liegt an mir! Dazu hilft nur ein Mittel: Sie müssen irgend jemand so lieben lernen, daß sein Wohl Ihnen wichtiger ist als Ihr eigenes. Ich meine aber nicht, daß Sie sich verlieben sollen! Das wäre das Gegenteil!»

«Ich verstehe. Aber bei wem soll ich das denn probieren?»

«Fangen Sie in der Nähe an, bei Freunden, bei Ihren Verwandten. Da ist Ihre Mutter. Sie hat viel verloren, sie ist jetzt einsam und braucht Trost. Sorgen Sie für sie, halten Sie zu ihr und versuchen Sie, ihr etwas wert zu sein!»

«Wir verstehen einander nicht recht, meine Mutter und ich. Es wird schwer gehen.»

«Ja, wenn Ihr guter Wille nicht weiter reicht, wird es freilich nicht gehen! Das alte Lied vom Unverstandensein! Sie sollen nicht immer daran denken, daß der oder der Sie nicht ganz versteht. Ihnen vielleicht nicht ganz gerecht wird! Sie sollen selbst erst einmal versuchen, andere zu verstehen, andern Freude zu machen, andern gerecht zu werden! Tun Sie das, und fangen Sie bei Ihrer Mutter an! – Sehen Sie, Sie müssen sich vorsagen: das Leben freut mich doch nicht, so oder so, warum soll ich's also nicht einmal auf diese Art versuchen! Sie haben die Liebe zum eigenen Leben verloren, so schonen Sie es nicht, legen Sie sich eine Last auf, verzichten Sie auf das bißchen Bequemlichkeit!»

«Ich werde es versuchen. Sie haben recht, es ist ja einerlei, was ich tue; warum soll ich nicht das tun, was Sie raten?»

Was mich an seinen Worten ergriff und in Erstaunen setzte, war ihre Übereinstimmung mit dem, was mein Vater mir beim letzten Zusammensein als Lebensweisheit dargetan hatte: Leben für andere, sich selber nicht so ernst nehmen! Die Lehre widersprach meinem Gefühl unmittelbar, sie schmeckte auch ein wenig nach Katechismus und Konfirmandenunterricht, an welche ich, wie jeder gesunde junge Mensch, mit Abscheu und Verachtung dachte. Aber schließlich handelte es sich ja nicht um Meinungen und Weltanschauungen, sondern um einen ganz praktischen Versuch, das schwere Leben erträglich zu machen. Ich wollte ihn machen.

Verwundert sah ich dem Manne in die Augen, den ich nie recht ernst genommen hatte und jetzt als Ratgeber, ja als Arzt gelten ließ. Aber er schien wirklich etwas von jener Liebe zu haben, die er mir empfahl. Er schien mein Leiden zu teilen und mir ehrlich Gutes zu wünschen. Ohnehin hatte mein Gefühl mir schon gesagt, daß ich eine gewaltsame Kur nötig habe, um wieder leben und atmen zu können wie andere. Ich hatte an eine lange Bergeinsamkeit oder an ein wildes Arbeiten gedacht, nun wollte ich aber lieber meinem Ratgeber folgen, da meine Erfahrung und Weisheit doch am Ende war.

Als ich meiner Mutter eröffnete, ich gedenke sie nicht allein zu lassen, sondern hoffe, sie werde zu mir ziehen und mein Leben teilen, da schüttelte sie traurig den Kopf.

«Was denkst du!» wehrte sie ab. «Das geht nicht so einfach. Ich habe meine alten Gewohnheiten und kann nimmer neu anfangen, und du brauchst Freiheit und darfst dich nicht mit mir beladen.»

«Wir können es ja einmal versuchen», schlug ich vor. «Vielleicht geht es leichter, als du meinst.»

Fürs erste hatte ich genug zu tun, um vom Grübeln und Verzweifeln abgehalten zu sein. Da stand ein Haus und war ein ausgedehntes Geschäft mit Guthaben und mit Schulden, da waren Bücher und Rechnungen, war Geld ausgeliehen und Geld aufgenommen, und es war die Frage, was aus dem allen werden solle. Ich war natürlich von Anfang an entschlossen, alles zu verkaufen, doch ging das nicht so rasch, auch hing die Mutter an dem alten Hause, und das Testament meines Vaters wollte auch erfüllt sein, mit allerlei Haken und Schwierigkeiten. Der Buchhalter und ein Notar mußten helfen, die Tage und Wochen gingen mit Besprechungen hin, mit Briefwechsel um Geld und Schulden, mit Plänen und Enttäuschungen. Ich kannte mich bald in allen diesen Rechnungen und amtlichen Formularen nicht mehr aus, gab dem Notar noch einen Rechtsanwalt bei und überließ ihnen die Entwirrung.

Darüber kam meine Mutter nicht selten zu kurz. Ich gab mir Mühe, ihr diese Zeit leichter zu machen, ich hielt ihr alle Geschäfte vom Halse, ich las ihr vor und fuhr mit ihr spazieren. Zuweilen fiel es mir schwer, nicht auszureißen und alles liegenzulassen, doch hielt das Schamgefühl und eine gewisse Neugierde, wie es gehen werde, mich zurück.

Meine Mutter dachte an nichts als an den Verstorbenen, doch zeigte sich ihre Trauer in lauter kleinen, frauenhaften, mir fremden und oft kleinlich scheinenden Zügen. Anfangs mußte ich bei Tische an des Vaters Platz sitzen, dann fand sie, ich passe doch nicht dahin, und der Platz mußte leer bleiben. Manchmal konnte ich ihr nicht genug vom Vater sprechen, dann wieder ward sie still und sah mich leidend an, sobald ich ihn nur nannte. Am meisten fehlte mir die Musik. Ich hätte viel darum gegeben, einmal eine Stunde geigen zu können, aber das durfte ich erst nach vielen Wochen wieder, und auch dann seufzte sie und fühlte einen Verstoß darin. Auf meine unfrohen Bemühungen, ihr mein Wesen und Leben näherzubringen und ihre Freundschaft zu gewinnen, ging sie nicht ein.

Da litt ich oft und wollte es aufgeben, doch bezwang ich mich immer wieder und gewöhnte mich an diese Tage ohne Resonanz. Mein eigenes Leben lag brach und tot, nur selten klang das Gewesene dunkel herüber, wenn ich im Traum die Stimme Gertruds hörte oder in einer leeren Stunde mir ungewollt Melodien aus meiner Oper einfielen. Als ich nach R. reiste, um meine Wohnung dort aufzugeben und meine Sachen einzupacken, schien alles dortige mir um Jahre entfernt. Ich besuchte nur Teiser, der mir treulich beistand. Nach Gertrud wagte ich nicht zu fragen.

Gegen das zurückhaltend resignierte Benehmen meiner Mutter, die mich auf die Dauer allzusehr bedrückte, mußte ich allmählich einen regelrechten, versteckten Kampf beginnen. Bat ich sie offen, mir zu sagen, was sie wünsche und worin sie etwa mit mir unzufrieden sei, so streichelte sie traurig lächelnd meine Hand und sagte: «Laß nur, Kind! Ich bin eben eine alte Frau.» So begann ich denn auf eigene Faust zu forschen, wobei ich auch Fragen an den Buchhalter und die Dienstboten nicht verschmähte.

Da fand sich denn allerlei. Die Hauptsache war die: meine Mutter hatte in der Stadt eine einzige nahe Verwandte und Freundin, eine Cousine, die ein altes Fräulein war und wenig Umgang pflegte, mit meiner Mutter aber sehr enge Freundschaft unterhielt. Dieses Fräulein Schniebel hatte schon meinen Vater gar nicht geliebt, gegen mich aber einen richtigen Widerwillen gezeigt, so daß sie neuerdings nicht mehr ins Haus kam. Meine Mutter hatte ihr früher versprochen, sie zu sich zu nehmen, falls sie den Vater überlebe, und diese Hoffnung schien ihr mein Dableiben zu vereiteln. Als ich das allmählich erkundet hatte, machte ich denn der alten Dame einen Besuch und gab mir Mühe, mich ihr angenehm zu machen. Das Spiel mit Wunderlichkeiten und kleinen Intrigen war mir neu und machte mir beinahe Vergnügen. Es gelang mir, das Fräulein wieder in unser Haus zu bringen, und ich merkte, daß die Mutter mir dafür dankbar war. Allerdings taten sich die beiden nun zusammen, den von mir gewünschten Verkauf des alten Hauses zu hintertreiben, was ihnen wirklich gelang. Nun ging das Streben des Fräuleins dahin, meine Stelle im Hause einzunehmen und zu dem längst ersehnten warmen Altensitz zu gelangen, den ich ihr noch versperrte. Es wäre Raum genug für sie und mich gewesen, allein sie wollte keinen Hausherrn neben sich und weigerte sich, zu uns zu ziehen. Dagegen kam sie fleißig gelaufen, machte sich der Freundin in manchen kleinen Dingen unentbehrlich, behandelte mich diplomatisch wie eine gefährliche Großmacht und bemächtigte sich der Stellung einer Ratgeberin im Haushalt, die ich ihr nicht streitig machen konnte.

Meine arme Mutter ergriff weder ihre noch meine Partei. Sie war müde und litt tief unter der Veränderung ihres Lebens. Wie sehr der Vater ihr fehlte, merkte ich erst allmählich. Einmal traf ich sie beim Gang durch ein Zimmer, in dem ich sie nicht vermuten konnte, an einem Kleiderschrank beschäftigt. Sie erschrak über mein Dazukommen, und ich ging rasch weiter, doch sah ich wohl, daß sie die Kleider des Verstorbenen musterte, und nachher hatte sie rote Augen.

Als der Sommer kam, begann ein neuer Kampf. Ich wollte durchaus mit meiner Mutter verreisen, wir konnten beide eine Erholung wohl brauchen, ich hoffte dabei, sie zu ermuntern und mehr Einfluß auf sie zu gewinnen. Sie zeigte wenig Lust zum Reisen, widersprach mir jedoch kaum; desto eifriger trat Fräulein Schniebel dafür ein, daß die Mutter dableibe und ich allein reise. Doch wollte ich hierin keineswegs nachgeben, ich versprach mir von der Reise viel. Es begann mir in dem alten Hause mit der armen, unruhig gewordenen und leidenden Mutter unheimlich zu werden; draußen hoffte ich der Mutter besser helfen und meine eigenen Gedanken und Launen besser beherrschen zu können.

So setzte ich es durch, daß wir gegen Ende des Juni abreisten. Wir fuhren in kleinen Tagesreisen, sahen Konstanz und Zürich und fuhren über den Brünig dem Berner Oberland entgegen. Meine Mutter hielt sich still und müde, ließ die Reise über sich ergehen und sah unglücklich aus. In Interlaken begann sie zu klagen, sie schlafe nicht mehr, doch beredete ich sie, noch mit nach Grindelwald zu gehen, wo ich für sie und für mich auf Ruhe hoffte. Auf dieser törichten, unendlichen, freudlosen Reise sah ich die Unmöglichkeit, dem eigenen Elend zu entrinnen und davonzulaufen, wohl ein. Da lagen die schönen, grünen Seen und spiegelten alte, prächtige Städte, da stiegen die Berge weiß und blau und strahlten blaugrüne Gletscher im Sonnenlicht. Wir beide aber gingen still und unerfreut an allem vorbei, schämten uns vor allem, waren von allem nur bedrückt und ermüdet. Wir machten unsere Spaziergänge, sahen an den Bergen empor, atmeten die leichte, süße Luft und hörten die Kuhglocken auf den Matten läuten, und wir sagten: «Das ist schön!» und wagten nicht, uns dabei in die Augen zu sehen.

Eine Woche hielten wir es in Grindelwald aus. Da sagte meine Mutter eines Morgens: «Du, es hat keinen Zweck, wir wollen umkehren. Ich möchte gern wieder einmal eine Nacht schlafen können. Und wenn ich krank werden und sterben soll, will ich's zu Hause tun.»

Da packte ich schweigend unsere Koffer ein, gab ihr im stillen recht und fuhr mit ihr, schneller als wir hergekommen waren, den ganzen Weg zurück. Doch hatte ich nicht das Gefühl, in eine Heimat zurückzukehren, sondern in ein Gefängnis, und auch die Mutter zeigte nur eine leise Befriedigung.

Und am Abend des Heimkehrtages sagte ich zu ihr: «Was meinst du dazu, wenn ich allein verreise? Ich würde wieder nach R. fahren. Sieh, ich bliebe gern bei dir, wenn ich irgendeinen Nutzen darin sähe. Aber wir sind beide krank und freudlos und stecken einander nur immer wieder an. Nimm du deine Freundin ins Haus, die kann dich besser trösten als ich.»

Nach ihrer Gewohnheit nahm sie meine Hand und streichelte sie leise. Sie nickte dazu und sah mich mit Lächeln an, und das Lächeln sagte deutlich: «Ja, geh nur!»

Mit allen meinen Bemühungen und guten Vorsätzen hatte ich nichts erreicht, als sie und mich ein paar Monate lang zu quälen und sie mir noch viel mehr zu entfremden. Es hatte, trotz des Zusammenlebens, jedes von uns sein Bündel allein getragen und nicht mit dem andern geteilt, und jedes war nur tiefer in sein Leid und seine Krankheit versunken. Meine Versuche waren fruchtlos geblieben, und ich konnte nichts Besseres tun als gehen und dem Fräulein Schniebel das Feld räumen.

Das tat ich denn auch in Bälde, und da ich keinen anderen Ort wußte, ging ich nach R. zurück. Bei der Abreise kam mir zum Bewußtsein, daß ich nun keine Heimat mehr habe. Die Stadt, in der ich geboren war und die Kinderjahre gelebt und meinen Vater begraben hatte, ging mich nichts mehr an, hatte nichts von mir zu fordern und mir nichts zu geben als Erinnerungen. Ich sagte es dem Herrn Lohe beim Abschiednehmen nicht, aber sein Rezept hatte nicht geholfen.

Zufällig stand in R. meine alte Wohnung noch leer. Es war mir wie ein Zeichen, daß es nutzlos sei, den Zusammenhang mit dem Gewesenen abbrechen und sich vor dem eigenen Schicksal flüchten zu wollen. Ich lebte wieder in demselben Hause und Zimmer, in derselben Stadt, packte meine Geige und meine Arbeit wieder aus und fand alles, wie es gewesen war, nur daß Muoth nach München gegangen und Gertrud seine Braut geworden war.

Ich nahm die Stücke meiner Oper in die Hände, als wären es die Trümmer meines früheren Lebens, aus denen ich nun noch etwas zu machen versuchen wollte. Doch regte sich die Musik nur langsam wieder in meiner erstarrten Seele und erwachte erst, als der Dichter aller meiner Texte mir ein neues Lied schickte. Es kam in einer Zeit, da ich am Abend nicht selten die alte Unruhe in mir spürte und mit Scham und tausend Irrlichtern im Herzen um den Garten des Imthorschen Hauses strich, und es hieß:

Der Föhn schreit jede Nacht,
Sein feuchter Flügel flattert schwer.
Brachvögel taumeln durch die Luft;
Nun schläft nichts mehr,
Nun ist das ganze Land erwacht.
Der Frühling ruft.

In diesen Nächten schlaf ich nicht.
Mein Herz wird jung,
Aus blauen Tiefen der Erinnerung
Steigt meiner Jugend heißes Glück,
Schaut mir so nahe ins Gesicht,
Erschrickt, und flieht zurück.

Bleib still, bleib still, mein Herz!
Ob auch im Blute eng und schwer
Die Leidenschaft sich rührt
Und dich die alten Wege führt –
Nicht jugendwärts
Gehn deine Wege mehr.

Diese Verse gingen mir ins Herz und erweckten Klang und Leben wieder. Aufgelöst und schmerzlich glühend floß mir die lang verhaltene und ertragene Pein in Takte und Töne, von dem Liede weg fand ich den verlorenen Faden der Oper wieder und wühlte mich nach so langer Öde wieder tief in den fiebernden Rausch hinströmenden Ergusses bis zu der freien Höhe des Gefühls, wo Schmerz und Wonne nicht mehr voneinander unterschieden sind und alle Glut und Kraft der Seele sich ungeteilt in einer einzigen steilen Flamme empordrängt.

Am Tage, an dem ich das neue Lied aufgeschrieben und Teiser gezeigt hatte, ging ich abends durch eine Kastanienallee heimwärts, ganz von heraufschwellender Kraft zu neuer Arbeit erfüllt. Noch sahen mich die vergangenen Monate wie aus Maskenaugen in ihrer trostlosen Leere an. Nun schlug mein Herz begehrlich rasch und wollte nicht mehr begreifen, warum es seinem Leide habe entrinnen wollen. Gertruds Bild erhob sich klar und herrlich aus dem Staube, und ich sah ihm wieder unerschrocken in die hellen Augen und öffnete mein Herz allen Schmerzen weit. Ach, es war besser, um sie zu leiden und den Stachel tiefer in die Wunde zu drükken, als fern von ihr und fern von meinem wahren Leben gespensterhafte Zeiten hinzudämmern! Zwischen den dunklen vollen Wipfeln der breiten Kastanien hing schwarzblau der Himmel und war voll von Sternen, die schwebten alle ernst und golden und strahlten unbekümmert in die Weiten. So taten die Sterne, und die Bäume trugen ihre Knospen und Blüten und Narben frei zur Schau, und mochte es ihnen Lust oder Weh bedeuten, sie gaben sich dem großen Lebenswillen hin, die Eintagsfliegen schwärmten taumelnd dem Tod entgegen, jedes Leben hatte seinen Glanz und seine Schönheit, und ich schaute einen Augenblick hinein und verstand es und hieß es gut, und hieß auch mein Leben und meine Leiden gut.

Im Laufe des Herbstes wurde meine Oper fertig. In dieser Zeit begegnete mir in einem Konzert Herr Imthor. Er begrüßte mich herzlich und etwas verwundert, da er nichts von meinem Aufenthalt in der Stadt wußte. Er hatte nur gehört, mein Vater sei gestorben und ich lebe seither in meiner Heimat.

«Und wie geht es Fräulein Gertrud?» fragte ich möglichst ruhig.

«Oh, Sie sollten selber kommen und danach sehen. Anfang November soll ihre Hochzeit sein, da rechnen wir ohnehin bestimmt auf Sie.»

«Danke, Herr Imthor. Und was hören Sie von Muoth?»

«Er ist wohl. Sie wissen, ich bin mit der Heirat nicht recht einverstanden. Ich hätte Sie schon lang gerne einmal über Herrn Muoth befragt. Soweit ich ihn kenne, darf ich nicht über ihn klagen. Aber ich hörte so mancherlei über ihn: er soll ja viel mit Frauen zu tun gehabt haben. Können Sie mir darüber etwas sagen?»

«Nein, Herr Imthor. Es hätte ja auch keinen Zweck. Ihre Tochter wird auf Gerüchte hin sich schwerlich anders entschließen. Herr Muoth ist mein Freund, und ich gönne es ihm, wenn er sein Glück findet.»

«Ja, ja. Sieht man Sie bald wieder einmal bei uns?»

«Ich denke wohl. Auf Wiedersehen, Herr Imthor.»

Es war noch nicht lange her, da hätte ich alles getan, um die Verbindung der beiden zu hindern, nicht aus Neid oder Hoffnung, Gertrud könnte sich doch noch mir selber zuneigen, sondern weil ich überzeugt war und vorauszufühlen meinte, daß es den beiden nicht gut gehen werde, weil ich an Muoths selbstquälerische Art von Melancholie, an seine Reizbarkeit und Gertruds Zartheit dachte, und weil mir Marion und Lotte noch so wohl im Gedächtnis waren.

Jetzt dachte ich anders. Eine Erschütterung meines ganzen Lebens, ein halbes Jahr innerer Einsamkeit und das bewußte Abschiednehmen von der Jugend hatten mich verändert. Ich war jetzt der Meinung, es sei töricht und gefährlich, seine Hand nach anderer Menschen Schicksal auszustrecken, auch hatte ich keine Ursache, meine Hand für geschickt und mich für einen Helfer und Menschenkenner zu halten, nachdem meine Versuche in dieser Richtung alle mißglückt waren und mich bitter beschämt hatten. Auch jetzt noch zweifle ich stark an der Fähigkeit des Menschen, sein Leben und das von anderen irgend bewußt zu bilden und zu formen. Man kann Geld erwerben, auch Ehren und Orden, aber Glück oder Unglück erwirbt man nicht, nicht für sich und nicht für andere. Man kann nur hinnehmen, was kommt, und man kann es freilich auf gar verschiedene Weisen hinnehmen. Was mich anging, so wollte ich keine gewaltsamen Versuche mehr machen, mein Leben auf die Sonnenseite hinüberzuspielen, sondern das mir Bestimmte annehmen und nach Vermögen tragen und zum Guten wenden.

Ist nun auch das Leben von solchen Meditationen unabhängig und geht über sie hinweg, so hinterlassen ehrlich gemeinte Entschlüsse und Gedanken doch einen Frieden in der Seele und helfen das Unabänderliche tragen. Wenigstens nahm mich, wie es mir nachträglich scheinen will, seit meiner Ergebung und seit meiner Erkenntnis von der Gleichgültigkeit meines persönlichen Ergehens das Leben in sanftere Hände.

Daß das, was man mit allem Wollen und Mühen nicht erreichen kann, manchmal unerwartet von selber kommt, erfuhr ich bald darauf an meiner Mutter. Ich schrieb ihr jeden Monat und war seit einiger Zeit ohne Antwort von ihr geblieben. Wäre es ihr schlecht gegangen, so hätte ich es erfahren, darum dachte ich wenig an sie und schrieb meine Briefe weiter, kurze Berichte über mein Ergehen, denen ich jedesmal freundliche Grüße an Fräulein Schniebel beifügte.

Diese Grüße nun wurden neuerdings nicht mehr ausgerichtet. Den beiden Frauen war es allzuwohl ergangen, und sie hatten die Erfüllung ihrer Wünsche nicht ertragen. Namentlich war dem Fräulein die gute Zeit in die Krone gestiegen. Sie war sofort nach meinem Abgang mit Triumph an der Stätte ihres Sieges eingezogen und hatte ihre Wohnung in unserem Hause aufgeschlagen. Da hauste sie nun bei ihrer alten Freundin und Cousine und empfand es als ein durch lange dürftige Jahre wohlverdientes Glück, als Mitherrin in einem stattlichen Hauswesen sich wärmen und brüsten zu dürfen. Nicht daß sie kostbare Gewohnheiten angenommen und sich auf das Geuden gelegt hätte – dazu war sie allzulange in gedrückten Verhältnissen und halber Armut gewesen. Sie trug weder feinere Kleider noch schlief sie auf anderem Linnen; vielmehr begann sie das Hausen und Sparen nun erst recht, da es sich lohnte und etwas zum Sparen da war. Aber worauf sie nicht verzichten wollte, das war Macht und Einfluß. Die beiden Mägde mußten ihr nicht minder gehorchen als meiner Mutter, auch gegen Dienstleute, Handwerker, Briefträger wußte sie herrschaftlich aufzutreten. Und allmählich, da ja Leidenschaften nicht durch Erfüllung zu löschen sind, dehnte sie ihre Herrschlust auch auf Dinge aus, in denen meine Mutter weniger bereitwillig nachgeben konnte. Sie wollte Besuche, die meine Mutter bekam, ebenso auf sich selbst bezogen wissen und nicht leiden, daß jene einen empfing, ohne sie dabei zu haben. Sie wollte Briefe, namentlich die von mir, nicht auszugsweise mitgeteilt erhalten, sondern selber lesen. Und schließlich entdeckte sie, daß im Hause meiner Mutter manches gar nicht so gehalten und besorgt und regiert wurde, wie sie es richtig fand. Vor allem schien ihr die Bewachung der Dienstboten nicht streng genug. War eine Magd des Abends außer Hause, unterhielt sich eine andere zu lange mit dem Briefträger, bat die Köchin um einen freien Sonntag, so rügte sie die Nachgiebigkeit meiner Mutter aufs strengste und hielt ihr lange Reden über die richtige Führung eines Hauswesens. Ferner tat es ihr bitter weh zu sehen, wie oft und gröblich die Regeln der Sparsamkeit verletzt wurden. Da wurden schon wieder Kohlen ins Haus geführt, da standen zu viele Eier auf der Abrechnung der Köchin! Sie trat mit Ernst und Eifer dagegen auf, und hier nahm die Veruneinigung der Freundinnen ihren Anfang.

Nämlich das Bisherige hatte meine Mutter sich gern gefallen lassen, wenn sie auch nicht mit allem einverstanden und in manchen Dingen von der Freundin, deren Verhältnis zu ihr sie sich anders mochte gedacht haben, enttäuscht war. Jetzt dagegen, wo alte und ehrwürdig gewordene Gewohnheiten des Hauses in Gefahr kamen, wo ihre tägliche Bequemlichkeit und der Hausfriede zu leiden begann, konnte sie ihre Einwendungen nicht zurückhalten und machte sich wehrhaft, worin sie freilich der Freundin es nicht gleichtun konnte. Es gab Auseinandersetzungen und kleine freundschaftliche Zankereien, und als die Köchin den Dienst aufsagte und von meiner Mutter nur mit Mühe und vielen Versprechungen, ja fast Abbitten gehalten werden konnte, begann die Machtfrage im Hause zu einem wirklichen Kriege zu führen.

Das Fräulein Schniebel, stolz auf ihre Kenntnisse, ihre Erfahrung, ihre Sparsamkeit und wirtschaftlichen Tugenden, konnte nicht einsehen, daß man ihr für alle diese Qualitäten keinen Dank wisse, und fühlte sich so sehr im guten Recht, daß sie mit einer Kritik der bisherigen Wirtschaftsführung, einem Tadel für die Hausfrauenkunst meiner Mutter und einer mitleidigen Verachtung für die Gebräuche und Eigenheiten des ganzen Hauses nicht mehr hinterm Berg hielt. Nun berief sich die Hausfrau auf meinen Vater, unter dessen Leitung und nach dessen Art es so viele Jahre lang im Hause gut gegangen war. Er hatte Kleinlichkeit und ängstliche Sparsamkeit nicht geduldet, er hatte den Dienstboten Freiheit und Rechte gegönnt, er hatte Mägdegezänk und Verdrossenheit gehaßt. Als aber meine Mutter sich auf ihn berief, an dem sie früher wohl auch gelegentlich zu kritisieren gehabt hatte, der aber seit seinem Tode ihr zum Heiligen geworden war, da konnte Fräulein Schniebel nicht schweigen und erinnerte spitzig daran, wie sie schon längst ihre Meinung über den Seligen gehabt und geäußert habe, und meinte, es sei jetzt wohl an der Zeit, in dem Schlendrian einzuhalten und Vernunft walten zu lassen. Sie habe ja aus Schonung für ihre Freundin nicht an das Andenken des Verewigten rühren wollen; da diese aber selber sich auf ihn beziehe, müsse sie gestehen, daß allerdings der alte Herr an manchen Übelständen im Hause schuld sei, daß sie aber nicht einsehe, warum das nun, da sie freie Hand hätten, weiter so bleiben solle.

Das war für meine Mutter ein Schlag ins Gesicht, den sie der Cousine nicht vergaß. Früher war es ihr ein Bedürfnis und ein Genuß gewesen, hie und da im Gespräch mit dieser Vertrauten etwa zu klagen und ihrem Hausherrn einiges am Zeug zu flicken; jetzt aber ertrug sie nicht den mindesten Schatten auf seinem verklärten Bilde und begann die beginnende Revolution im Hause nicht nur als störend, sondern vor allem als eine Versündigung an dem Seligen zu empfinden.

So war es gegangen, ohne daß ich davon erfuhr. Als jetzt zum erstenmal ein Brief meiner Mutter diesen Unfrieden im Vogelkäfig andeutete, wenn auch noch schonend und vorsichtig, machte die Sache mich lachen. Ich ließ in meinem nächsten Schreiben die Grüße an die Jungfer weg, ging aber nicht auf die Andeutungen ein und dachte, die Frauen möchten besser ohne mich fertig werden. Auch kam anderes dazwischen, das mich weit mehr beschäftigte.

Es war Oktober geworden, und der Gedanke an Gertruds bevorstehende Hochzeit ließ mich nicht mehr los. Ich hatte ihr Haus nicht wieder besucht und sie selber nicht wiedergesehen. Nach der Hochzeit, wenn sie fort wäre, dachte ich den Verkehr mit ihrem Vater wieder aufzunehmen. Auch hoffte ich, es werde sich zwischen ihr und mir mit der Zeit wieder ein gutes, vertrauliches Verhältnis herstellen; wir waren einander schon zu nahe gewesen, um einfach das Gewesene ausstreichen zu können. Nur jetzt hatte ich noch nicht den Mut zu einer Begegnung, welcher sie, wie ich sie kannte, nicht ausgewichen wäre.

Da pochte es eines Tages auf eine wohlbekannte Art an meiner Tür. Ahnungsvoll und verwirrt sprang ich auf und öffnete, und da stand Heinrich Muoth und streckte mir die Hand entgegen.

«Muoth!» rief ich und hielt die Hand fest, und ich konnte nicht in seine Augen sehen, ohne daß alles in mir aufwachte und wehe tat. Ich sah wieder den Brief auf seinem Tische liegen, den Brief mit Gertruds Handschrift, und sah mich wieder von ihr Abschied nehmen und den Tod wählen. Da stand er nun und blickte mich forschend an. Er sah etwas gemagert aus, doch schön und stolz wie je.

«Ich hatte dich nicht erwartet», sagte ich leise.

«So? Daß du zu Gertrud nicht mehr gekommen bist, weiß ich schon. Meinetwegen – lassen wir das alles unbesprochen! Ich bin da, um zu sehen, wie du lebst und was deine Arbeit macht. Was ist denn mit der Oper?»

«Die ist fertig. Aber zuerst: wie geht es Gertrud?»

«Gut. Wir haben ja bald Hochzeit.»

«Ich weiß.»

«Ja. Besuchst du sie nicht bald einmal?»

«Später, doch. Ich will sehen, ob sie es auch gut bei dir hat.»

«Hm ...»

«Heinrich, verzeih, aber ich muß manchmal an die Lotte denken, die du schlecht gehalten und geschlagen hast.»

«Laß die Lotte! Es geschah ihr recht. Es bekommt kein Weib Schläge, das keine haben will.»

«Nun ja. Also die Oper. Ich weiß noch gar nicht, wo ich sie zuerst einreichen soll. Es müßte eine gute Bühne sein, aber ob die das Ding nehmen wird?»

«Sie wird schon. Ich wollte darüber mit dir sprechen. Bring sie nach München! Angenommen wird sie wahrscheinlich, man interessiert sich für dich, und im Notfall stehe ich dafür ein. Ich möchte sehr gern, daß kein anderer die Rolle vor mir singt.»

Damit war mir gedient. Ich sagte gern zu und versprach, bald für Abschriften zu sorgen. Wir besprachen Einzelheiten und sprachen verlegen weiter, als sei es uns todeswichtig, und doch wollten wir nichts als die Zeit hinbringen und vor der Kluft, die sich zwischen uns aufgetan hatte, die Augen schließen. Muoth brach den Bann zuerst.

«Du», sagte er, «weißt du noch, wie du mich damals zu den Imthors mitgenommen hast? Es ist ein Jahr her.»

«Ich weiß noch», sagte ich, «und du brauchst mich nicht zu erinnern, du. Geh lieber!»

«Nein, Freund. Also du erinnerst dich noch. Nun, wenn du damals schon das Mädchen liebgehabt hast, warum hast du nicht ein Wort zu mir gesagt? Warum hast du nicht gesagt: laß sie in Ruhe, laß sie mir! Es wäre genug gewesen, ich hätte auch eine Andeutung verstanden.»

«Das durfte ich nicht.»

«Durftest du nicht? Warum nicht? Wer hieß dich zusehen und den Mund halten, bis es zu spät war?»

«Ich konnte ja nicht wissen, ob sie mich liebhabe. Und auch dann –

wenn du ihr lieber bist, kann ich doch nichts machen.»

«Du bist ein Kind! Sie wäre mit dir vielleicht glücklicher geworden! Es hat doch jeder das Recht, sich eine Frau zu erobern. Und wenn du mir gleich anfangs ein Wort gesagt hättest, einen kleinen Wink gegeben hättest, ich wäre weggeblieben. Nachher war's natürlich zu spät.»

Mir war diese Unterredung peinlich.

«Ich denke anders darüber», sagte ich, «und du kannst ja zufrieden sein, nicht? Also laß mich in Ruhe! Sag ihr einen Gruß, und ich würde euch in München besuchen.»

«Zur Hochzeit magst du nicht kommen?»

«Nein, Muoth, das wäre geschmacklos. Aber – laßt ihr euch kirchlich trauen?»

«Natürlich, im Münster.»

«Das ist mir lieb. Ich habe etwas für die Gelegenheit zurechtgelegt, ein Orgelvorspiel. Keine Sorge, es ist ganz kurz.»

«Du bist ein lieber Kerl! Hol's der Teufel, daß ich mit dir Pech habe!»

«Ich denke, du solltest Glück sagen, Muoth.»

«Na, wir wollen nicht streiten. Ich muß jetzt gehen, es werden noch Sachen gekauft und weiß Gott was. Die Oper schickst du bald, nicht wahr? Schick sie an mich, dann bring ich sie unserem Alten selber. Ja, und eh ich Hochzeit mache, sollten wir zwei doch noch einmal einen Abend für uns haben. Vielleicht morgen? – Gut, auf Wiedersehen!»

Da war ich wieder im alten Kreise und brachte die Nacht in hundertmal gedachten Gedanken und hundertmal gekosteten Leiden hin. Am nächsten Tage ging ich zu einem mir bekannten Organisten und bat ihn, für die Muothsche Hochzeit mein Vorspiel zu übernehmen. Nachmittags ging ich mit Teiser zum letztenmal meine Ouvertüre durch. Und am Abend fand ich mich in Heinrichs Gasthof ein.

Da fand ich ein Zimmer mit einem Kaminfeuer und Kerzenlicht für uns bereitet, einen weißgedeckten Tisch mit Blumen und Silbergeschirr, und Muoth wartete schon auf mich.

«So, Junge», rief er, «nun wollen wir Abschied feiern, mehr für mich als für dich. Gertrud läßt dich grüßen, wir wollen heute ihre Gesundheit trinken.»

Wir schenkten unsere Gläser voll und tranken schweigend aus.

«So, und jetzt wollen wir nur noch an uns selber denken. Die Jugend will zur Neige gehen, Lieber, spürst du's nicht auch? Sie soll ja das Schönste am Leben sein. Ich hoffe, es sei ein Schwindel wie alle diese beliebten Sprüche. Das Beste muß doch erst kommen, sonst war das Ganze nicht recht der Mühe wert. Wenn deine Oper gespielt wird, reden wir weiter darüber.»

Wir aßen behaglich und tranken einen schweren Rheinwein dazu, nachher legten wir uns mit Zigarren und Champagner in den tiefen Ecksesseln zurück, und es kam mir und ihm für eine Stunde die alte Zeit herauf, die redselige Lust am Plänebauen und Plaudern, wir blickten einander sorglos nachdenklich in aufrichtige Augen und waren miteinander zufrieden. Heinrich war in solchen Stunden gütiger und zarter als sonst, er kannte die Flüchtigkeit solcher Lust genau und hielt sie, solange die Stimmung lebendig bleiben wollte, behutsam in schonenden Händen fest. Leise und lächelnd sprach er von München, erzählte kleine Bühnengeschichten und übte seine alte feine Kunst, Menschen und Verhältnisse in kurzen klaren Worten zu zeichnen.

Als er so seinen Dirigenten, seinen Schwiegervater und andere spielend und scharf, doch ohne Bosheit charakterisiert hatte, trank ich ihm zu und fragte: «Nun, und was sagst du zu mir? Hast du für Leute meiner Art auch so eine Formel?»

«O ja», nickte er gelassen und richtete die dunklen Augen auf mich. «Du bist in allem der Typus des Künstlers. Ein Künstler ist ja nicht, wie die Philister meinen, ein fideler Herr, der aus lauter Übermut hie und da Kunstwerke hinschmeißt, sondern leider meistens ein armer Tropf, der an einem unnützen Reichtum erstickt und darum was von sich geben muß. Es ist nichts mit der Sage vom glücklichen Künstler, das ist lauter Philistergeschwätz. Der fidele Mozart hat sich mit Champagner aufrecht gehalten und dafür Mangel an Brot gelitten, und warum Beethoven sich nicht in jungen Jahren schon das Leben genommen, sondern statt dessen diese herrlichen Sachen geschrieben hat, das weiß kein Mensch. Ein anständiger Künstler hat im Leben unglücklich zu sein. Wenn er Hunger hat und seinen Sack aufmacht, so sind immer bloß Perlen drin!»

«Ja, wenn man ein bißchen Freude und Wärme und Anteil am Leben begehrt, da helfen einem ein Dutzend Opern und Trios und solche Sachen freilich nicht viel.»

«Ich glaub's. So eine Stunde beim Wein mit einem Freund, wenn man einen hat, und ein gutmütiges Plaudern über dies merkwürdige Leben, das ist eigentlich das Beste, was man haben kann. Es muß schon so sein, und wir müssen froh sein, daß wir das doch haben. Wie lange schafft ein armer Teufel an einer schönen Rakete, und die Freude daran dauert dann keine Minute! So muß man auch Freude und Seelenruhe und gutes Gewissen sparen, damit es hie und da zu einer hübschen Stunde reicht. Prosit, Freund!»

Ich war mit seiner Philosophie im Grunde gar nicht einverstanden, doch was lag daran? Mir war wohl, einen solchen Abend mit dem Freunde zu erleben, den ich verlieren zu müssen gefürchtet hatte und der auch so mir nicht mehr sicher war, und ich grüßte nachdenklich in die vergangene Zeit hinüber, die noch so nahe lag und doch schon meine Jugend umschloß, deren Leichtsinn und Harmlosigkeit mir nicht wiederkommen konnte.

Beizeiten machten wir ein Ende, und Muoth erbot sich, noch mit mir bis zu meinem Hause zu gehen. Doch hieß ich ihn bleiben. Ich wußte, daß er nicht gern mit mir auf der Straße ging, mein langsames Hinken störte ihn und machte ihn verdrießlich. Er konnte keine Opfer bringen, und solche kleine sind ja oft die schwersten.

Mein kleines Orgelstück freute mich. Es war eine Art von Präludium und für mich eine Loslösung vom Alten, ein Dank und Glückwunsch an die Brautleute und ein Nachhall der guten Freundschaftszeiten mit ihr und mit ihm.

Am Tage der Hochzeit fand ich mich zeitig in der Kirche ein und sah der Feier versteckt von der Orgel herab zu. Als der Organist mein Stücklein spielte, sah Gertrud herauf und nickte ihrem Bräutigam zu. Ich hatte sie diese ganze Zeit nicht mehr gesehen, sie sah im weißen Kleide noch größer und schlanker aus und ging anmutig ernst den geschmückten schmalen Pfad zum Altar, an der Seite des stolzen, ungebeugt schreitenden Mannes. Es hätte weniger gut und prächtig ausgesehen, wenn an seiner Stelle ich schiefer Krüppel diesen feierlichen Weg gegangen wäre.

Siebentes Kapitel

Es war schon dafür gesorgt, daß ich an die Hochzeit meiner Freunde nicht lange denken und meine Betrachtungen und Wünsche und Selbstquälereien nicht diesen Weg nehmen lassen konnte.

An meine Mutter hatte ich in diesen Tagen wenig gedacht. Ich wußte zwar aus ihrem letzten Briefe, daß es um Behaglichkeit und Frieden in ihrem Hause nicht glänzend bestellt sei, doch hatte ich weder Grund noch Lust, mich in den Streit der beiden Damen zu mischen, sondern ließ ihn mit einiger Schadenfreude als eine Tatsache bestehen, zu welcher mein Urteil entbehrlich war. Seither hatte ich geschrieben, ohne Antwort bekommen zu haben, und hatte mit dem Besorgen und Durchsehen der Abschriften für meine Oper genug zu tun, als daß ich mir über das Fräulein Schniebel Gedanken hätte machen können.

Da kam ein Brief von meiner Mama, der mich schon durch seinen ganz ungewohnten großen Umfang in Erstaunen setzte. Es war eine peinliche Anklageschrift gegen ihre Hausgenossin, aus der ich alle ihre Vergehungen wider den Haus- und Seelenfrieden meiner guten Mutter genau erfuhr. Es fiel ihr schwer, mir das zu schreiben, und sie tat es mit Würde und Vorsicht, allein es war ein kleines Geständnis der Täuschung, in der sie betreffs ihrer alten Freundin und Base gelebt hatte. Meine Mutter gab nicht nur meiner und meines seligen Vaters Abneigung gegen Demoiselle Schniebel durchaus recht, sie war sogar jetzt bereit, das Haus zu verkaufen, falls ich das noch wünsche, und ihren Wohnort zu wechseln, und alles nur, um der Schniebel zu entrinnen.

«Es wäre vielleicht gut, wenn Du selber herkämest. Nämlich Lucie weiß schon, wie ich denke und was ich plane, sie ist darin sehr spürig; aber wir stehen zu gespannt miteinander, als daß ich ihr in der rechten Form das

Nötige sagen könnte. Meine Andeutungen, daß ich lieber wieder allein im Hause wäre und daß sie entbehrlich sei, will sie nicht verstehen, und offenen Streit will ich nicht haben. Ich weiß, sie würde keifen und sich auf die Hinterbeine stellen, wenn ich sie direkt zum Gehen auffordern wollte. Da ist es besser, Du kommst und bringst das in Ordnung. Ich will keinen Skandal haben, und sie soll nicht zu kurz kommen, aber es muß ihr deutlich und bestimmt gesagt werden.»

Ich wäre auch bereit gewesen, den Drachen zu erschlagen, wenn Mama es verlangt hätte. Mit großem Vergnügen machte ich mich reisefertig und fuhr nach Hause. Dort merkte ich freilich gleich beim Eintritt in unser altes Haus, daß ein neuer Geist darin herrschte. Namentlich die große behagliche Wohnstube hatte ein grämliches, unfreudiges, gedrücktes und ärmliches Aussehen bekommen, alles sah mühsam bewacht und geschont aus, und auf dem alten soliden Fußboden lagen sogenannte «Läufer», lange Trauerstreifen aus billigem und häßlichem Stoff, um die Diele zu schonen und am Aufwaschen zu sparen. Das alte Tafelklavier, das seit Jahren unbenutzt im Salon stand, war gleichfalls mit einer solchen Schonhülle bekleidet, und obwohl die Mutter zu meiner Ankunft Tee und Gebäck bereit und alles ein wenig nett gemacht hatte, roch es doch nach altjüngferlicher Kümmerlichkeit und Naphthalin so unverwischbar, daß ich gleich beim Empfang die Mutter anlächelte und die Nase rümpfte, was sie sofort verstand.

Kaum saß ich im Stuhl, so kam der Drache herein, trabte über die Läufer auf mich zu und ließ sich Ehre erweisen, was ich tat, ohne zu sparen. Ich fragte eingehend nach ihrem Befinden und entschuldigte das alte Haus, das vielleicht nicht jede Bequemlichkeit biete, an die sie gewöhnt sei. Sehr über meine Mutter hinwegsprechend, nahm sie die Rolle der Hausfrau an sich, schaute nach dem Tee, erwiderte meine Höflichkeit eifrigst und schien zwar geschmeichelt, noch mehr aber beängstigt und mißtrauisch gemacht durch meine übertriebene Freundlichkeit. Sie witterte Verrat, war aber genötigt, auf die angenehme Tonart einzugehen und selber ihren ganzen Vorrat von etwas antiquierten Artigkeiten auszubreiten. Unter lauter Ergebenheit und Hochachtung sahen wir die Nacht herankommen, wünschten einander herzlich den besten Schlaf und trennten uns wie Diplomaten der alten Schule. Doch glaube ich, der Kobold hat trotz des Zuckerbrots in jener Nacht wenig geschlafen, während ich befriedigt ausruhte und meine arme Mutter vielleicht nach manchen in Ärger und Betrübnis hingebrachten Nächten zum erstenmal wieder mit ungeschmälerten Hausfrauengefühlen im eigenen Hause einschlief.

Beim Frühstück am anderen Morgen begann dasselbe zierliche Spiel. Meine Mutter, die abends nur still und gespannt zugehört hatte, nahm jetzt mit Vergnügen selber teil, und wir behandelten die Schniebel mit einer Artigkeit und Zartheit, die sie sehr ins Enge trieb, ja traurig machte, denn sie ahnte wohl, daß meiner Mutter diese Töne nicht vom Herzen kämen. Beinahe hätte mir das alte Mädchen leid getan, wie sie ängstlich wurde und sich klein zu machen strebte, alles lobte und guthieß; allein ich dachte an die entlassene Stubenmagd, an die unzufrieden aussehende Köchin, die nur der Mutter zuliebe noch geblieben war, ich dachte an das eingenähte Klavier und den ganzen trübsinnigen kleinlichen Geruch in meinem ehemals fröhlichen Vaterhaus und blieb hart. ...

Nach Tische bat ich meine Mutter, sich etwas zu legen, und blieb mit der Base allein.

«Pflegen Sie etwa nach Tisch zu schlafen?» fragte ich höflich. «Dann möchte ich Sie nicht stören. Ich hätte etwas mit Ihnen zu reden, doch eilt es ja nicht so sehr.»

«O bitte, ich schlafe nie am Tage. So alt bin ich ja gottlob noch nicht. Ich stehe ganz zu Diensten.»

«Danke sehr, gnädiges Fräulein. Ich wollte Ihnen Dank sagen für die Freundlichkeiten, die Sie meiner Mutter erwiesen haben. Sie hätte es sonst doch sehr einsam gehabt in dem leeren Haus. Nun, jetzt wird das ja anders.»

«Wie?» rief sie aufspringend. «Was wird anders?»

«Wissen Sie es noch nicht? Mama hat sich entschlossen, endlich meinen alten Wunsch zu erfüllen und zu mir zu ziehen. Da können wir das Haus natürlich nicht leerstehen lassen. So wird es denn wohl bald zum Verkauf kommen.»

Das Fräulein starrte mich fassungslos an.

«Ja, es tut mir auch leid», fuhr ich bedauernd fort. «Nun, für Sie war diese Zeit immerhin anstrengend. Sie haben sich des ganzen Hauses so freundlich und sorglich angenommen, daß ich nicht genug danken kann.»

«Aber ich, was soll – – – wohin soll ich – –»

«Nun, das wird sich ja finden. Sie müssen sich eben wieder eine Wohnung suchen, es eilt natürlich nicht so sehr. Sie werden sich selber freuen, es wieder stiller zu haben.»

Sie war aufgestanden. Ihr Ton war noch höflich, aber bedenklich scharf.

«Ich weiß nicht, was ich dazu sagen soll», rief sie erbittert. «Ihre Mutter, Herr, hat mir versprochen, mich hier wohnen zu lassen. Es war eine feste Abmachung; und jetzt, wo ich mich des Hauses angenommen und Ihrer Mutter in allem geholfen habe, jetzt setzt man mich auf die Straße!»

Sie begann zu schluchzen und wollte fortlaufen. Doch hielt ich sie an ihrer mageren Hand zurück und setzte sie wieder in ihren Sessel.

«So schlimm ist es nicht», sagte ich lächelnd. «Daß meine Mutter von hier wegziehen will, ändert eben die Verhältnisse ein wenig. Überdies ist der Verkauf des Hauses nicht von ihr beschlossen, sondern von mir, denn ich bin der Besitzer. Daß Sie sich beim Aussuchen einer neuen Wohnung nicht beschränken und die Sorge dafür ihr überlassen, setzt meine Mutter voraus. Sie haben es dann bequemer als bisher und sind doch noch gewissermaßen ihr Gast.»

Es kamen nun die erwarteten Einwände, der Stolz, das Weinen, das mit Bitten abwechselnde Großtun, und am Ende merkte die Schmollende, daß hier Nachgeben das klügste sei. Doch zog sie sich auf dieses hin in ihr Zimmer zurück und ließ sich auch zum Kaffee nicht sehen. Meine Mutter meinte, wir sollten ihr diesen aufs Zimmer schicken, doch wollte ich nach all der Höflichkeit auch meine Rache haben und ließ Fräulein Schniebel in ihrem Trotz verharren bis zum Abend, wo sie dann still und grämlich, doch pünktlich zur Mahlzeit erschien.

«Ich muß leider schon morgen wieder nach R. fahren», sagte ich während des Abendessens. «Solltest du mich aber brauchen, Mama, so kann ich ja immer schnell herfahren.»

Ich sah dabei nicht meine Mutter, sondern ihre Cousine an, und sie merkte, wie es gemeint sei. Mein Abschied von ihr war kurz und meinerseits beinahe herzlich.

«Kind», sagte meine Mutter nachher, «du hast es gut gemacht, und ich muß dir danken. Willst du mir nicht etwas aus deiner Oper vorspielen?»

Dazu kam es nun nicht, aber es war ein Ring durchbrochen, und zwischen der alten Frau und mir begann es zu tagen. Das war das Beste an der Sache. Sie hatte jetzt Vertrauen zu mir, und ich freute mich darauf, bald mit ihr ein kleines Hauswesen zu eröffnen und aus der langen Heimatlosigkeit herauszukommen. Ich reiste befriedigt ab, hinterließ schöne Grüße an das alte Fräulein und begann nach meiner Rückkehr schon da und dort einzukehren, wo hübsche kleine Wohnungen zu vermieten standen. Dabei half mir Teiser, und meistens war auch seine Schwester mit, und beide freuten sich mit mir und hofften auf ein erfreuliches Zusammenleben der beiden kleinen Familien.

Inzwischen war meine Oper nach München gegangen. Nach zwei Monaten, kurz vor der Ankunft meiner Mutter, schrieb mir Muoth, sie sei angenommen, könne aber in dieser Spielzeit nicht mehr einstudiert werden. Doch werde sie im Beginn des nächsten Winters aufgeführt werden. So hatte ich der Mutter eine gute Nachricht, und Teiser veranstaltete ein Fest mit Freudentänzen, als er es hörte.

Meine Mutter weinte beim Einzug in unsere hübsche Gartenwohnung und meinte, es sei nicht gut, im Alter noch auf fremden Boden verpflanzt zu werden. Ich aber fand es sehr gut, und die Teisers auch, und Brigitte half und ging meiner Mutter zur Hand, daß es eine Freude war. Das Mädchen hatte wenig Bekannte in der Stadt und war oft, während ihr Bruder im Theater war, einsam zu Hause gesessen, was ihr allerdings nicht anzusehen war. Nun kam sie viel zu uns und half nicht nur beim Einräumen und Eingewöhnen, sondern half auch mir und der Mutter, den schwierigen Weg in ein freundlich stilles Zusammenleben hineinzufinden. Sie wußte es der alten Frau zu erklären, wenn ich Ruhe brauchte und allein sein mußte, sie war dann zur Hand und sprang für mich ein, und mir deutete sie manche Bedürfnisse und Wünsche meiner Mutter an, die ich nie erraten und die Mutter mir nie mitgeteilt hätte. So gab es bald eine kleine Heimat und einen Heimatfrieden bei uns, anders und bescheidener, als ich mir vormals mein Heim vorgestellt hatte, doch gut und schön genug für einen, der es selber nicht weiter gebracht hatte als ich.

Jetzt lernte meine Mutter auch meine Musik kennen. Sie hieß nicht alles gut und schwieg zu dem meisten, aber sie sah und glaubte, daß es nicht Zeitvertreib und Spielerei, sondern Arbeit und Ernst war, und fand überhaupt zu ihrem Erstaunen unser Musikantenleben, das sie sich stark seiltänzerhaft vorgestellt hatte, kaum viel weniger bürgerlich-fleißig als das, das der selige Papa etwa geführt hatte. Von ihm konnten wir nun auch besser reden, und allmählich hörte ich tausend Geschichten von ihm und von ihr, von den Großeltern und von meiner eigenen Kinderzeit. Die Vergangenheit und Familie ward mir lieb und interessant, ich fühlte mich nicht mehr außerhalb des Kreises. Dagegen lernte die Mutter, mich gewähren zu lassen und Vertrauen zu mir zu haben, auch wenn ich in Arbeitszeiten mich einschloß oder reizbar war. Sie hatte es bei meinem Vater sehr gut gehabt, desto härter war ihre Prüfung in den Schniebelschen Zeiten gewesen; jetzt faßte sie wieder Vertrauen und hörte allmählich auf, von ihrem Altwerden und Vereinsamen zu reden.

In all diesem Behagen und bescheidenen Glück sank das Leidgefühl und Ungenügen unter, in dem ich lang gelebt hatte. Es sank aber nicht ins Bodenlose, sondern ruhte tief und unverloren in meiner Seele, sah mich in mancher Nacht fragend an und behielt sein Recht. Je ferner das Vergangene zurückgesunken schien, desto klarer stieg mir das Bild meiner Liebe und meines Leides herauf, blieb bei mir und war mein stiller Mahner.

Manchmal hatte ich gemeint zu wissen, was Liebe sei. Schon in Jünglingszeiten, da ich betört um die hübsche leichte Liddy schwärmte, hatte ich Liebe zu kennen gemeint. Dann wieder, als ich Gertrud zuerst sah und fühlte, daß sie die Antwort auf meine Fragen und der Trost für meine dunklen Wünsche sei. Dann wieder, als die Pein begann und aus der Freundschaft und Klarheit Leidenschaft und Dunkel wurde, und schließlich, als sie mir verloren war. Aber die Liebe blieb und war immer bei mir, und ich wußte, daß ich niemals mehr einer Frau mit Begierde folgen und nach dem Kuß eines Frauenmundes verlangen konnte, seit ich Gertrud im Herzen hatte.

Ihr Vater, den ich zuweilen besuchte, schien jetzt von meinem Verhältnis zu ihr zu wissen. Er bat sich das Präludium aus, das ich zu ihrer Hochzeit gemacht hatte, und zeigte mir ein stilles Wohlwollen. Er mochte fühlen, wie gern ich von ihr hörte und wie ungern ich doch fragte, und er teilte mir viel aus ihren Briefen mit. Darin war auch von mir häufig die Rede, namentlich von meiner Oper. Sie schrieb, daß für die Sopranrolle eine gute Sängerin gefunden sei und wie sie sich freue, das ihr schon so vertraute

Werk endlich ganz zu hören. Sie freute sich auch darüber, daß ich meine Mutter bei mir habe. Was sie über Muoth schrieb, weiß ich nicht.

Mein Leben lief ruhig hin, die Ströme der Tiefe drangen nicht mehr nach oben. Ich arbeitete an einer Messe und hatte ein Oratorium im Kopf, für das mir der Text noch fehlte. Wenn ich genötigt war, an die Oper zu denken, war es mir eine fremde Welt. Meine Musik ging neue Wege, sie wurde einfacher und kühler, die wollte trösten und nicht erregen.

In dieser Zeit waren die Geschwister Teiser mir viel wert. Wir sahen uns beinahe täglich, wir lasen, musizierten, spazierten miteinander, hatten Feste und Ausflüge gemeinsam. Nur im Sommer, da ich die rüstigen Wandersleute nicht beschweren wollte, trennten wir uns für einige Wochen. Die Teisers wanderten wieder in Tirol und Vorarlberg umher und schickten kleine Schachteln mit Edelweiß; ich aber hatte die Mutter zu ihren Verwandten in Norddeutschland gebracht, wo sie schon seit Jahren eingeladen war, und hatte mich an die Nordsee gesetzt. Da hörte ich Tag und Nacht das alte Lied des Meeres und ging in der herben frischen Seeluft meinen Gedanken und Melodien nach. Von hier aus fand ich zum erstenmal das Herz, an Gertrud nach München zu schreiben – nicht an die Frau Muoth, sondern an meine Freundin Gertrud, der ich von meiner Musik und meinen Träumen erzählte. Vielleicht freute es sie, dachte ich, und vielleicht kann ihr auch ein Trost und ein Freundesgruß nicht schaden. Denn wider mein eigenes Herz mußte ich meinem Freunde Muoth mißtrauen und immer um Gertrud in einer leisen Sorge sein. Ich kannte ihn zu gut, den eigenwilligen Melancholiker, der gewohnt war, seinen Launen zu leben und nirgends ein Opfer zu bringen, den dunkle Triebe hinrissen und leiteten und der in nachdenklichen Stunden seinem eigenen Leben zusah wie einem Trauerspiel. Wenn das wirklich eine Krankheit war, das Einsamsein und Nichtverstandenwerden, wie es der gute Herr Lohe mir dargestellt hat, so litt Muoth an dieser Krankheit mehr als irgend jemand.

Doch hörte ich nichts von ihm, Briefe schrieb er nicht. Auch Gertrud antwortete mir nur mit einem kurzen Dank und der Aufforderung, zeitig im Herbst nach München zu kommen, wo man gleich mit dem Anfang der Spielzeit mit dem Einstudieren meiner Oper fortfahren werde.

Anfangs September, als wir alle wieder in der Stadt und im gewohnten Leben waren, kamen wir einen Abend in meiner Wohnung zusammen, um meine Arbeit vom Sommer durchzusehen. Die Hauptsache war ein kleines lyrisches Stück für zwei Geigen und Klavier. Das spielten wir. Brigitte Teiser saß am Klavier, ich konnte über mein Blatt hinweg ihren Kopf mit dem schweren Kranz von blonden Zöpfen sehen, deren Ränder im Kerzenlicht golden flammten. Ihr Bruder stand neben ihr und spielte die erste Geige. Es war eine einfache, liedartige Musik, leise klagend und sommerabendlich verklingend, nicht froh noch traurig, sondern in verlorener Abendstimmung schwebend wie eine verglühende Wolke nach Sonnenuntergang. Das Stücklein gefiel den Teisers und besonders Brigitte. Sie pflegte mir selten etwas über meine Musik zu sagen, sondern sich in einer Art von mädchenhafter Ehrfurcht still zu verhalten und mich nur bewundernd anzusehen, denn sie hielt mich für einen großen Meister. Heute faßte sie sich ein Herz und gab ihr besonderes Gefallen kund. Sie glänzte mich aus ihren hellblauen Augen innig an und nickte, daß das Licht auf ihren blonden Zöpfen tanzte. Sie war sehr hübsch, beinahe eine Schönheit.

Um ihr eine Freude zu machen, nahm ich ihre Klavierstimme, schrieb mit dem Bleistift über die Noten eine Widmung «An meine Freundin Brigitte Teiser» und gab ihr die Noten zurück.

«Das soll jetzt immer über dem kleinen Lied stehen», sagte ich galant und machte ein Kompliment. Sie las die Widmung, langsam rot werdend, streckte mir die kleine, kräftige Hand hin und hatte plötzlich die Augen voll Tränen.

«Ist's auch Ihr Ernst?» fragte sie leise.

«Es wird schon sein», lachte ich. «Und ich finde, das Stücklein paßt ganz gut zu Ihnen, Fräulein Brigitte.»

Ihr Blick, der noch voll Tränen war, setzte mich in Erstaunen, so ernst und frauenhaft war er. Doch achtete ich nicht weiter darauf, Teiser legte jetzt seine Geige weg, und meine Mutter, die seine Bedürfnisse schon kannte, schenkte den Wein in die Gläser. Das Gespräch wurde lebhaft, wir stritten über eine neue Operette, die vor einigen Wochen aufgeführt worden war, und der kleine Vorfall mit Brigitte fiel mir erst spät am Abend, als die beiden Abschied nahmen und sie mir seltsam unruhig in die Augen sah, wieder ein.

In München begann man unterdessen mein Werk einzustudieren. Da die eine Hauptrolle bei Muoth in den besten Händen war und Gertrud auch die Sopransängerin gelobt hatte, wurden mir das Orchester und die Chöre zur Hauptsache. Ich ließ meine Mutter in der Obhut der Freunde und fuhr nach München.

Am Morgen nach meiner Ankunft fuhr ich durch die schönen, breiten Straßen nach Schwabing und zu dem still gelegenen Hause, wo Muoth wohnte. Die Oper hatte ich völlig vergessen, ich dachte nur an ihn und an Gertrud und wie ich sie finden würde. Der Wagen hielt an einer fast ländlichen Nebenstraße vor einem kleinen Hause, das in herbstlichen Bäumen stand, gelbe Ahornblätter lagen zu beiden Seiten des Weges in Haufen gefegt. Beklommen trat ich ein, das Haus machte einen behaglich herrschaftlichen Eindruck, ein Diener nahm mir den Mantel ab.

In dem großen Zimmer, in das ich geführt wurde, erkannte ich zwei von den großen alten Malereien aus dem Hause Imthor, die hierher mitgekommen waren. An einer andern Wand hing ein neues Bild Muoths, in München gemalt, und während ich es ansah, kam Gertrud herein.

Mir schlug das Herz, als ich ihr nach so langer Zeit in die Augen sah. Sie lächelte aus einem veränderten, strenger und reifer gewordenen Frauengesicht, doch in der alten Freundschaft, und gab mir herzlich die

Hand.

«Geht es gut?» sagte sie freundlich. «Sie sind älter geworden, aber Sie sehen gut aus. Wir haben Sie schon lange erwartet.»

Sie fragte nach allen Freunden, nach ihrem Vater, nach meiner Mutter, und wie sie warm wurde und die erste Scheu vergaß, sah ich sie ganz so wie früher. Unversehens verflog meine Befangenheit, und ich sprach mit ihr als mit einer guten Freundin, erzählte vom Sommer am Meer, von meiner Arbeit, von Teisers und schließlich sogar von dem armen Fräulein Schniebel.

«Nun», rief sie, «und jetzt wird Ihre Oper gespielt! Sie werden sich freuen.»

«Ja», sagte ich, «aber am meisten freue ich mich doch darauf, Sie wieder einmal singen zu hören.»

Sie nickte mir zu. «Darauf freu ich mich auch. Ich singe viel, aber fast nur für mich allein. Wir wollen alle Ihre Lieder singen, sie liegen immer zur Hand und werden bei mir nicht staubig. Bleiben Sie zu Tische da, mein Mann muß bald kommen und kann Sie dann nachmittags zum Dirigenten begleiten.»

Wir gingen nun in das Musikzimmer, ich setzte mich ans Klavier, und da sang sie meine Lieder von damals, daß ich still wurde und Mühe hatte, heiter zu bleiben. Ihre Stimme war reifer und fester geworden, aber sie flog noch so leicht und mühelos wie sonst und ging mir mit der Erinnerung an die besten Tage meines Lebens zum Herzen, daß ich wie verzaubert über den Tasten saß und leise die alten Noten spielte und für Augenblicke mit geschlossenen Augen lauschend Jetzt und Einst nicht mehr zu unterscheiden vermochte. Gehörte sie nicht zu mir und zu meinem Leben? Waren wir nicht einander nahe wie Geschwister und eng Befreundete? Freilich, mit Muoth hatte sie anders gesungen!

Plaudernd saßen wir noch eine Weile, froh und ohne daß wir einander viel zu sagen hatten, denn wir spürten, daß es zwischen uns keiner Auseinandersetzung bedurfte. Wie es ihr gehe und wie es zwischen ihr und ihrem Manne stehe, darüber dachte ich jetzt nicht nach, das würde ich später selber sehen können. Jedenfalls war sie nicht von ihrer Bahn gewichen und ihrem Wesen nicht untreu geworden, und wenn es ihr nicht gut ging und sie zu tragen hatte, so trug sie es nobel und unverbittert.

Nach einer Stunde kam Heinrich, der schon von meinem Hiersein gehört hatte. Er begann sofort von der Oper zu sprechen, die jedermann wichtiger zu sein schien als mir selber. Ich fragte, wie es ihm in München gefalle und gehe.

«Wie überall», sagte er ernsthaft. «Das Publikum hat mich nicht gern, weil es spürt, daß ich mir auch aus ihm nichts mache. Ich werde selten gleich beim ersten Auftreten freundlich aufgenommen; ich muß jedesmal die Leute erst fassen und mitreißen. So habe ich Erfolge, ohne beliebt zu sein. Manchmal singe ich freilich auch miserabel, das muß ich selber sagen. Nun, deine Oper wird ein Erfolg, darauf kannst du rechnen, für dich und mich. Heute gehen wir zum Dirigenten, morgen laden wir die Sopransängerin, und wen du sonst haben willst, ein. Morgen früh ist auch eine Orchesterprobe. Ich glaube, du wirst zufrieden sein.»

Bei Tisch konnte ich beobachten, daß er gegen Gertrud außerordentlich höflich war, was mir gar nicht gefiel. Und so blieb es die ganze Zeit, solange ich in München war und die beiden täglich sah. Sie waren ein wundervolles Paar schöner Menschen und machten Eindruck, wohin sie kamen. Doch war es zwischen ihnen kühl, und ich dachte mir, daß nur Gertruds Stärke und innere Überlegenheit ihn vermöge, diese Kühle so in Höflichkeit und würdige Form zu verwandeln. Sie schien aus ihrer Leidenschaft für den schönen Mann noch nicht lange erwacht zu sein und noch auf die Wiederkehr der verlorenen Innigkeit zu hoffen. Jedenfalls war sie es, die auch ihn zur guten Form nötigte. Sie war zu vornehm und gut, um selbst vor Freunden die Enttäuschte und Unverstandene zu spielen und ihr geheimes Leiden irgend jemand zu zeigen, wenn sie es auch mir nicht verbergen konnte. Doch hätte sie auch von mir keinen Blick und keine Gebärde des Verstehens oder Mitleids ertragen, wir sprachen und taten durchaus, als wäre ihre Ehe ohne Trübung.

Wie lange sich dieser Zustand würde erhalten lassen, war freilich zweifelhaft und hing ganz von Muoth ab, dessen Unberechenbarkeit ich hier zum erstenmal von einer Frau gebändigt sah. Mir taten beide leid, doch war ich nicht sehr verwundert, die Dinge so zu finden. Die beiden hatten ihre Leidenschaft gehabt und genossen, nun mochten sie entweder Entsagung lernen und die gute Zeit in wehmütiger Erinnerung tragen oder den Weg zu einem neuen Glück und einer neuen Liebe finden. Vielleicht würde ein Kind sie wieder zusammenführen, nicht mehr in den verlassenen Paradiesgarten der Liebesglut zurück, wohl aber zu einem neuen, guten Willen, gemeinsam zu leben und sich ineinander zu schicken. Dazu hatte Gertrud die Kraft und die innere Heiterkeit, das wußte ich. Ob auch Heinrich sie finden würde, darüber mochte ich mir keine Gedanken machen. So leid sie mir taten, daß der große, schöne Sturm ihrer ersten Glut und Freude aneinander schon vorüber war, so freute mich doch die gute Haltung beider, die immer noch nicht nur vor den Leuten, sondern auch voreinander ihre Schönheit und Würde bewahrt hatten.

Die Einladung, in Muoths Hause zu wohnen, mochte ich indessen nicht annehmen, und er ließ mir meinen Willen. Ich war täglich dort, und es tat mir wohl zu sehen, daß Gertrud mich gerne kommen sah und sich am Plaudern und Musizieren mit mir freute, so daß ich nicht allein der Nehmende war.

Die Aufführung der Oper sollte nun bestimmt im Dezember stattfinden. Ich blieb zwei Wochen da, nahm an allen Orchesterproben teil, mußte da und dort streichen und anpassen, sah aber das Werk in guten Händen. Es war mir wunderlich, die Sänger und Sängerinnen, die Geiger und Flötisten, Kapellmeister und Chor mit meiner Arbeit beschäftigt zu sehen, die mir selber fremd geworden war und ein Leben atmete, das nicht mehr meines war.

«Warte nur», sagte Heinrich Muoth zuweilen, «jetzt bekommst du bald die verfluchte Luft der Öffentlichkeit zu atmen. Fast möchte ich dir wünschen, es möchte keinen Erfolg geben. Denn dann hast du die Meute hinter dir, du wirst dann bald mit Locken und Autographen handeln können und sehen, wie geschmackvoll und liebenswürdig die Anbetung der Herde ist. Von deinem lahmen Bein spricht schon jetzt jedermann. So etwas macht populär!»

Nach den notwendigen Proben und Versuchen reiste ich wieder ab, um erst einige Tage vor der Aufführung wiederzukommen. Teiser fand kein Ende mit Fragen über die Aufführung, er dachte an hundert Einzelheiten im Orchester, die ich kaum beachtet hatte, und sah der Sache mit größerer Aufregung und Unruhe entgegen als ich selber. Als ich ihn einlud, samt seiner Schwester der Aufführung beizuwohnen, tat er einen Freudensprung. Dagegen wollte meine Mutter die Winterreise und die Aufregung nicht teilen, und mir war es nicht unlieb. Allmählich spürte ich die Spannung doch und brauchte abends ein Glas Rotwein, um einschlafen zu können.

Es wurde früh Winter, und unser Häuschen lag tief eingeschneit in seinem Garten, als eines Morgens die Geschwister Teiser mich im Wagen abholten. Die Mutter winkte vom Fenster nach, der Wagen fuhr ab, und Teiser sang aus seinem dicken Halstuch heraus ein Reiselied. Auf der ganzen langen Eisenbahnfahrt war er wie ein Knabe, der in die Weihnachtsferien fährt, und die hübsche Brigitte glühte in stillerem Vergnügen mit. Ich war froh, ihre Gesellschaft zu haben, denn meine Ruhe war nun dahin, und ich ging den Ereignissen der nächsten Tage wie ein Verurteilter entgegen.

Das merkte auch Muoth sofort, der uns am Bahnhof erwartete. «Du hast Lampenfieber, Junge», lachte er vergnügt. «Gott sei Dank dafür! Du bist eben doch ein Musiker und kein Philosoph.»

Damit schien er recht zu haben, denn meine Erregung hielt bis zur Aufführung an, und ich habe in jenen Nächten nicht geschlafen. Von uns allen war nur Muoth ruhig. Teiser brannte vor Unruhe, er kam zu jeder Probe und fand kein Ende mit Kritisieren. Geduckt und lauernd saß er in den Proben neben mir, schlug an heiklen Stellen den Takt laut mit der Faust, lobte oder schüttelte den Kopf.

«Da fehlt ja eine Flöte!» rief er gleich bei der ersten Orchesterprobe so laut, daß der Dirigent unwillig herüberschaute.

«Die haben wir streichen müssen», sagte ich lächelnd.

«Die Flöte? Gestrichen? Ja, warum denn? So eine Viecherei! Paß auf, die verdudeln dir deine ganze Ouvertüre!»

Ich mußte lachen und ihn mit Gewalt zurückhalten, so wild ging er ins

Zeug. Aber bei seiner Lieblingsstelle in der Ouvertüre, wo Bratschen und Celli einsetzen, lehnte er mit geschlossenen Augen zurück, drückte meine Hand krampfhaft und flüsterte nachher beschämt: «Ja, das hat mir nasse Augen gemacht. Sakrisch fein ist's.»

Die Sopranrolle hatte ich noch nicht singen hören. Nun war es mir merkwürdig und wehmütig, sie zum erstenmal von einer fremden Stimme zu vernehmen. Die Sängerin machte es gut, und ich sagte ihr sogleich meinen Dank, aber im Herzen dachte ich an die Nachmittage, da Gertrud diese Worte gesungen hatte, und hatte ein Gefühl uneingestandenen traurigen Mißbehagens, wie wenn man ein liebes Besitztum weggegeben hat und nun zum erstenmal in fremden Händen sieht.

Gertrud sah ich in diesen Tagen wenig, sie beobachtete mein Fieber lächelnd und ließ mich in Ruhe. Ich hatte mit den Teisers einen Besuch bei ihr gemacht, da hatte sie Brigitte, die zu der schönen, vornehmen Frau bewundernd aufsah, mit heiterer Zärtlichkeit aufgenommen. Seither schwärmte das Mädchen für die schöne Frau und sang ihr Lob, in das auch der Bruder einstimmte.

An die beiden Tage vor der Aufführung kann ich mich nicht mehr genau erinnern, es war alles in mir durcheinandergeraten. Dazu kamen andere Aufregungen, ein Sänger wurde heiser, ein anderer war beleidigt, keine größere Rolle zu haben, und benahm sich bei den letzten Proben sehr übel, der Dirigent wurde immer gemessener und kälter, je mehr ich noch zu sagen hatte, Muoth stand mir gelegentlich bei, lächelte seelenruhig zu dem Tumult und war mir in dieser Lage mehr wert als der gute Teiser, der wie ein Feuerteufel hin und wider fuhr und überall zu mäkeln hatte. Brigitte sah mich ehrfurchtsvoll, doch auch mit einigem Bedauern an, wenn wir in ruhigen Stunden gedrückt und ziemlich schweigsam im Hotel beisammensaßen.

Nun, die Tage vergingen, und es kam der Abend der Aufführung. Während sich das Haus füllte, stand ich hinter der Bühne, ohne doch mehr das Geringste tun oder raten zu können. Schließlich hielt ich mich zu Muoth, der schon im Kostüm war und in einem Stübchen oder Winkel abseits des Lärmens langsam eine halbe Flasche Champagner leerte.

«Willst du ein Glas?» fragte er teilnehmend.

«Nein», sagte ich. «Regt dich denn das nicht auf?»

«Was? Der Spektakel draußen? Das ist immer so.»

«Ich meine den Sekt.»

«O nein, der macht mich ruhig. Ein Glas oder zwei nehme ich immer, wenn ich etwas leisten will. Aber jetzt geh, es wird Zeit.»

Ich wurde von einem Diener in die Loge gebracht, wo ich schon Gertrud und beide Teisers sowie einen hohen Herrn von der Theaterleitung antraf, der lächelnd grüßte.

Gleich darauf hörten wir das zweite Glockenzeichen, Gertrud schaute mich freundlich an und nickte mir zu. Teiser, der hinter mir saß, ergriff meinen Arm und kniff mich verzweifelt. Das Haus wurde dunkel, und aus der Tiefe stieg feierlich meine Ouvertüre zu mir herauf. Jetzt wurde ich ruhiger.

Und jetzt erhob sich und erklang vor mir wohlbekannt und doch fremd mein Werk, das meiner nimmer bedurfte und sein eigenes Leben hatte. Lust und Mühe der vergangenen Tage, Hoffnungen und schlaflose Nächte, Leidenschaft und Sehnsucht jener Zeit standen losgelöst und verkleidet mir gegenüber, die Erregungen heimlicher Stunden klangen frei und werbend in das Haus an tausend fremde Herzen. Muoth kam und hob mit geschonter Kraft an, wuchs und gab sich her und sang mit seiner dunklen, unwilligen Glut, und die Sängerin gab Antwort in hohen, schwebenden, lichten Tönen. Da kam eine Stelle, die hatte ich noch genau so im Ohr, wie ich sie von Gertrud einmal gehört hatte, und sie war eine Huldigung für sie und ein leises Bekenntnis meiner Liebe gewesen. Ich wandte den Blick und sah ihr in die stillen, reinen Augen, die mich verstanden und freundlich grüßten, und in einem Augenblick fühlte ich den ganzen Sinn meiner Jugend wie den feinen Duft einer reifen Frucht mich berühren.

Von da an war ich ruhig und sah und hörte zu wie ein Gast. Beifall klang herauf, die Sänger und Sängerinnen erschienen am Vorhang und verneigten sich, Muoth wurde häufig gerufen und lächelte kühl ins erleuchtete Haus hinab. Man drang auch in mich, daß ich mich zeigen solle; doch war ich allzu benommen und hatte auch keine Lust, aus meiner angenehmen Verborgenheit hervorzuhinken.

Teiser hingegen lachte wie eine Morgensonne, umarmte mich und schüttelte auch dem hohen Herrn von der Theaterleitung unverlangt beide Hände.

Das Bankett war bereit und hätte uns auch nach einem Mißerfolg erwartet. Wir fuhren in Wagen hin, Gertrud mit ihrem Mann, ich mit den Teisers. Auf der kurzen Fahrt begann Brigitte, die noch kein Wort gesagt hatte, plötzlich zu weinen. Sie wehrte sich anfangs und wollte widerstehen, hielt aber dann die Hände vors Gesicht und ließ die Tränen laufen. Ich mochte nichts sagen und war verwundert, daß Teiser gleichfalls schwieg und keine Frage an sie tat. Er legte nur den Arm um sie und brummte wohlwollend und tröstend, wie man ein Kind beruhigt.

Als nachher das Händeschütteln und die Glückwünsche und Trinksprüche kamen, blinzte Muoth mich sarkastisch an. Man fragte angelegentlich nach meiner nächsten Arbeit und war enttäuscht, als ich sagte, es sei ein Oratorium. Dann stieß man auf meine nächste Oper an, die aber bis heute nicht geschrieben ist.

Erst sehr spät in der Nacht, als wir uns losgemacht hatten und schlafen gingen, konnte ich Teiser fragen, was seiner Schwester fehle und warum sie geweint habe. Sie selber war längst zu Bett gegangen. Mein Freund sah mich prüfend und etwas verwundert an, schüttelte den Kopf und pfiff, bis ich meine Frage wiederholte.

«Du bist doch ein Huhn, ein blindes», sagte er dann vorwurfsvoll. «Hast du denn nie was gemerkt?»

«Nein», sagte ich mit aufsteigender Ahnung der Wahrheit.

«Nun, ich darf es schon sagen. Das Mädel hat dich gern gehabt, schon lang. Natürlich sie hat mir's nie gesagt, sowenig wie dir, aber gemerkt hab ich's und, offen gestanden, gefreut hätte mich's, wenn's was geworden wär.»

«O weh!» sagte ich, aufrichtig traurig. «Aber was war nun das heute abend?»

«Daß sie geheult hat? Du bist doch ein Kind! Ja meinst, wir hätten nichts gesehen?»

«Was denn?»

«Lieber Gott! Du brauchst mir ja nichts davon zu sagen, und es ist recht, daß du's nie getan hast; aber dann hättest du auch die Frau Muoth nicht so anschauen sollen. Jetzt wissen wir's eben.»

Ich bat ihn nicht, mein Geheimnis zu schonen, ich war seiner sicher. Leise legte er mir seine Hand auf die Schulter.

«Ich kann mir jetzt auch allerlei denken, Freundl, was du in diesen Jahren geschluckt und uns verschwiegen hast. Es ist mir früher auch einmal ähnlich gegangen. Wir wollen jetzt brav zusammenhalten und schöne Musik machen, gelt? Und schauen, daß das Mädel sich tröstet. Da, gib mir die Hand, schön ist's gewesen! Und auf Wiedersehen daheim! Ich fahr mit dem Mädel morgen in der Frühe.»

Damit trennten wir uns, doch kam er nach wenigen Augenblicken noch einmal zurückgelaufen und sagte eindringlich: «Du, bei der nächsten Aufführung muß aber die Flöte wieder rein, gelt?»

So endete der Freudentag, und jeder von uns lag noch lange erregt in Gedanken wach. Ich dachte an Brigitte. Die war nun alle diese Zeit in meiner Nähe gewesen, und ich hatte nichts als gute Kameradschaft mit ihr gehabt und haben wollen, gerade wie Gertrud mit mir, und als sie meine Liebe zu der anderen erraten hatte, war es für sie dasselbe, wie es damals für mich gewesen war, als ich den Brief bei Muoth entdeckte und den Revolver lud. Und so traurig es mich machte, mußte ich doch darüber lächeln.

Die Tage, die ich noch in München blieb, brachte ich zumeist bei Muoths hin. Es war kein Zusammensein mehr wie jene ersten Nachmittage, da wir drei zuerst miteinander gespielt und gesungen hatten; aber es gab doch im Nachglanz der Aufführung ein wortloses, gemeinsames Denken an jene Zeit und ein gelegentliches Aufleuchten auch zwischen ihm und Gertrud. Als ich Abschied genommen hatte, sah ich von draußen noch eine Weile auf das stille Haus in den winterlichen Bäumen, hoffte dort noch manchmal einzukehren und hätte gern mein bißchen Zufriedenheit und Glück hingegeben, um den beiden drinnen von neuem und für immer zueinander zu helfen.

Nach der Heimkehr empfing mich, wie Heinrich mir vorausgesagt hatte, der Ruf des Erfolges mit vielen unangenehmen und zum Teil lächerlichen Folgen. Die Geschäfte waren leicht abzuwälzen, indem ich die Oper einem Agenten überließ. Aber es kamen auch Besuche, Zeitungsleute, Verleger, törichte Briefe, und es dauerte einige Zeit, bis ich mich an die kleinen Lasten eines rasch bekannt gewordenen Namens gewöhnte und mich von der ersten Enttäuschung erholte. Die Menschen machen ihre Rechte an einem bekannt gewordenen Namen auf merkwürdige Art geltend, da ist kein Unterschied zwischen Wunderkind, Komponist, Dichter, Raubmörder. Der eine will sein Bild haben, der andere seine Handschrift, der dritte bettelt um Geld, jeder junge Kollege schickt seine Arbeiten ein, schmeichelt gewaltig und bittet um ein Urteil, und antwortet man nicht oder sagt seine Meinung, so wird derselbe Verehrer plötzlich bitter, grob und rachsüchtig. Die Zeitschriften wollen das Bild des Mannes abdrucken, die Zeitungen erzählen von seinem Leben, seiner Herkunft, seinem Aussehen. Schulkameraden bringen sich in Erinnerung, und entfernte Verwandte wollen schon vor Jahren gesagt haben, daß ihr Vetter noch einmal berühmt werde.

Unter den Briefen dieser Art, die mich in Verlegenheit und Bedrängnis brachten, war auch einer von Fräulein Schniebel, der uns belustigte, und einer von jemand, an den ich lange nimmer gedacht hatte. Es war die hübsche Liddy, die mir schrieb, jedoch ohne unsere Schlittenfahrt zu erwähnen, sondern ganz im Tone einer alten treuen Freundin. Sie hatte einen Musiklehrer in ihrer Heimat geheiratet und gab mir ihre Adresse, damit ich recht bald alle meine Kompositionen mit einer hübschen Widmung an sie schicken könne. Sie legte ihr Bildnis bei, das jedoch die wohlbekannten Züge gealtert und vergröbert zeigte, und ich gab ihr möglichst freundlich Antwort.

Doch gehören diese kleinen Dinge zum Untergesunkenen, das keine Spuren läßt. Auch die guten und herrlichen Früchte meines Erfolges, die Bekanntschaft mit edlen und feinen Menschen, die die Musik im Herzen und nicht nur im Munde haben, gehören nicht zu meinem eigentlichen Leben, das nach wie vor in der Stille blieb und sich seither wenig mehr verändert hat. Es bleibt mir nur übrig zu erzählen, welche Wendung das Schicksal meiner nächsten Freunde genommen hat.

Der alte Herr Imthor sah nicht mehr soviel Gesellschaft wie früher, als Gertrud dagewesen war. Aber es gab in seinem Hause zwischen den vielen Bildern alle drei Wochen einen Abend mit auserwählter Kammermusik, den ich regelmäßig besuchte. Ich brachte zuweilen auch Teiser dahin mit. Doch hielt Imthor darauf, daß ich ihn auch sonst besuche. So kam ich manchmal früh am Abend, das war seine Lieblingsstunde, zu ihm in sein einfaches Schreibzimmer, wo ein Bild von Gertrud hing, und da es allmählich zwischen dem alten Herrn und mir zu einem äußerlich kühlen, doch haltbaren Verständnis und Redebedürfnis gekommen war, kam unser Gespräch nicht selten auf das, was uns beide im Herzen am meisten beschäftigte. Ich mußte von München erzählen und verschwieg nicht, welchen Eindruck ich vom Verhältnis der Gatten bekommen hatte. Er nickte dazu.

«Es kann wohl noch alles gut werden», sagte er seufzend, «aber wir können nichts dazu tun. Ich freue mich auf den Sommer, da habe ich das Kind zwei Monate für mich. In München besuche ich sie selten und nicht gerne, sie hält sich auch so tapfer, daß ich sie nicht stören und weich machen darf.»

Gertruds Briefe brachten nichts Neues. Als sie aber in der Zeit um Ostern zu Besuch beim Alten war und auch uns in unserem Häuschen besuchte, sah sie mager und gespannt aus, und so sehr sie mit uns freundlich war und sich zu verstecken suchte, sahen wir doch oft in ihren ernst gewordenen Augen eine ungewohnte Hoffnungslosigkeit stehen. Ich mußte ihr meine neue Musik spielen, aber als ich sie bat, uns etwas zu singen, schüttelte sie den Kopf und sah mich abwehrend an.

«Ein andermal wieder», sagte sie unsicher.

Wir sahen alle, daß es ihr nicht gut ging, und ihr Vater gestand mir nachher, er habe ihr vorgeschlagen, ganz bei ihm zu bleiben, doch habe sie es nicht angenommen.

«Sie liebt ihn», sagte ich.

Er zuckte die Achseln und sah mich bekümmert an. «Ach, ich weiß nicht. Wer will sich in dem Elend noch auskennen! Aber sie hat gesagt, es sei seinetwegen, daß sie bei ihm bleibe, er sei so zerstört und unglücklich und brauche sie mehr, als er selber wisse. Ihr sage er nichts, aber es stehe ihm im Gesicht geschrieben.»

Dann senkte der Alte die Stimme und sagte ganz leise und beschämt: «Sie meint, er trinke.»

«Ein wenig hat er das immer getan», sagte ich tröstend, «aber ich habe ihn nie betrunken gesehen. Er hält auf sich. Er ist ein nervöser Mensch, der sich nicht in der Zucht hat, aber an seinem Wesen selber vielleicht mehr leidet, als er andere leiden macht.»

Wie furchtbar die beiden schönen, herrlichen Menschen in der Stille litten, wußten wir alle nicht. Ich glaube nicht, daß sie jemals aufgehört haben, einander zu lieben. Aber im Grunde ihres Wesens gehörten sie nicht zusammen, sie fanden sich nur in Erregung und im Glanz gesteigerter Stunden. Das heiter ernste Hinnehmen des Lebens, das beruhigte Atmen in der Klarheit des eigenen Wesens hatte Muoth nie gekannt, und Gertrud konnte sein Stürmen und Brüten, sein Fallen und Wiederaufstehen, seinen ewigen Durst nach Selbstvergessen und Rausch nur dulden und bemitleiden, nicht ändern und nicht mitleben. So liebten sie einander und kamen doch nie ganz zusammen, und während er seine stille Hoffnung betrogen sah, durch Gertrud zu Frieden und Genügen zu kommen, mußte sie sehen und leiden, daß ihr Wille und ihr Opfer vergebens war, und daß auch sie ihn nicht trösten und vor sich selbst retten konnte. So war ihnen beiden der geheime Traum und sehnlichste Wunsch zerstört, sie konnten nur mit Opfern und Schonung beisammen bleiben, und es war tapfer, daß sie es taten.

Ich sah Heinrich erst im Sommer wieder, als er Gertrud zu ihrem Vater brachte. Da war er mit ihr und mit mir zart und behutsam, wie ich ihn nie gesehen hatte, und ich merkte wohl, wie er sie zu verlieren fürchtete, und ich fühlte auch, daß er den Verlust nicht ertragen würde. Sie aber war müde und verlangte nichts als Ruhe und stille Tage, um sich wiederzufinden und wieder Kraft und Gleichmut zu gewinnen. Wir brachten einen lauen Abend bei uns im Garten zu. Da saß Gertrud zwischen meiner Mutter und Brigitte, deren Hand sie hielt, Heinrich ging leise zwischen den Rosen hin und wider, und ich spielte mit Teiser auf der Terrasse eine Geigensonate. Wie da Gertrud stille ruhte und den Frieden der Stunde atmete, und wie Brigitte verehrend sich an die schöne leidende Frau schmiegte, und wie Muoth geneigt mit leisen Schritten draußen im Schatten ging und horchte, das ist mir als ein unverlierbares Bild in der Seele geblieben. Nachher sagte Heinrich leise scherzend, aber mit traurigen Augen zu mir: «Wie die drei Frauen beieinander sitzen! Und glücklich sieht von allen dreien nur deine Mutter aus. Wir wollen sehen, daß wir auch so alt werden.»

Dann reisten wir auseinander, Muoth allein nach Bayreuth, Gertrud mit ihrem Vater in die Berge, die Teisers nach Steiermark und ich mit meiner Mutter wieder an die Nordsee. Da ging ich oft am Strande und hörte dem Meere zu und dachte nicht anders, als ich es vor Jahren in der ersten Jugend getan hatte, mit Verwunderung und Grauen an die traurig närrischen Wirrnisse des Lebens, daß Liebe vergebens sein kann, und daß Menschen, die es gut miteinander meinen, doch einer am andern vorbei ihr Schicksal leben, jeder sein eigenes, unbegreifliches, und wie jeder dem andern helfen und nahe sein möchte und nicht kann, wie in sinnlosen trüben Angstträumen. Und ich dachte oft auch wieder an Muoths Worte über Jugend und Alter und war neugierig, ob auch mir einmal das Leben einfach und klar werden würde. Meine Mutter lächelte dazu, wenn ich im Gespräch daran rührte, und sah wirklich zufrieden aus. Und sie erinnerte mich zu meiner Beschämung an meinen Freund Teiser, der noch nicht alt war und doch alt genug, um seinen Teil erfahren zu haben, und der als ein Kind mit einer Mozartmelodie auf den Lippen unbeschwert dahinlebte. Es lag nicht am Alter, das sah ich wohl, und vielleicht war unser Leid und Nichtwissen doch nur jene Krankheit, von der mir einst Herr Lohe gesprochen hatte. Oder war auch dieser Weise eben ein Kind wie Teiser?

Allein so oder so, mein Denken und Brüten änderte nichts. Wenn mir Musik die Seele bewegte, dann verstand ich ohne Worte doch alles, fühlte in der Tiefe alles Lebens reine Harmonien und glaubte zu wissen, daß ein Sinn und schönes Gesetz in allem Geschehen verborgen sei. Wenn es auch eine Täuschung war, ich lebte doch darin und war darin beglückt.

Vielleicht wäre es besser gewesen, Gertrud hätte sich für den Sommer nicht von ihrem Mann getrennt. Sie begann zwar sich zu erholen und sah wirklich im Herbst, als ich sie nach der Reise wiedersah, gesünder und widerstandsfähiger aus. Aber die Hoffnungen, die wir auf diese Kräftigung bauten, waren Täuschungen.

Gertrud hatte es nun einige Monate bei ihrem Vater gut gehabt, sie hatte ihrem Bedürfnis nach Ruhe nachgeben können und sich diesem stillen Zustand ohne tägliche Kämpfe aufatmend überlassen, wie sich ein Ermüdeter dem Schlaf überläßt, sobald man ihn liegen läßt. Es zeigte sich aber jetzt, daß sie tiefer erschöpft war, als wir geglaubt und als sie selber gewußt hatte. Denn jetzt, wo Muoth sie bald wieder abholen sollte, verfiel sie in mutlose Angst, verlor den Schlaf und bat ihren Vater flehentlich, sie noch einige Zeit bei sich zu behalten.

Natürlich war Imthor etwas erschreckt, da er hatte glauben müssen, sie freue sich darauf, mit neuer Kraft und neuem Willen zu Muoth zurückzukehren; doch widersprach er nicht und legte ihr sogar vorsichtig den Gedanken an eine vorläufige längere Trennung als Einleitung zu einer späteren Scheidung nahe. Allein dagegen wehrte sie sich mit großer Erregung.

«Ich liebe ihn doch!» rief sie heftig, «und will ihm niemals untreu werden. Es ist nur so schwer, mit ihm zu leben! Ich will nur noch ein wenig Ruhe haben, ein paar Monate vielleicht, bis ich wieder besseren Mut habe.»

Der alte Imthor suchte sie zu beruhigen und hatte selber gar nichts dagegen, sein Kind noch eine Weile behalten zu dürfen. Er schrieb an Muoth, Gertrud sei noch leidend und wünsche noch einige Zeit zu Hause zu bleiben. Leider nahm dieser die Nachricht nicht leicht. In ihm war während der Trennungszeit die Sehnsucht nach seiner Frau überstark geworden, er hatte sich auf sie gefreut und war voll guter Vorsätze, sie wieder ganz zu gewinnen und zu eigen zu bekommen.

Nun traf ihn Imthors Brief als eine schwere Enttäuschung. Er schrieb sogleich leidenschaftlich zurück, voll Argwohn gegen den Schwiegervater. Er glaubte, dieser habe gegen ihn gearbeitet, da er die Trennung der Ehe wünsche, und verlangte eine sofortige Zusammenkunft mit Gertrud, auf deren Wiedergewinnung er sicher hoffte. Der Alte kam mit dem Briefe zu mir, und wir überlegten lange, was zu tun sei. Es schien uns beiden richtig, daß eine Zusammenkunft der Gatten im Augenblick vermieden werde, da Gertrud offenbar jetzt keine Stürme ertragen konnte. Imthor war voll Besorgnis und bat mich, selber zu Muoth zu reisen und ihm zuzureden, er möge Gertrud für eine Weile in Ruhe lassen. Ich weiß jetzt, daß ich das hätte tun sollen. Damals hatte ich Bedenken und hielt es für gefährlich, meinen Freund wissen zu lassen, daß ich der Vertraute seines Schwiegervaters und mit Dingen seines Lebens bekannt sei, in die er mich nicht selber hatte einweihen wollen. Ich weigerte mich denn, und es blieb bei einem Brief des Alten, der natürlich nichts besserte.

Vielmehr kam Muoth, ohne sich anzumelden, selber hergereist und erschreckte uns alle durch die kaum gezügelte Leidenschaft seiner Liebe und seines Argwohns. Gertrud, die von dem kurzen Briefwechsel nichts wußte, war von dem Besuch des noch nicht Erwarteten und von seiner fast zornigen Erregung völlig überrascht und benommen. Es gab einen peinlichen Auftritt, von dem ich wenig erfahren konnte. Ich weiß nur: Muoth drang in Gertrud, sie möge mit ihm nach München zurückkehren. Sie erklärte sich bereit zu folgen, wenn es nicht anders sein könne, bat aber, sie noch länger bei ihrem Vater zu lassen, sie sei müde und brauche noch Ruhe. Nun warf er ihr vor, sie wolle sich ihm entziehen und sei vom Vater aufgestiftet, wurde bei ihren sanften Erklärungen noch mißtrauischer und war in seinem Anfall von Zorn und Bitterkeit so töricht, ihr kurzerhand die Rückkehr zu ihm zu befehlen. Darauf empörte sich ihr Stolz, sie blieb ruhig, weigerte sich aber, ihn weiter anzuhören, und erklärte nun, auf alle Fälle hierzubleiben. Auf diese Szene war am nächsten Morgen eine Art Versöhnung gefolgt, und Muoth hatte, beschämt und reuig, nun alle ihre Wünsche gebilligt. Dann war er wieder abgereist, ohne bei mir vorgesprochen zu haben.

Als ich das hörte, erschrak ich und sah das Übel kommen, das ich von Anfang an gefürchtet hatte. Auf den häßlichen und törichten Auftritt hin, dachte ich mir, mochte es nun lange dauern, bis sie die Heiterkeit und den Mut zur Rückkehr wiederfinden würde. Und er war inzwischen in Gefahr, zu verwildern und ihr trotz aller Sehnsucht noch fremder zu werden. Er würde allein in dem Hause, in dem er eine Weile glücklich gewesen war, es nicht lange aushalten, er würde verzweifeln, trinken, vielleicht wieder andere Frauen nehmen, die ihm ohnehin nachliefen.

Indessen blieb es still, er schrieb an Gertrud und bat nochmals um Verzeihung, sie gab ihm Antwort und mahnte voll Mitleid und Freundlichkeit zur Geduld. Ich sah sie um diese Zeit wenig. Zuweilen machte ich den Versuch, sie zum Singen zu bewegen, sie schüttelte aber stets den Kopf. Doch traf ich sie mehrmals am Flügel.

Es war mir merkwürdig und unheimlich, die schöne, stolze Frau, die ich immer voll Kraft und Heiterkeit und innerer Ruhe gesehen hatte, nun scheu und im Kern ihres Empfindens erschüttert zu finden. Manchmal kam sie zu meiner Mutter, fragte freundlich nach unserem Ergehen, saß neben der alten Frau eine kleine Weile auf dem grauen Diwan und versuchte zu plaudern, und ich hörte mit brechendem Herzen zu und sah, wie sie Mühe hatte, ein Lächeln aufzubringen. Der Schein wurde aufrechterhalten, als wisse weder ich noch irgend jemand von ihrem Leid oder als hielten wir es nur für Nervosität und äußere Schwäche. So vermochte ich kaum ihr in die Augen zu blicken, in denen der uneingestandene Jammer, von dem ich nichts wissen sollte, so deutlich geschrieben stand. Und wir sprachen und lebten und gingen aneinander vorbei, als wäre alles wie immer, und schämten uns doch voreinander und wichen einander aus! Und mitten in dieser traurigen Wirrnis des Fühlens packte mich hie und da mit plötzlicher Fieberglut die Vorstellung, daß ihr Herz ihrem Manne nicht mehr gehöre und frei sei, und daß es nun an mir sei, sie nicht abermals verlorengehen zu lassen, sondern sie für mich zu gewinnen und vor allem Sturm und Leide an meinem Herzen zu bergen. Dann schloß ich mich ein, spielte die heiße werbende Musik meiner Oper, die ich plötzlich wieder liebte und verstand, lag glühende Nächte verlangend und dürstend und litt alle lächelnd überwundene Qual der Jugend und unerfüllbaren Begehrens noch einmal und nicht minder schwer als damals, da ich zuerst für sie gebrannt und ihr jenen einzigen, unvergessenen Kuß gegeben hatte. Der loderte mir wieder auf den Lippen und sengte die Ruhe und Entsagung von Jahren in Stunden zu Asche.

Nur in Gertruds Gegenwart sank die Flamme in sich zusammen. Selbst wenn ich töricht und unedel genug gewesen wäre, meinem Verlangen zu folgen und ohne Rücksicht auf ihren Mann, der mein Freund war, um ihr Herz zu werben, ich hätte unter den Blicken dieser leidenden, zarten, eigensinnig in ihren Schmerz verbissenen Frau mich schämen müssen, ihr anders als mit Mitleid und vorsichtiger Schonung entgegenzukommen. Auch wurde sie, je mehr sie litt und vielleicht an Hoffnung verlor, desto stolzer und unnahbarer. Sie trug ihre hohe Gestalt und den feinen, dunkelblonden Kopf so steil und nobel wie nie und erlaubte keinem von uns durch die leiseste Gebärde ihr nahezutreten und tragen zu helfen.

Diese langen schweigsamen Wochen sind vielleicht die schwersten in meinem Leben gewesen. Hier Gertrud, mir nahe und doch unerreichbar, und kein Weg zu ihr, die allein bleiben wollte; dort Brigitte, von deren Liebe zu mir ich wußte und mit der nach längerem Vermeiden langsam wieder ein erträglicher Umgang sich anspann; und zwischen uns allen meine alte Mutter, die uns leiden sah und alles ahnte und sich nichts zu sagen getraute, da ich selber hartnäckig schwieg und es nicht über mich vermochte, ein Wort von meinem Zustande zu sagen. Das schlimmste war aber dieses tödliche Zusehenmüssen, die hilflose Überzeugung, daß meine nächsten Freunde sich zugrunde richteten, ohne daß ich nur merken lassen durfte, ich wisse darum.

Am schwersten schien Gertruds Vater zu leiden. Seit ich ihn vor Jahren als einen klugen, strammen, still-heiteren alten Herrn hatte kennenlernen, war er älter geworden, anders geworden, sprach leiser und unruhiger, machte keine Scherze mehr und sah sorgenvoll und elend aus. Ich ging eines Tages im November zu ihm, mehr um Neues zu hören und selber Hoffnung zu schöpfen, als ihm tröstliche Gesellschaft zu leisten.

Er empfing mich in seiner Schreibstube, gab mir eine von seinen kostbaren Zigarren und begann die Unterhaltung in einem höflich leichten Ton, der ihm Mühe machte und den er bald fallen ließ. Mit betrübtem Lächeln sah er mich an und sagte: «Sie wollen fragen, wie es geht? Schlecht, lieber Herr, schlecht. Das Kind hat wohl mehr getragen, als wir wissen, sonst fände sie sich besser zurecht. Ich bin entschieden für eine Scheidung, aber sie will nichts davon hören. Sie liebt ihn, wenigstens sagt sie es, und hat doch Furcht vor ihm! Das ist nicht gut. Sie ist krank, das Kind, sie macht die Augen zu, will nichts mehr sehen und meint, es müsse schon besser werden, wenn man nur warte und sie in Ruhe lasse. Das ist ja nervös, natürlich, aber sie scheint doch tiefer krank zu sein. Denken Sie, sie fürchtet manchmal sogar, ihr Mann möchte sie mißhandeln, wenn sie wieder zu ihm ginge! Und doch meint sie ihn zu lieben.»

Er schien sie nicht zu verstehen und sah den Dingen hilflos zu. Mir war ihr Leiden wohl begreiflich, als ein Kampf zwischen Liebe und Stolz. Sie fürchtete nicht, von ihm geschlagen zu werden; sie fürchtete, ihn nicht mehr achten zu können, und in ihrem ängstlichen Warten hoffte sie wieder Kraft zu finden. Sie hatte ihn beherrscht und im Bann gehalten, sich dabei aber so erschöpft, daß sie ihrer Kraft dazu nicht mehr traute; das war ihre Krankheit. Nun sehnte sie sich nach ihm und fürchtete doch, ihn ganz zu verlieren, wenn ein neuer Versuch des Zusammenlebens nicht gelänge. Ich sah nun deutlich, wie unnütz und verblendet meine frechen Liebesphantasien gewesen waren; Gertrud liebte ihren Mann und würde nie mit einem andern gehen.

Der alte Imthor vermied es, über Muoth zu sprechen, da er mich ihm befreundet wußte. Aber er haßte ihn und konnte nicht begreifen, wie er Gertrud habe betören können, er dachte an ihn wie an einen bösen Zauberer, der Unschuldige einfängt und nimmer hergibt. Nun, die Leidenschaft ist immer ein Rätsel und unerklärbar, und leider ist es gewiß, daß das Leben seine schönsten Kinder nicht schont und daß häufig die herrlichsten Menschen gerade das lieben müssen, was sie zugrunde richtet.

In dieser Trübe traf mich ein kurzer Brief von Muoth wie eine Erlösung. Er schrieb: «Lieber Kuhn! Deine Oper wird ja jetzt überall gespielt, vielleicht besser als hier. Es wäre trotzdem hübsch, wenn Du wieder einmal kämest, zum Beispiel nächste Woche, wo ich Deine Rolle zweimal singe. Du weißt, meine Frau ist krank, und ich bin allein hier. Du würdest also ungeniert bei mir wohnen. Bring aber niemand mit! Herzlich Dein Muoth.»

Er schrieb so selten Briefe und so gar nie unnötige, daß ich sofort entschlossen war zu reisen. Er mußte mich nötig haben. Einen Augenblick hatte ich den Gedanken, es Gertrud mitzuteilen. Vielleicht war das die rechte Gelegenheit, den Bann zu brechen, vielleicht würde sie mir einen Brief oder ein gutes Wort für ihn mitgeben, vielleicht ihn herbitten, vielleicht sogar selber mitkommen. Es war nur ein Einfall, und ich führte ihn nicht aus. Ich besuchte nur ihren Vater vor der Abreise.

Es war ein schlechter, nasser und stürmischer Spätherbst, von München aus sah man zuweilen für eine Stunde die nahen Berge im jungen Schnee liegen, die Stadt war trüb und verregnet. Ich fuhr sogleich nach Muoths Hause. Da war alles wie vor einem Jahre, derselbe Diener, dieselben Räume, dieselbe Stellung der Möbel, nur sah alles unbewohnt und leer aus, auch fehlten die Blumen, für welche Gertrud sonst gesorgt hatte. Muoth war nicht da, der Diener führte mich in mein Zimmer und half mir auspakken; ich kleidete mich um und ging, da der Hausherr noch ausblieb, in das Musikzimmer hinab, wo ich hinter den Doppelfenstern die Bäume brausen hörte und Zeit hatte, an Vergangenes zu denken. Je länger ich saß und die Bilder anschaute und in Büchern herumblätterte, desto trauriger ward mir ums Herz, als sei diesem Hause nicht mehr zu helfen. Unwillig setzte ich mich an den Flügel, um die nutzlosen Gedanken loszuwerden, und ich spielte mein Hochzeitspräludium, als könnte ich damit das gewesene Gute zurückkaufen.

Endlich hörte ich rasche, schwere Tritte nebenan, und Heinrich Muoth kam herein. Er bot mir die Hand und sah mich ermüdet an.

«Verzeih», sagte er, «ich hatte im Theater zu tun. Du weißt ja, ich singe heute abend. Wir wollen jetzt essen, nicht?»

Er ging voran, und ich fand ihn verändert, er war zerstreut und gleichgültig, sprach nur vom Theater und schien kein anderes Gespräch zu wünschen. Erst nach Tische, als wir schweigsam und beinahe verlegen in den gelben Rohrsesseln einander gegenüber saßen, fing er unerwartet an: «Das ist schön von dir, daß du gekommen bist! Ich will mich auch heute abend extra anstrengen.»

«Danke», sagte ich. «Du siehst nicht gut aus.»

«Meinst du? Nun, wir wollen schon vergnügt sein. Ich bin ja Strohwitwer, weißt du.»

«Ja.» Er blickte zur Seite.

«Du weißt nichts von Gertrud?»

«Nichts Besonderes. Sie ist eben immer noch nervös und schläft nicht gut –»

«Ja, lassen wir's! Sie ist ja bei euch in guten Händen.»

Er stand auf und ging durchs Zimmer. Es schien, als ob er noch etwas sagen wolle, er sah mich prüfend und, wie es mir vorkam, mißtrauisch an.

Dann lachte er und ließ es ungesagt.

«Die Lotte ist auch wieder aufgetaucht», begann er von neuem.

«Die Lotte?»

«Ja, die damals bei dir war und mich verklagt hat. Sie ist hier und verheiratet, und es scheint, sie interessiert sich noch für mich. Sie war da und hat einen richtigen Besuch gemacht.»

Er sah mich wieder listig an und lachte, als er mich erschrecken sah.

«Hast du sie empfangen?» fragte ich zögernd.

«Ah, du traust es mir zu! Nein, Werter, ich habe sie fortschicken lassen. Aber verzeih, ich rede dummes Zeug. Ich bin so verdammt müde, und abends muß ich singen. Wenn du erlaubst, lege ich mich drüben für eine Stunde hin und schlafe.»

«Gut, Heinrich, ruh dich aus, ich fahre ein wenig in die Stadt. Willst du mir einen Wagen kommen lassen?»

Ich mochte nicht wieder stumm in diesem Hause sitzen und dem Wind in den Bäumen zuhören. Ich fuhr in die Stadt, ohne Ziel, und geriet in die alte Pinakothek. Dort schaute ich eine halbe Stunde lang bei dem trüben grauen Licht die alten Bilder an, dann wurde geschlossen, und ich wußte nichts Besseres, als in einem Café die Zeitungen zu lesen und durch die hohen Scheiben auf die verregnete Straße zu schauen. Ich nahm mir vor, um jeden Preis diese Kühle zu durchbrechen und aufrichtig mit Heinrich zu reden.

Aber als ich zurückkehrte, fand ich ihn lächelnd und wohlgelaunt.

«Es hat nur am Schlaf gefehlt», sagte er munter. «Jetzt bin ich wieder ganz frisch. Du mußt mir etwas spielen, gelt? Das Präludium, wenn du so gut sein willst.»

Erfreut und erstaunt, ihn so rasch verändert zu sehen, tat ich ihm den Willen, und nach dem Spielen plauderte er wie früher, mit Ironie und leichter Skepsis, ließ seine Laune farbig spielen und gewann mein Herz wieder ganz. Die erste Zeit unserer Freundschaft fiel mir ein, und als wir abends das Haus verließen, schaute ich mich unwillkürlich um und fragte: «Du hast keine Hunde mehr?»

«Nein. – Gertrud mochte sie nicht.»

Wir fuhren nun schweigend ins Theater. Ich begrüßte den Kapellmeister und ließ mir einen Platz anweisen. Wieder hörte ich die wohlbekannte Musik, doch war alles anders als das letztemal. Ich saß allein in meiner Loge, Gertrud war fort, und der da unten spielte und sang, war auch ein anderer. Er sang mit Leidenschaft und Gewalt, das Publikum schien ihn in dieser Rolle zu lieben und ging von Anfang an lebhaft mit. Mir aber schien sein Feuer übertrieben und seine Stimme gesteigert, beinahe roh. In der ersten Pause ging ich hinab und suchte ihn auf. Da saß er wieder in seiner Kammer und trank Champagner, und bei den paar Worten, die wir wechselten, waren seine Augen unstet wie die eines Angetrunkenen. Ich suchte nachher, während Muoth sich umkleidete, den Kapellmeister auf.

«Sagen Sie», bat ich ihn, «ist Muoth krank? Mir scheint, er hat sich mit Champagner aufrecht gehalten. Sie wissen, er ist mein Freund.»

Der Mann sah mich zweifelnd an.

«Ob er krank ist, weiß ich nicht. Aber daß er sich kaputt macht, ist ja klar. Er ist manchmal fast betrunken auf die Bühne gekommen, und wenn er einmal nicht trinkt, spielt er schlecht und singt miserabel. Er hat schon früher immer vor dem Auftreten ein Glas Sekt genommen, aber jetzt tut er's nicht unter einer ganzen Flasche. Wenn Sie ihm raten wollen – – es wird aber wenig zu machen sein. Der Muoth macht sich mit Gewalt kaputt.»

Muoth holte mich ab, und wir nahmen im nächsten Wirtshaus ein Abendessen. Er war wieder, wie am Mittag, abgespannt und unzugänglich, trank ohne Maß von dem dunklen Rotwein, da er sonst nicht schlafen könne, und sah aus, als wolle er um jeden Preis vergessen, daß es auf der Welt noch andere Dinge als seine Müdigkeit und sein Schlafbedürfnis gäbe.

Unterwegs im Wagen erwachte er für einen Augenblick, lachte mich an und rief: «Junge, wenn ich nimmer da bin, kannst du deine Oper einsalzen, die Rolle kann außer mir niemand singen.»

Andern Tages stand er spät auf und war dann müde und erschlafft, mit unsicheren Augen und grauem Gesicht. Nach dem Frühstück nahm ich ihn vor und redete in ihn ein.

«Du bringst dich um», sagte ich betrübt und unmutig. «Du machst dich mit Champagner frisch und mußt es nachher natürlich büßen. Ich kann mir denken, warum du es tust, und ich würde nichts dagegen sagen, wenn du nicht eine Frau hättest. Der bist du schuldig, daß du dich außen und innen sauber und tapfer hältst.»

«So?» lächelte er schwach und scheinbar durch meinen Eifer belustigt. «Und was ist denn sie mir schuldig? Hält sie sich denn tapfer? Sie sitzt beim Papa und läßt mich allein. Warum soll ich mich zusammennehmen, wenn sie es nicht tut? Die Leute wissen ja schon, daß es nichts mehr zwischen uns ist, und du weißt es auch. Nebenher soll ich auch noch singen und den Leuten den Hanswurst machen, das geht nicht aus dem Leeren und aus dem Ekel heraus, den ich an allem habe, an der Kunst am meisten.»

«Du mußt trotzdem anders anfangen, Muoth! Wenn du noch glücklich dabei wärst! Aber es geht dir ja miserabel. Wenn dir das Singen zuviel wird, so nimm Urlaub, den kriegst du sofort; du hast ja auch das Geld, um das du singst, gar nicht nötig. Geh in die Berge, oder ans Meer, oder irgendwohin und werde wieder gesund! Und laß doch das dumme Trinken! Es ist nicht bloß dumm, es ist feig, das weißt du wohl.»

Er lächelte nur. «Gut», sagte er kühl. «So geh doch du einmal und tanz einen Walzer! Es würde dir gut tun, glaub mir! Denk doch nicht immer an dein dummes Bein, das ist nur Einbildung!»

«Laß doch», rief ich ungehalten. «Du weißt genau, daß das etwas anderes ist. Ich würde sehr gern tanzen, wenn ich könnte, aber ich kann nicht. Du aber könntest recht gut dich zusammennehmen und gescheiter sein. Das Trinken mußt du unbedingt lassen!»

«Unbedingt! Lieber Kuhn, ich möchte fast lachen. Ich kann so wenig anders werden und das Trinken lassen, als du tanzen kannst. Ich muß bei dem bleiben, was mich noch notdürftig bei Leben und Laune erhält, verstehst du? Trinker pflegen bekehrt zu werden, wenn sie bei der Heilsarmee oder irgendwo etwas finden, was sie noch besser und dauernder befriedigt.

Es hat für mich so etwas gegeben, das sind die Frauen gewesen. Mit andern Frauen kann ich mich nimmer einlassen, seit die meine mein war und mich verlassen hat, also – –»

«Sie hat dich nicht verlassen! Sie kommt wieder. Sie ist nur krank.»

«Das meinst du, und das meint sie selber, ich weiß. Aber sie kommt nicht zurück. Wenn ein Schiff versinken soll, pflegen vorher die Ratten es zu verlassen. Sie wissen wahrscheinlich auch nicht, daß das Schiff kaputt geht. Sie fühlen sich nur von einem unangenehmen Schauder berührt und laufen fort, gewiß mit der guten Absicht, bald wiederzukommen.»

«Ach, rede nicht so! Du bist schon oft am Leben verzweifelt, und es ist doch wieder gegangen.»

«Richtig. Es ist gegangen, weil ich einen Trost oder eine Betäubung fand. Einmal war es eine Frau, einmal ein lieber Freund – ja, du hast mir den Dienst auch schon getan! – ein andermal die Musik oder das Klatschen im Theater. Nun, und jetzt freuen eben diese Sachen mich nimmer, und darum trinke ich. Ich könnte nicht singen ohne ein paar Gläser vorher, aber ich kann auch nicht denken und reden und leben und mich erträglich fühlen – ohne ein paar Gläser vorher. Und jetzt kurz – das Predigen mußt du lassen, so gut es dir steht. Es war schon einmal so, vor zwölf Jahren ungefähr. Da hat mir auch einer gepredigt und nicht nachgelassen, es war wegen eines Mädels, und zufällig war's mein bester Freund – –»

«Und dann?»

«Dann hat er mich genötigt, ihn hinauszuwerfen, und dann hatte ich lange keinen Freund mehr, eigentlich bis du dann kamst.»

«Das ist deutlich.»

«Gelt?» sagte er milde. «Du hast nun die Wahl. Aber ich will dir sagen, es wäre nicht schön, wenn du mir jetzt auch drausliefst. Ich habe dich gern, du, und ich habe mir ausgedacht, daß du auch eine Freude haben sollst.»

«So. Was denn?»

«Sieh, du hast ja meine Frau gern – oder wenigstens gern gehabt, und ich hab sie auch gern, sogar sehr. Nun wollen wir heute abend ein Fest geben, nur für dich und mich, zu ihren Ehren. Nämlich, es ist ein Grund dazu vorhanden. Ich habe sie malen lassen, sie mußte im Frühjahr immer zu dem Maler hingehen, ich war oft dabei. Dann reiste sie fort, das Bild war fast fertig. Der Maler wollte sie noch einmal sitzen haben, aber jetzt habe ich das Warten satt bekommen und das Bild bestellt, wie es halt ist. Das ist vor einer Woche gewesen, und jetzt ist ein Rahmen drum, und das Bild ist gestern ins Haus gekommen. Ich hätte dir's gleich gezeigt, aber es ist besser, daß das festlich geschieht. Freilich, ohne einigen Champagner wird es nicht gut gehen, wie soll ich sonst vergnügt werden! Ist dir's recht?»

Ich fühlte hinter seinem Scherzen Rührung, ja Tränen verborgen und stimmte munter ein, obwohl mir nicht so zumute war. Unser Fest zu Ehren der Frau, die ihm so ganz verloren schien, wie sie es mir wirklich war, wurde vorbereitet.

«Kannst du dich noch an ihre Blumen erinnern?» fragte er mich. «Ich verstehe von Blumen nichts und weiß nicht, wie sie heißen. Sie hatte immer solche weiß und gelbe, und auch rote. Weißt du nimmer?»

«Ja, einige weiß ich noch. Warum?»

«Du mußt sie kaufen. Laß einen Wagen kommen, ich muß ohnehin auch in die Stadt. Wir wollen es so machen, wie wenn sie da wäre.»

So fiel ihm noch manches ein, woran ich sah, wie tief und unablässig er an Gertrud gedacht hatte. Es tat mir wohl und weh, es zu merken. Ihretwegen hielt er keine Hunde mehr und lebte einsam, der sonst nie lang ohne Frauen hatte sein können. Er hatte ihr Bild bestellt, er hieß mich ihre Blumen kaufen! Das war, als nehme er eine Maske ab und ich sähe hinter den harten selbstsüchtigen Zügen ein Kindergesicht versteckt.

«Aber», wandte ich noch ein, «wir sollten das Bild doch lieber jetzt ansehen oder am Nachmittag. Bilder muß man noch bei Tageslicht sehen.»

«Ach was, du kannst es ja morgen noch lang genug anschauen. Es ist ja hoffentlich eine gute Malerei, aber im Grund ist uns das doch ganz einerlei, wir wollen doch bloß sie sehen.»

Nach Tische fuhren wir in die Stadt und kauften ein, vor allem die Blumen, einen großen Strauß Chrysanthemen, einen Korb Rosen und ein paar Büsche weißen Flieder. Dabei fiel es ihm ein, auch eine große Sendung Blumen an Gertrud nach R. schicken zu lassen.

«Es ist doch etwas Schönes um Blumen», sagte er nachdenklich. «Ich begreife, daß Gertrud sie gern hat. Sie gefallen mir auch, nur kann ich keine Sorgfalt für so etwas aufbringen. Wenn keine Frau danach sah, war es bei mir immer unordentlich und nicht recht behaglich.»

Am Abend fand ich im Musikzimmer das neue Bild aufgestellt und mit einem Seidentuche verhängt. Wir hatten festlich getafelt, und Muoth begehrte nun zuerst das Hochzeitspräludium zu hören. Nachdem ich es gespielt hatte, enthüllte er das Bild, und wir standen eine Weile schweigend davor. Gertrud war in einem hellen sommerlichen Kleide gemalt, in ganzer Figur, und blickte uns aus den klaren Augen vertraulich an, und es dauerte eine Zeit, ehe wir einander ansehen und die Hände geben konnten. Muoth schenkte zwei Gläser voll Rheinwein, nickte dem Bilde zu, und wir tranken auf sie, an die wir beide dachten. Dann nahm er das Bild sorglich in die Arme und trug es hinaus.

Ich bat ihn, etwas zu singen, doch wollte er nicht.

«Weißt du noch», sagte er lächelnd, «wie wir damals vor meiner Hochzeit einen Abend beieinander saßen? Jetzt bin ich ja wieder Junggesell, und wir wollen noch einmal versuchen, mit den Gläsern zu läuten und ein bißchen vergnügt zu sein. Dein Teiser sollte dabeisein, der versteht sich auf die Fröhlichkeit besser als ich und du. Du mußt ihn schön grüßen, wenn du wieder heimkommst. Er kann mich ja nicht leiden, aber trotzdem — —.»

Mit der vorsichtigen, gehaltenen Heiterkeit, mit der er immer seine guten Stunden gekostet hatte, begann er zu plaudern und mich an Vergangenes zu erinnern, und ich war erstaunt, wie alles, auch Kleines und Zufälliges, was ich bei ihm längst vergessen glaubte, unverloren in seiner Erinnerung lebte. Auch den allerersten Abend, den ich bei ihm und Marion mit Kranzl und den andern zugebracht hatte, und unsern damaligen Streit hatte er nicht vergessen. Nur von Gertrud sprach er nicht; die Zeit, seit der sie zwischen uns getreten war, ließ er unberührt, und mir war es lieb.

Ich freute mich über diese unerwartet schönen Stunden, ließ ihn auch dem guten Wein reichlich zusprechen, ohne ihn zu mahnen. Ich wußte, wie selten solche Stimmungen bei ihm waren, wie er sie selber hütete und hegte, wenn sie einmal kamen, und sie kamen freilich nie ohne Wein. Ich wußte auch, daß das nicht lange dauern konnte, daß er morgen wieder verdrossen und unzugänglich sein werde; dennoch kam auch in mir eine herzliche Wärme und beinahe fröhliche Stimmung auf, indessen ich seinen gescheiten, nachdenklichen, wenn auch widerspruchsvollen Betrachtungen zuhörte. Dabei warf er mir zuweilen einen seiner schönen Blicke zu, die er nur in solchen Stunden hatte, und die wie die Blicke eines eben Erwachenden mitten aus einem Traum zu kommen schienen.

Einmal, als er schwieg und sann, begann ich ihm zu erzählen, was mein Theosoph mir über die Krankheit des Einsamen gesagt hatte.

«So?» sagte er gutmütig. «Und du hast es natürlich geglaubt? Du hättest überhaupt Theolog werden sollen.»

«Warum? Es kann doch was daran sein.»

«Natürlich. Die gescheiten Herren weisen immer von Zeit zu Zeit nach, daß alles nur Einbildung sei. Weißt du, ich habe früher oft solche Bücher gelesen, und ich kann nur sagen, es ist nichts damit, absolut nichts. Alles, was diese Philosophen schreiben, ist nur eine Spielerei, vielleicht trösten sie sich selber damit. Der eine erfindet den Individualismus, weil er seine Zeitgenossen nicht leiden mag, und der andere den Sozialismus, weil er es allein nicht aushält. Es kann ja sein, daß unser Einsamkeitsgefühl eine Krankheit ist. Nur wird damit nichts anders. Das Nachtwandeln ist auch eine Krankheit, deswegen steht so ein Kerl doch tatsächlich in der Dachrinne, und wenn man ihn anschreit, dann bricht er das Genick.»

«Nun, das ist doch etwas anderes.»

«Meinetwegen, ich will nicht recht haben. Ich meine nur, mit der Weisheit kommt man zu nichts. Es gibt nur zwei Weisheiten, alles zwischendrin ist Geschwätz.»

«Was für zwei Weisheiten meinst du?»

«Nun, entweder ist die Welt schlecht und lumpig, wie es die Buddhisten und Christen sagen. Dann muß man sich kasteien, auf alles verzichten, und ich glaube, man kann dabei ganz zufrieden werden. Asketen haben kein so schweres Leben, wie man meint. Oder aber ist die Welt und das Leben gut und recht, dann kann man nur eben mitmachen und nachher ruhig sterben, weil es dann fertig ist...»

«Und an was glaubst du selber?»

«Das muß man niemand fragen. Die meisten Leute glauben beides, je nachdem das Wetter ist und sie gesund sind und Geld im Sack haben oder nicht. Und die, die wirklich glauben, leben nicht danach. So ist es bei mir auch. Ich glaube nämlich wie Buddha, daß das Leben nichts wert ist. Aber ich lebe doch, wie es meinen Sinnen wohl tut und wie wenn die die Hauptsache wären. Wenn es nur vergnüglicher wäre!»

Es war noch nicht spät, als wir ein Ende machten. Als wir durchs Nebenzimmer gingen, wo nur eine einsame elektrische Lampe glühte, hielt Muoth mich am Arm zurück, entzündete alle Lichter und nahm den Vorhang von Gertruds Bild, das da lehnte. Wir blickten noch einmal in das liebe, klare Gesicht, dann deckte er das Tuch darüber und löschte das Licht aus. Er begleitete mich in mein Zimmer und legte mir noch ein paar Zeitschriften auf den Tisch, falls ich lesen wolle. Dann gab er mir Hand und sagte leise: «Gute Nacht, Lieber!»

Ich ging zu Bett und lag noch eine halbe Stunde wach, in Gedanken an ihn. Es hatte mich gerührt und beschämt zu hören, wie treulich er sich aller kleinen Erlebnisse unserer Freundschaft erinnerte. Er, dem es schwerfiel, Freundschaft zu zeigen, hing an denen, die er liebte, inniger, als ich gedacht hatte.

Danach schlief ich ein und träumte durcheinander von Muoth, von meiner Oper und vom Herrn Lohe. Als ich erwachte, war es noch Nacht. Ich war an einem Schrecken erwacht, der nichts mit meinen Träumen zu tun hatte, sah mattgrau das bleiche Viereck des Fensters dämmern und fühlte eine quälende Beklemmung, richtete mich im Bett auf und versuchte, vollends wach und klar zu werden.

Da geschahen rasche, kräftige Schläge an meine Tür, ich sprang auf und öffnete, es war kalt, und ich hatte noch kein Licht gemacht. Draußen stand der Diener, nur notdürftig angekleidet, und starrte mich aus erschreckten, dummen Augen ängstlich an.

«Kommen Sie!» flüsterte er keuchend. «Kommen Sie! Es ist ein Unglück geschehen.»

Ich zog nur einen Schlafrock an, der eben da hing, und folgte dem jungen Manne die Treppe hinab. Er öffnete eine Tür, trat zurück und ließ mich eintreten. Da stand auf einem kleinen Rohrtische ein Leuchter, in dem drei dicke Kerzen brannten, und daneben ein zerwühltes Bett, und darin sah ich, auf dem Gesichte liegend, meinen Freund Muoth.

«Wir müssen ihn umdrehen», sagte ich leise.

Der Diener traute sich nicht recht heran.

«Der Arzt muß gleich kommen», sagte er stotternd.

Aber ich zwang ihn anzufassen, und wir wendeten den Liegenden um, und ich sah meinem Freunde in das Gesicht, das war weiß und verzogen, und sein Hemd war voll Blut, und als wir ihn legten und wieder zudeckten, zuckte sein Mund ganz leicht, und die Augen hatten keinen Blick mehr.

Der Diener fing jetzt eifrig an zu erzählen, aber ich wollte nichts wissen. Als der Arzt kam, war Muoth schon tot. In der Frühe telegraphierte ich an Imthor, dann kehrte ich in das stille Haus zurück, saß am Bett des Toten, hörte den Wind draußen in den Bäumen gehen und wußte erst jetzt genau, wie lieb ich diesen armen Menschen gehabt hatte. Bedauern konnte ich ihn nicht, sein Sterben war leichter gewesen als sein Leben.

Am Abend stand ich am Bahnhof und sah den alten Imthor aus dem Zuge steigen, und hinter ihm eine hohe, schwarz gekleidete Frau, und führte sie hinaus zu dem Toten, der nun angekleidet und aufgebahrt lag, zwischen den Blumen von gestern. Da bückte sich Gertrud und küßte ihn auf den blassen Mund.

Als wir an seinem Grabe standen, sah ich eine hübsche, große Frau mit verweintem Gesicht, die Rosen in den Händen hatte und allein stand, und als ich neugierig hinschaute, war es Lotte. Sie nickte mir zu, und ich lächelte. Gertrud aber hatte nicht geweint, sie schaute aus einem bleichen, schmalen Gesicht überwach und streng vor sich in den leisen Regen, der im Wind versprühte, und hielt sich gerade wie ein junger Baum, als stünde sie auf unerschütterten Wurzeln. Es war aber nur Notwehr, und zwei Tage später, als sie zu Hause Muoths Blumen auspackte, die unterdessen angekommen waren, brach sie zusammen und blieb eine lange Zeit für uns alle unsichtbar.

Neuntes Kapitel

Auch in mir kam die Betrübnis erst spät zu ihrem Recht. Und wie es immer geht, es fielen mir unzählige Gelegenheiten ein, bei denen ich meinem toten Freunde unrecht getan hatte. Nun, das Schlimmste hatte er sich selber angetan, und nicht erst mit seinem Tode. Ich dachte viel über diese Dinge nach und konnte nicht finden, daß in diesem Schicksal etwas unklar und unbegreiflich wäre, doch war alles darin grausam und höhnisch. Es war mit meinem eigenen Leben nicht anders, und mit dem Leben Gertruds und vieler. Das Schicksal war nicht gut, das Leben war launisch und grausam, es gab in der Natur keine Güte und Vernunft. Aber es gibt Güte und Vernunft in uns, in uns Menschen, mit denen der Zufall spielt, und wir können stärker sein als die Natur und als das Schicksal, sei es auch nur für Stunden. Und wir können einander nahe sein, wenn es not tut, und einander in verstehende Augen sehen, und können einander lieben und einander zum Trost leben.

Und manchmal, wenn die finstere Tiefe schweigt, können wir noch mehr. Da können wir für Augenblicke Götter sein, befehlende Hände ausstrecken und Dinge schaffen, die vordem nicht waren und die, wenn sie geschlossen sind, ohne uns weiterleben. Wir können aus Tönen und aus

Worten und aus andern gebrechlichen wertlosen Dingen Spielwerke erbauen, Weisen und Lieder voll Sinn und Trost und Güte, schöner und unvergänglicher als die grellen Spiele des Zufalls und Schicksals. Wir können Gott im Herzen tragen, und zuzeiten, wenn wir seiner innig voll sind, kann er aus unsern Augen und aus unsern Worten schauen und auch zu andern reden, die ihn nicht kennen oder kennen wollen. Wir können unser Herz dem Leben nicht entziehen, aber wir können es so bilden und lehren, daß es dem Zufall überlegen ist und auch dem Schmerzlichen ungebrochen zuschauen kann.

So habe ich in den Jahren, seit Heinrich Muoth begraben ist, ihn mir tausendmal wieder lebendig gemacht und klüger und liebreicher mit ihm reden können als je im Leben. Und ich sah, als die Zeit da war, meine alte Mutter sich legen und sterben, und sah auch die schöne, lustige Brigitte Teiser sterben, die nach Jahren des Wartens und Verheilens einen Musiker geheiratet und das erste Kindbett nicht überlebt hat.

Gertrud hat ihren Schmerz überwunden, der sie damals überfiel, da unsre Blumen als Gruß und Werbung eines Toten zu ihr kamen. Ich rede nicht oft mit ihr darüber, obwohl ich sie jeden Tag sehe. Aber ich glaube, sie blickt in ihren Frühling wie in ein fernes, in ehemaligen Reisetagen gesehenes Tal zurück und nicht wie in einen verlorenen Garten Eden. Sie hat ihre Kraft und Heiterkeit wiedergefunden, sie singt auch wieder. Doch hat sie seit dem kalten Kuß auf des Toten Lippen keinen Mann wieder geküßt. Einmal, zweimal im Gang der Jahre, da ihr Wesen gesundet war und in der alten herben Blüte duftete, gingen meine Gedanken den alten verbotenen Weg ihr nach und dachten: warum nicht? Heimlich wußte ich aber die Antwort schon, und daß an meinem und ihrem Leben nichts mehr zu korrigieren war. Sie ist mein Freund, und wenn ich nach unruhig einsamen Zeiten aus meiner Stille hervortrete und ein Lied oder eine Sonate habe, gehört es zuerst uns beiden. Muoth hat recht gehabt, man ist beim Altwerden zufriedener als in der Jugendzeit, die ich darum nicht schmähen will, denn sie klingt mir dennoch in allen Träumen wie ein herrliches Lied herüber und klingt heute reiner und lauterer gestimmt, als da sie noch Wirklichkeit gewesen ist.

Nie zuvor
bin ich
auf die Idee
gekommen,
zwölfbändige Werke
zu verschenken.
Klaus Mehnert

zu

Hermann Hesse
Werkausgabe
in zwölf Bänden
edition suhrkamp
Suhrkamp Verlag

791/3

863/3